KB233967

학고재 산문선 11

줄반장 출신의 줄서기

이문구 지음

학고재

줄반장 출신의 줄서기

땅은 아무 편도 아니다

물이 약이라는데 …… 11

질화로의 무표정 …… 15

복된 직업 …… 19

수험생처럼 긴장한 세 후보 …… 24

소쩍새와 두견이 …… 27

심상과 상징 …… 30

훈수꾼의 육두문자 …… 36

황해와 서해 …… 39

성난 풀잎 …… 43

옛날의 인물평 …… 45

강남의 물난리 …… 54

옛날 인심 …… 57

가난과 생명력 …… 59

몸에 좋다는 것 …… 62

날개와 바퀴 …… 64

보름달의 임자 …… 66

지팡이 …… 69

두드러기 …… 72

땅은 아무 편도 아니다 …… 75

가을비 속의 가을물 소리 …… 78

다양한 문화체험을 …… 81

갈대와 억새 그리고 볏짚 …… 83

깨끗하고 따뜻한 영혼 …… 86

인간 사회에 대한 꿈 …… 88

가랑잎을 다시 보며 …… 91

거품과 앙금

꽃밭과 풀밭 …… 95

6월의 개살구 …… 97

기업문화와 문화기업 …… 101

무서운 용어 …… 104

단식 농성국 …… 107

은퇴어 소고 …… 110

뒤로 걷는 사람들 …… 113

아는 길 앞에서 …… 116

문민 시대의 입영 세대 …… 119

해변의 빈집 …… 122

담배는 필요약이다 …… 126

서민의 허리띠 …… 129

열쇠는 열린 생각이다 …… 133

여의도의 몇 배 …… 136

거품과 앙금 …… 139

허풍선이의 거푸집 …… 143

이해찬 장관에게 …… 147

아닌 것은 아니다 …… 150

우공을 환송하며 …… 153

꼭 고개를 숙일 일인가 …… 156

풀뿌리와 꽃 …… 159

배내옷 …… 162

꼴값 …… 167

말과 환경보호 …… 171

속담과 인생 …… 174

개장과 개집 …… 178

흥부네 음식타령 …… 182

나는 늘 남의 책이 커 보인다

일용의 양식 ······ 187
문학의 거리는 어디인가 ······ 191
《만인보》의 안팎 ······ 194
문학이란 무엇인가 ······ 199
조용히 살 수 없었던 시절 ······ 204
할 이야기가 없는 이야기 ······ 209
줄반장 출신의 줄서기 ······ 217
구세기 작가 ······ 220
20세기 송사 ······ 223
무대책 하팔자 ······ 228
길을 아는 운전사 ······ 230
서시의 사내들은 다 잘났다 ······ 237
산악문학의 시작 ······ 241
살 따라 찢어진 부채 ······ 246
나는 늘 남의 책이 커 보인다 ······ 249
방이 있게 해준 책 ······ 251
책 뒤에 다는 말 ······ 253
나의 기죽기 작전 ······ 255

금수강산과 초원의 나라

금강산 기행 ······ 259
금강산 기행 후기 ······ 276
옛날의 금수강산 ······ 279
초원과 산림 ······ 292

땅은 아무 편도 아니다

고추모는 쥔의 비보호에 야성을 발휘하여
저희들끼리 풀과의 전쟁 및 벌레와의 전쟁을 치르면서
스스로 열리고 자라고 붉어가고 있기 마련이다.

나는 그러면 그렇지 하면서 자연의 자연스러움 앞에
속절없이 주눅이 들고 만다.……
땅은 언제나 아무 편도 아니다.

그렇지만 땅 쥔은 은연중에 고추 편을 들고 싶어한다.
고추가 자라는 것이 보기 좋고 합부로 따먹기가 아까워

멀거니 쳐다만 보고 있는 것을 보면 다 알조인 것이다.

물이 약이라는데

먹는 물의 가치는 물이 곧 약이라고 하는 말보다 더 잘 표현하기가 쉽지 않을 것이다. 이 세상에서 물보다 윗길가는 것이 없다는 도가(道家)의 상선약수(上善若水)라는 말이 2천 수백 년이 지난 지금까지 살아 있는 것도 그 동안에 물의 가치와 겨룰 만한 것이 없었기 때문일 것이다.

먹는 물에 대한 신앙은 몸이 늘 성치 않아서 시난고난해온 사람들만의 몫도 아닌 듯하다. 몸이 좋아서 먹고 마시는 것을 일삼아서 하거나 취미의 하나로 즐기는 사람들도 먹는 물의 가치에 대한 인식은 신앙에 버금가는 것이 아닌 듯했다. 비유컨대 입만 열면 술이야말로 백 가지 약의 으뜸이라고 흰소리해온 한다하는 술꾼들까지도 술맛을 좌우하는 것은 술을 빚는 솜씨에 앞서 물맛이 먼저라고 하는 데에 다른 의견을 내놓지 않았던 것이다.

그럴진대는 가령 먹는 물이 좋지 않은 땅에서는 으레 되는 일도 없어야만 옳을는지 모른다. 그렇지만 그런 것도 아닌 성싶다. 이를테면 먹는 물이 좋지 않아서 맥주가 발달했다는 나라가 있는가 하면, 포도주가 발달한 나라, 음료수가 발달한 나라, 차가 발달했다는 나라만도 즐비하지 않은가. 그뿐만 아니라 먹는 물이 좋아야 미인이 많이 난다는 말도 있다. 그러나 먹는 물에 따라서 술과 차와 음료수가 발달하고 미인이 많이 난다는 말도 결국은 먹는 물이 좋아야 좋다는 말에 불과할 뿐이다.

나는 남의 나라에 갈 때마다 매번 부럽기부터 한 것이 있었다. 땅을 여간 넓게 차지하고 있는 것이 아니라는 것이었다. 워낙 좁은 나라에서 사는 탓일 거였다. 혹은 우리나라보다 더 좁은 나라를 아직 못 가본 탓인지도 몰랐다. 기차나 자동차로 얼마를 내달려도 사방에 보이는 것이라곤 오직 지평선 하나뿐인 들판을 지날 때는, 우리의 국토가 아침 나절에 떠나 저녁 나절이면 끝에서 끝에 이를 지경으로 좁은 것이 못내 아쉽기 마련이었다. 그것도 예전에 우리 땅이었던 지린성, 랴오닝성, 헤이룽장성 등 중국의 동북지방과 러시아의 연해주 일대를 돌아다닐 때는 더욱 그러하였다.

소비에트가 무너진 뒤에 우크라이나와 카자흐스탄 등에서 연고지를 찾아와 러시아에서도 고려인들이 많이 모여 사는 하바로프스크나 블라디보스토크나 우수리스크 등지는, 건축 공사장마다 노동자의 천국이요 지상의 낙원이라고 노래하는 땅에서 몰려와 못 먹고 헐벗은 몰골로 보릿고개 시대의 흑백 영화를 재연하고 있는 북한 노동자들의 모습보다, 우리나라에서 수입해간 맥주깡통이며 각종 음료수 포장지가 가는 데마다 길바닥에 널려 있어서 넓은 땅덩어리에 대한 생각을 자꾸 되새기게 하였다는 것이다.

내가 가본 나라 가운데서도 중국과 러시아와 인도는 땅만 해도 우리나라의 수십 배에 달하는 영토의 대국이었다. 나는 이 땅부자의 나라를 각각 두 번씩 가보았다. 그리고 그때마다 먹는 물이 마땅치 않은 데에 거듭 놀라면서, 물 한 모금을 마음놓고 시원스럽게 마실 수 없는 땅이라면 제아무리 술이 발달하고 차가 발달하고, 음료

수가 발달하고, 미인이 많이 나온다고 해도 애초에 부럽고 자시고 할 건더기가 없지 않겠는가 하는 생각에, 땅은 좁아도 먹는 물 하나는 넉넉한 나라에서 사는 것을 행복하게 여기기도 하였다.

얼마 전에는 톈산 산맥과 알프스산을 넘나들면서 두 주일 동안에 열 나라를 구경한 일도 있다. 초청자가 자가용 비행기를 전세내어서 싣고 다니는 덕분에 하루에 3개국의 땅을 밟아본 날도 있었다. 구경을 한 나라마다 경제선진국이 아니면 문화선진국이었다. 그런데 먹는 물이 귀한 것은 그런 선진국도 예외가 아니었다. 말을 만들어 붙이자면 '물을 물쓰듯이 하지 못하는 나라가 선진국'이라고 해도 과연이 아닐 지경이었다.

나라가 바뀌면 꼭꼭 빵이 바뀌고 술이 바뀌었다. 그러나 마냥 요지부동으로 통 바뀔 줄을 모르는 것이 먹는 물이었다. 물론 상표는 달랐다. 그러나 모두가 그 물이 그 물 같은 광천수뿐이었으니 바뀐 것이 아니었다. 겨우내 구름끼고 안개끼어 침침하고 축축한 날씨 못지않게 스산한 일이었다.

나는 일제 시대의 일본인과 미군정 시대의 미군을 비롯하여 지금껏 우리나라에 온 외국인이, 샘물이나 우물물이나 수돗물을 먹고 탈이 났다는 말을 들어보지 못하였다. 시골에서는 10여 년 전까지도 냇물을 길어다가 식수로 쓴 동네가 허다했을 정도로, 비록 좁기는 해도 먹는 물 하나는 다시 없이 복받은 땅이 우리 국토였다. 그러나 우리는 그 복을 저 먼저 발로 차고 있는 것이 아닌가 싶을 때가 있다. 약수터마다 오염되지 않은 약수터가 없다는 말을 들을 때가 그렇다. 강물도 냇물로 오염되지 않은 물이 없고, 심지어는 시골의 지하수까지 오염시키고 있다는 소식을 접할 때는 더욱더 그러하다. 물이 약이라면 환자와 함께 온 식구가 나서서 약을 걷어차는 것

과 무엇이 다를 것인가. 우리나라처럼 물 좋은 나라가 없다는 것은
아무리 강조해도 지나치지 않을 것 같다.

(1997. 4)

질화로의 무표정

시골에서 날을 보낼 때는 되도록이면 독서나 집필에만 정신을 두려는 굳은 결심에 따른 것이지만, 작심 삼일이라고 대개는 사흘이 못 가서 한눈을 팔기 마련이었다. 차가 붐비지 않는 시골길을 달리면서 함께 기분 전환을 꾀하자고 종종 차를 몰고 오는 친구가 있는데, 이를 뿌리치지 못하고 따라나서는 것도 사흘이 멀다 하고 한눈을 팔게 되는 일의 하나였다.

어려서 고향을 떠난 처지라 고향이라고 하여 두루 안다는 듯이 장담을 한 적도 없었지만 무엇보다도 직접 다녀본 곳이 드물었다. 그래서 차를 얻어타고 시골길을 싸돌아다닐 계제가 생기면 으레 다녀보지 않은 길이나 가보지 않은 동네를 목적지로 하고 나서는 것이 상례였다.

그런데 그렇게 한번 나섰다 하면 꼭 전에 언젠가 문득 느꼈던 것을 되풀이 느끼면서 스스로 실소를 하기가 일쑤였다. 한눈을 판다는 말은 딴전을 본다는 말과 먼촌이 아니라는 느낌이 그것이었다.

다니다 보면 동네마다 늘 빈집이 한두 채는 있기 마련이었다. 식구들이 죄다 밖에 나가 비어 있는 집이 아니라 아예 딴 데로 옮겨가서 비어 있는 집이었다. 시인 같으면 좋은 문자를 써서 '분위기 있는 집'으로 떠오르기에 십상 좋은 집들이지만, 나는 시인이 아닌지라 기껏 문자를 써봤자 공가(空家)가 고작인 그런 집들이었다.

공가는 집집이 폐가였다. 부뚜막은 내려앉고 굴뚝은 주저앉고, 마루는 티끌이 켜켜로 쌓여 두께가 한 치인 데다 처마는 거미줄이 첩첩이고 보니 〈무녀도〉의 모화네 집이 따로 있는 것이 아니었다.

그런데도 나는 그런 집들을 곧잘 기웃거렸다. 버리거나 흘리고 간 살림살이 가운데 혹 씀직한 것이 남아 있지 않을까 하여 헛간이나 마루밑같이 어둑한 구석을 눈여겨보는 싱거운 버릇 탓이었다. 한눈팔이가 딴전보기와 집안간이라는 느낌이 드는 것도 이때의 일이었다. 빈집털이는 사람이 없는 틈에 숨어들어서 돈 되는 것을 훔쳐가는 도둑질의 하나이니 겁도 나겠지만, 나는 다 쓰러져가는 폐가나 기웃거리는 폐가털이인데도 누가 보고 뭐라고 하는 것 같아 서둘러서 되돌아나오는 것이 보통이었다. 살강 밑에 다식판이나 떡살이 뒹굴고, 벽장이나 헛간 구석에 석유등잔이 먼지에 파묻혀 있으면 더 바랄 것이 없는 횡재련마는 지나가다가 폐가만 보이면 번번이 들여다보고 싶은 것도 버릇이라면 고쳐야 할 버릇이 아닐 수 없을 것이다.

내 방에는 둘레가 한 아름이나 되는 '점잖게' 생긴 질화로 하나가 잘 모셔져 있다. 여태껏 늘어놓은 대로 빈집털이의 장물이 아니라 폐가털이의 폐물이다. 그러나 폐물이라니! 웬만하면 부손이나 부젓가락에, 하다 못해 인두나 담뱃대에 부대껴서라도 전두리 한두 군데에 이가 빠져 있거나 굽에 귀 떨어진 흠이라도 있을 법하건마는 멀쩡하기가 엊그제 가마에서 오롯이 나온 모양 그대로이다. 뒤꼍의 굴뚝 옆댕이에서 못줄 뭉치와 비닐끈 뭉텅이와 헌고무신 따위를 가득 담고 삭은 재삼태기에 가려져 있을 적하고는 영 딴판이다.

질화로는 어쩌면 때가 지난 세간 가운데서도 대표적인 퇴물이 아닌지 모를 일이다. 우선 누구도 다시는 찾을 일이 없을 만큼 깨끗하게 용도 폐기가 된 세간이 아닌가. 옹기가마에서 질흙으로 빚어 말려서 잿물을 입히지 않은 채로 애벌구이를 하듯이 대강 구워내는 질것은 지금도 심심치 않게 있다. 노인네가 있는 농가의 경우에 아직도 부엌에서 떡이며 약식이며 지에밥을 쪄먹고 있고, 방에서는 여전히 콩나물이며 녹두나물이며 엿기름이며를 길러내고 있는 시루만 해도 바로 그 질것이 아니던가.

물론 보잘것 없는 두메에 가도 질동이에 물을 긷고 질항아리를 두멍으로 쓰는 집은 아마 없을 것이다. 아무리 밥이 쉬거나 마르지 않는다고 해도 전기밥통 놓아두고 질밥통을 쓰는 집은 없을 것이며, 싱크대가 없기로서니 질자배기 개수통에다 설거지를 하는 원시적인 살림살이도 역시 찾아볼 수가 없을 것이다. 그러나 질밥통이나 첩약을 달였던 질탕관이며 장을 지져먹었던 질뚝배기 등의 질것은, 더러 질둔(質鈍)하고 질고(質古)한 물건으로 실내 장식을 하는 질박한 취미도 있으므로, 장차 꽃병이나 화분으로 되살아날 가능성이 아주 없는 것도 아니다.

그렇지만 질화로는 사정이 사뭇 다르다. 70년대의 연료혁명과 더불어 쓸모가 없어져 화롯불 세대마저도 아득한 기억 중에서 오죽잖은 세간의 하나로 떠올릴 뿐이니 앞으로 어느 한갓진 사람이 귀꿈스럽게 질화로를 찾을 것인가.

우리 동네에도 큰 옹기점이 있었다. 사람들은 옹기점을 세울 때부터 동네가 자칫하면 점촌(店村)이 될 것을 꺼려하여 쑥덕공론이 여간만 아니었다. 물론 옛날부터 옹기장이를 업신여겨온 까닭이었다. 그러나 나는 틈만 나면 옹기점에 가서 얼씬거렸다. 발로 물레

(돌림판)를 저어가며 진흙덩이를 엿가래처럼 늘어붙여서 단지 동이 두멍 시루 화로 항아리 중두리 바탱이 소래기 등과, 동네 사람들이 하는 말로 널벅지(자배기) 조쟁이(독) 투가리(뚝배기) 보새기(보시기) 바래기(종지) 오리병(귀때병) 같은 크고 작은 그릇을 만드는 과정과 모양이 구경만 해도 재미가 있었기 때문이었다. 언덕배기에다 굴속 같기도 하고 굴뚝 같기도 하게 비스듬히 지은 가마에다 매흙 빛깔로 곱게 마른 그릇을 차곡차곡 쟁여 쌓는 것도 구경감이었지만 밤낮없이 며칠씩 물질을 하는 아궁이 앞에서 얼씬거리며 불구경을 하는 것도 재미있는 일이었다. 하지만 김장철이 다가오는 초동부터 이듬해 해토머리가 지날 어름까지는 옹기점에 발길을 하지 않았다. 해마다 그맘 때면 어른 아이 할 것 없이 한 열댓 명 가량 되는 거지들이 가마 속에 모여 살면서 겨울을 나기 때문이었다. 그릇을 구워 내고 일변 연기 구멍을 틀어막으면 겨우내 훈김이 식지 않고 훈훈한 탓이었다.

질화로를 내 방에 모시듯이 놓아두고 있는 것은 희소가치 때문이 아니다. 아까 얼핏 말했듯이 '점잖게' 보인다는 이유이다. 단단하고 맵시있고 번쩍거려야 어울리는 세태와 동떨어진 투박하고 어수룩한 모양새와 잿빛 태깔은 한마디로 말해서 무표정 그것이다. 질화로의 무표정이야말로 바깥이 어둡고 찰수록 몸에 불을 켜고 붉으락 푸르락하는 전열기구 세간들보다 한결 점잖지 아니한가.

(1997. 4)

복된 직업

　금년 신춘에는 베트남의 하노이 일대를 한 사흘 구경하고, 만추에는 1400여 만 시민이 아시아와 유럽에 걸친 두 다리를 통해 과거와 현재를 넘나들며 사는 이스탄불을 중심으로 근 두 주일 동안 터키 땅을 구경하였다.

　하노이의 날씨는 우리나라의 초가을과 비슷하였다. 한낮에는 반소매 차림에도 등줄기에 땀이 흐르지만, 아침 저녁으로는 미리 긴팔옷을 덧입는 것이 고뿔에 걸리지 않는 방법이었다. 그러나 하노이 시민들은 외투를 입은 뒤에 목도리를 두르고 나오지 않는 이가 없었다. 그들에게는 10년 만의 추위인 데다가 살인적인 한파라는 것이었다. 그도 그럴 것이 남녘의 호치민시 즉 그 전의 사이공 일대에서는 한창 못자리를 하느라고 바쁜 논두렁 옆에 벼가 막 패고 있는 논이 있는가 하면, 벌써 벼를 베고 갈바래질을 하는 논배미가 널린 3모작 4모작의 땅이니, 우리에게는 엊그제에 찬바람이 나서 이제야 복더위가 가신 듯한 추분 한로(寒露) 어름의 쾌적한 날씨임에도, 그네들로서는 금방 추워 죽는다고 옷을 있는 대로 껴입고 나다니지 않을 수가 없을 거였다.

　이에 비하여 농사를 짓더라도 자로 잰 듯이 뚜렷한 사계절에 맞추어서 자로 잰 듯이 나란히 농사를 짓는 우리나라의 농업은 직업 가운데서도 얼마나 복된 직업인가.

터키는 면적만도 남한의 7.5배로 소아시아 반도를 거의 독차지하다시피 하여 가면 갈수록 땅이 무진장 넓다는 것을 느끼게 하는 나라였다. 땅이 넓은 만큼 터키 역시 농업이 천하지대본인 것은 당연한 일인지도 몰랐다. 마르마라해와 흑해를 이어주는 보스포루스 해협은 아시아와 유럽 사이의 고속도로 아닌 고속해로인데, 이 해협의 임자인 이스탄불이 콘스탄티노플이란 이름으로 지낼 적에 난공불락의 철옹성으로 남을 수가 있었던 것도 임진왜란에 충무공이 울돌목에 쇠사슬을 가로질러놓고 적을 깨뜨렸듯이, 이 해협 역시 쇠사슬 전법을 써서 적선의 접근을 막았기 때문이었다고 한다.

그러나 1453년에 오스만투르크 제국의 술탄(황제) 메메트 2세는 마침내 이 철옹성을 무너뜨리고 지금의 이름으로 고쳤는데, 이 철옹성이 어이없이 무너진 것은 메메트 2세가 60여 척의 배로 쳐들어와 공격을 하되, 해로의 쇠사슬을 피하여 60여 척의 배들이 보스포루스 해안의 산을 넘고 넘어 이를테면 성동격서(聲東擊西)를 한 탓이었다. 사공이 많으면 배가 산으로 올라간다지만, 옛날에 이 발칸 반도의 전쟁이야말로 사공이 많아 배가 산으로 올라간 덕분에 드디어 승전을 거둘 수가 있었던 것이다.

배가 넘은 산도 산이랄 수가 있을 것인가. 차로 네댓 시간을 달리며 살펴보아도 과연 산이라고 이를 만한 것은 눈에 띄지 않았다. 그저 밀밭과 풀밭이 된 언덕의 연속일 뿐이었다. 천지 개벽을 해도 터키에서는 우리가 산이라고 하는 산은 맛보기로만 몇 군데에 만들어주고 나머지는 모두 논밭으로 써먹도록 지질펀펀하게 골라준 것이 아닌가 싶을 지경이었다.

터키의 가을은 바로 우리나라의 가을이라고 해도 과언이 아니었다. 날씨만 그런 것이 아니라 촌에서 밭걷이하는 모습이 빼다박은 성싶은가 하면, 산야에 짙어가는 단풍은 말할 것 없고 수종까지도 무엇 하나 다른 것이 없었다.

남녘으로 내려갈수록 볕이 좋고 바람결이 안온하였다. 따라서 작물의 종류가 달라지는 것이 나그네의 눈에도 보일 정도로 분명하였다. 마르마라해의 연안은 벼농사와 해바라기농사가 주류를 이루는 것 같았고, 에게해 연안에서는 언덕의 올리브나무와 들녘의 원두밭으로 보아 호박처럼 생긴 멜론농사와 이 소아시아 지역이 본고장인 올리브농사가 주류를 이루고 있었다. 또 지중해 연안 지역은 끝간데가 없이 펼쳐져 있는 것이 목화밭이었고, 앙카라를 중심으로 한 내륙지방은 앙고라고양이와 앙고라토끼와 앙고라염소의 고향이기도 한 터라, 보이는 곳마다 양과 염소가 떼로 다니며 풀을 뜯고 있거나, 말과 젖소를 놓아먹이는 것으로 보아 낙농이 주류를 이루고 있는 것이 틀림없었다. 앙고라는 터키의 수도 앙카라의 옛 이름이기도 하였다.

그러나 터키는 귀한 것이 물이었다. 우기가 따로 있으므로 농사엔 지장이 없다고 해도 강과 내가 없는 사막형의 농토는 아무래도 통 넉넉해 보이지가 않았다. 터키는 늦가을이 우기의 시작이었다. 겨울에 장마지고 여름에 가무는 땅은 기름진 땅이 아니었다.

이에 비하여 농사를 짓더라도 저울로 단 듯이 오는 눈비에 맞추어 저울로 달듯이 고르게 농사를 짓는 우리나라의 농업은 직업 가운데서도 얼마나 복된 직업인가.

자연 환경으로 보면 농업이야말로 고등 직업으로 대우받아 마땅한 곳이 곧 우리나라가 아닌가 싶었다. 60년대까지 열에 일고여덟

이 농업에 매달려 살았던 것도 다 자연에 순응한 삶을 살았던 증거가 아니겠는가.

올해는 경제가 불황이라고 한다. 쓰러지는 중소기업만도 한 달 평균 4천여 개라고 일러온 지가 자못 오래되었다. 쓰러진 것은 중소기업만도 아니었다. 세상이 다 아는 이른바 재벌기업들 역시 예외가 아니었다. 재벌이라는 허울을 쓰고 선거 때마다 정치판에 수십억 수백억씩 떡값을 뿌려대면서 툭하면 국민기업 운운하며 흰소리를 쳤던 대기업이라는 것들도 알고 보니 거의가 속은 텅 빈 채 겉만 번드레했던 것이 백일하에 드러난 해가 바로 올해였던 것이다.

돈을 써온 품을 보면 틀림없는 재벌이었다. 은행에 맡긴 국민의 돈을 갖은 방법으로 썼다는 점에서는 그네들 말마따나 하릴없는 국민기업이기도 하였다. 유치원에 들어가기 전부터 암산학원 속셈학원을 필두로 온갖 학원을 학교보다 더 열심히 다니면서 피나는 경쟁으로 일류 대학 일류 학과를 마치고, 또다시 석박사 학위 과정이 무색한 학원 공부와 눈물겨운 입사 경쟁을 통하여 일류 기업인지 대기업인지 재벌기업인지에 취직하고 겨우 한숨 돌릴 만해지자, 언필칭 명퇴니 조퇴니 자구 노력이니 감량 경영이니 하고 거리로 내몬 해도 바로 올해였다. 한보 삼미 대농 진로 기아 두산 쌍용 한라 뉴코아 등 소위 30대 그룹과 제일은행을 비롯한 여러 은행에서 좌절한 인재가 3만여 명을 넘어선 해도 올해였던 것이다.

농업에도 일류 이류 삼류가 있다. 대농도 있고 재벌농도 있다. 그룹 농업도 있다. 그러나 본의 아닌 명퇴나 조퇴는 없다. 자구 노력과 감량 경영은 있되 식구를 거리로 내모는 일은 있을 수가 없다. 정리 해고제란 것도 있을 수가 없다. 짝을 못 찾은 노총각 외에는

고개 숙인 남자가 있을 수 없는 곳이 바로 우리나라의 농촌인지도
모른다. 하늘과 땅과 사람이 사는 이치(三才)에 따라 자연스럽게 살
아가는 것이 우리나라의 농촌이기 때문일 것이다.

(1997. 11)

수험생처럼 긴장한 세 후보

'농어촌을 살리자'를 연중 표어로 삼고 있는 세계일보사 초청 대통령 후보 농어촌 정책강연회를 정신 차리고 지켜보았다. 그 동안 여러 군데에서 벌인 강연회가 모두 총론적인 성격이었음에 반해 이번의 강연회는 최초로 시도된 각론적인 강연회였기 때문이다.

또 KBS TV가 생중계를 했으니 시청률도 꽤나 높았을 것이다. 마침 연중 가장 한갓진 농한기여서 김장을 담그거나 메주를 쑤는 집의 주부가 아니면 거의 따뜻한 아랫목에서, 혹은 동네의 경로당이나 부녀회관에서 10원짜리 화투판을 잠시 접어두고 TV 수상기 앞에서 한나절은 좋이 보냈으리라고 짐작하기에 어렵지 않았다.

세 후보는 이 나라의 최고위직 취업을 겨냥하고 구두시험장에 입실한 수험생답게 적지않이 긴장된 표정이었다. 그것은 언론의 위력도 위력이지만 전국에서 지켜보는 500만 농어민의 직업의식과 노령에 이르도록 쌓아온 정치적인 안목, 농어업이 어느덧 3D 업종 취급을 받게 된 데서 오는 시대적인 소외감과, 도시에서 사는 출향 인사들의 뜨거운 애향심 등을 의식한 긴장감이 아닌가 싶었다.

세 후보의 기조연설이나 질문에 대한 답변을 들으면서 느낀 것은 농어촌과의 개인적인 연고 유무와 상관없이 농어촌 현실에 대한 그 나름의 현장체험과 정책적인 공부에 소홀함이 없었다는 것이었다. 식량안보, 환경보전, 가격유지, 농업재해 보험, 후계자 양성, 유통구조 개선, 경쟁력 강화 등 귀에 익은 농업효용론과 농업진흥책을 이구동성으로 거론하는 점에서 그러하였다. 농어촌 의료보험 문제, 교육 및 문화여건 문제, 수산—임산—축산 분야에 따른 문제를 예외없이 백화점 식으로 열거하는 것도 그러하였다.

그러나 농어민의 육성이 만족할 만하게 반영된 것으로 보기에는 일말의 아쉬움도 없지 않았다. 이를테면 농기계의 리콜제 확대 실시 문제, 매스컴을 통한 농업정보 이용률에 부응한 농업 전문방송국 설립 문제, 규모화를 위한 농지 구입자금 지원 확대 문제, 농협 대출의 간소화, 농업고등기술자 중심의 영농세대 교체 문제 등은 한결같이 언급을 생략한 것이었다.

논에는 벼, 밭에는 보리가 아니라 논에는 주유소와 가든이, 밭에는 카페와 모텔이 즐비한 가운데 농민 4명 중 3명이 농지를 물려줄 사람은 있어도 농사를 물려줄 사람이 없어 10년 안에 쇠스랑을 놓겠다고 벼르고 있는 것도 거론되지 않았다.

우리나라의 농업은 농지와 농산물의 기본 단위에 대한 통일된 용어조차도 뿌리를 내리지 못하고 있다.

이미 1963년에 미터법 사용이 법제화되었음에도 정부부터가 농지의 기본 단위를 평, 단보, 정보, 헥타르 등으로 혼용하고 있다. 말 다르고 되 다르며 관 다르고 근 다른 것이, 농산물의 규격화—포장화—실명제화—국제단위화를 외치는 세계화 시대의 한국적 현실인 것이다.

세 후보가 나름껏 열변을 토한 42조 원짜리 농어촌 구조개선 사업의 성패 문제도 정부와 농민이 서로 헷갈리게 사용하는 수량의 기준과 기본 단위부터 바로잡은 다음의 문제가 아닌가 싶다.

농촌소설을 즐겨 쓰던 작가가 오랜 구상 끝에 착수했던 소설을 중동무이할 수밖에 없도록 자주 바뀐 농업 관련의 각종 법령 시행령 조례 대책 등도 이제는 차분히 시행되도록 정착시켜야 할 때가 아닌가 싶다.

이제까지 콩 심은 데 콩 나고 팥 심은 데 팥 나는 것이 농민의 땅농사요, 콩으로 메주를 쑨다고 해도 곧이 들리지 않은 것이 정치인의 말농사였지만, 그러나 세 분의 대통령 후보가 열성을 다한 이번의 농어촌 정책 강연만큼은 2000년대 한국 농민의 격양가를 마련하는 자리가 되리라고 믿고 싶다.

(1997. 11)

소쩍새와 두견이

5월의 대명사는 신록의 계절이다. 매월당 김시습이 〈여름날〉이라는 시에서 "녹음이 우거지니 꽃필 때보다 낫네(綠陰幽草勝花時)"라고 읊은 것도 보리가 익는 철이라 하여 '보리누름'이라고도 부르는 바로 이 5월에 대한 노래였을 것이다. 우리나라의 시인들이 옛날부터 유난히 5월을 좋아했던 것은 풋보리가 익어서 산 입에 거미줄 치지 않고 보릿고개를 탈없이 넘길 수 있었던 데에 대한 고마움 때문이 아니었다. 이유는 다른 데에 있었다. 5월은 곧 소쩍새와 두견이의 계절이었던 것이다.

무릇 우리나라의 시인들은 고려시대부터 지금까지 가위 별쭝맞다고 해도 될 만큼 이 소쩍새와 두견이를 시의 소재로 즐겨 다루어 왔던 편이다. 그것은 무슨 연고일까. 나는 그에 대하여 여러 시간에 걸쳐 대학에서 강의를 하기도 한다. 그러나 여전히 알 수가 없는 것도 있다. 특히 수백 년을 두고 면면히 노래를 해오면서도 거의가 소쩍새와 두견이를 구분하지 못한 채 남들이 하는 대로 그냥 뒤따라서 읊어왔다는 사실이다.

두견이는 세상의 어떤 새보다도 별명이 많다. 이를테면 두견(杜鵑) 두우(杜宇) 두백(杜魄) 두혼(杜魂) 시조(時鳥) 자규(子規) 촉혼

(蜀魂) 촉조(蜀鳥) 촉백(蜀魄) 망제(望帝) 망제혼(望帝魂) 귀촉도(歸蜀道) 불여귀(不如歸) 따위만 해도 열셋이나 되는 것이다. 하지만 이 별명들은 두견이의 별명이 아니라 소쩍새의 별명이며, 진짜 두견이에게는 여태껏 아무 별명도 없는 것이다. 그러므로 지금껏 시인들이 두견이니 두견새니 하면서 노래해온 새는 소쩍새이며, 정작 제 이름을 부르며 우는 소쩍새는 제 이름으로 시어가 되어 등장한 예가 매우 드물었다는 것이다. 한 시인이 착각을 하는 통에 열 시인이 덩달아 착각을 하게 되었고 열 시인이 착각을 하는 바람에 백 시인이 묻어서 착각을 했던 것일까. 실로 알 수 없는 노릇이 이것이었다.

두견이와 소쩍새는 같은 여름새로서 여간해서는 사람들의 눈에 띄지 않으며 울음도 밤낮없이 울되 한번 울었다 하면 끝장을 낼 듯이 울음밑이 질긴 데다가 그야말로 피를 토하듯이 절규하는 소리로 들린다는 점에서 아닌게아니라 서로 비슷한 데가 없는 것도 아니다. 예컨대 두견이는 대낮에 날아가면서도 운다는 것이 소쩍새와 다른 점이다. 사람들이 두견이를 목격할 수 있는 것도 그렇게 날아가면서 울 때뿐이라고 한다. 그러나 무엇보다도 뚜렷하게 다른 것은 그 울음 소리이다.

소쩍새는 '소쩍 소쩍 솟솟쩍' 하는 소리로 들린다. 어떤 이들은 '솟쩍당'으로 들린다고도 한다. '소쩍 소쩍 솥이 작다'고 울어서 "소쩍새가/저렇게 많이 나오는 해는/풍년이 든다"고 노래한 장만영의 시 〈소쩍새〉가 바로 그러한 예일 것이다. 그런가 하면 두어 걸음 더 나아가서 "접동/접동/아우래비 접동/진두강 가람가에 살던 누나는/진두강 앞마을에 와서 웁니다"와 같이 '소쩍 소쩍'이 '접동 접동'으로 들린 김소월의 시 〈접동새〉도 있다.

우리나라 시인들의 귀는 그 구조 자체가 보통사람들의 귀하고 영

딴판으로 다른 것인지도 모를 일이다. 보통사람들은 대개 '뻐꾹 뻐꾹'으로 들린다 하여 뻐꾸기로 일러온 새를, 그 울음 소리가 '쑥국 쑥국'으로 들린다고 우기면서 굳이 새의 이름까지 '쑥국새'로 고쳐가며 읊조리는 것을 보면 '소쩍'이 '접동'으로 들리거나 말거나 다 시인들이 들을 나름이지, 이비인후과 전문의도 아닌 터에 이러니저러니 하고 따따부따할 거리가 아닌 일인지도 모른다.

그런데 시인들이 자(字)도 지어주지 않고 호(號)도 지어주지 않은 진짜 두견이의 울음 소리는 소쩍새의 시인적(?)인 울음 소리와 달리 무인적(?)이다. 두견이의 울음 소리를 '홀딱 자빠졌다'로 듣거나 '쪽박 바꿔주우'로 듣는 귀도 있다. 들어도 가슴으로 듣는 시인의 귀는 물론 아니다. 듣되 귀로만 듣고 큰 백과사전의 집필위원으로도 활약한 조류학자의 과학적인 귀가 분석하고 정리한 내용이다. 이 조류학자는 두견이의 울음 소리를 위와 같이 소개하고는 '과격하게 우는 소리'라고 주석까지 곁들이고 있었다. 시적인 비유가 아니라서 안됐지만 소쩍새와 두견이의 울음 소리는 유리창이 깨어지는 소리와 질자배기가 깨어지는 소리만큼이나 큰 차이가 나는 것이다. 그런데도 이를 가리지 않고 무턱대고 두견이로 통일하여 시를 짓는다는 것은 이해할 수가 없는 것이다. 옛 시인이나 오늘날의 시인들이 소쩍새를 내세워 한을 노래하는 데에는 큰 차이가 없다. 다만 원한(怨恨)과 유한(遺恨)과 여한(餘恨)과 장한(長恨) 가운데에 어느 한이냐 하는 속사정만이 다를 뿐이다. 소쩍새를 두견이로 잘못 알았건 말았건 중국 쓰촨성의 청두(成都)와 옛날의 파촉(巴蜀) 땅인 충칭(重慶)은 하여간 우리나라의 옛 시인들에게 있어서는 포한(抱恨)의 성지(聖地)였던 셈이다.

(1998. 5)

심상과 상징

문학이 지닌 여러 요소 가운데서도 특히 시에서 차지하는 심상 (image)이나 상징(symbol)의 존재는 시의 됨됨이를 가늠하게 하는 데에 적지 않은 작용을 한다. 그러므로 감각적으로 인식하도록 자극하는 어떤 사물의 모양새나 사상과 관념의 본질을 암시하는 말은 앞뒤의 문맥이나 연상작용을 거치면서 관습적인 해석으로 이해할 수 있다고 하더라도 이왕이면 사실적이면서 구체적일 필요가 있다. 그러므로 두견이와 소쩍새를 혼동한 작품은 대체로 독자 나름의 막연한 연상작용과 관습적인 해석을 전제로 한 작품으로 여겨도 탈이 아닐 듯하다.

두견이와 소쩍새의 혼동을 교산(蛟山) 허균(許筠)은 이렇게 나무랐다.

"여관방 흐린 등잔 심지를 돋우니
사신의 풍류가 싱겁기 중과 같네
창 너머 두견이 밤을 울어 지새니
산에 핀 꽃들은 몇 층으로 울는지.

이 시를 한때는 절창이라고들 했다. 나는 관동에 자주 다녔는데 두견새인즉 소쩍새를 이르는 말이었다. 마침 중국 절강성 사람인 왕자작과 사천성 사람인 상나기가 함께 강릉에 왔기에 물어봤더니 그들도 두견새가 아니라고 하였다. 무릇 시인들은 흥에 따라서 말하게 되면 비록 그것이 아니라고 해도 시에다 이용하곤 한다. 그러므로 (누구는) '숲 사이로 고요히 원숭이 울음 소리를 듣네' 했지만 우리나라엔 본디부터 원숭이가 없다. 또 (누구는) '대나무 둘러선 집마다 비취가 우네' 했으나 파랑새를 비취라고 한 거였고, (누구는) '자고새가 놀라서 해당화를 까부르네' 했지만 그것도 까치를 자고새라고 이른 거였다. 그렇게 할 수가 없는데도 모두가 그렇게들 하고 있다."

그러나 중국 사람들의 글에 있는 심상 및 상징의 사물들은 교산이 지적한 바의 유가 아니었다. 그들은 아예 있지도 않고 있을 수도 없는 터무니없는 것을 상상하여 쓰거나 전설적인 것을 사실화하여 쓰는 것이 장기였다.

새만 하더라도 이를테면 붕새(鵬鳥)니 난새(鸞鳥)니 짐새(鴆鳥)니 봉황(鳳凰)이니 비익조(比翼鳥)니 하는 것이 그것이었다. 붕새는 날개의 길이가 3천리라 날개를 한번 치면 9만리를 날아간다고 한다. 난새는 모양이 봉황과 비슷하되 깃은 오색이 빛나고 소리도 오음을 낸다고 한다. 짐새는 광동성에서 나는 독이 있는 새로, 뱀을 잡아먹고 사는 까닭에 독이 많아 둥지 근처에는 풀이 나지 않으며, 그 깃털이 닿은 음식물을 먹으면 사람이 죽는다고 한다. 비익조는 암수컷이 모두 눈과 날개가 하나씩밖에 없어서 짝을 짓지 않으면 날 수가 없는 새라고 한다. 봉황은 수컷을 봉, 암컷을 황이라고 하

며, 몸통의 전반신은 기린을 후반신은 사슴을 닮고, 목은 뱀, 꼬리
는 물고기, 등은 거북이, 턱은 제비, 부리는 닭을 닮았는데, 깃에는
공작처럼 오색 무늬가 있고, 소리는 오음에 맞고 우렁차다고 한다.
또 살기는 오동나무에서 살고 먹기는 대나무의 열매만을 먹고 산다
고 한다.

그들이 창작한 상서로운 상상의 동물 가운데에는 기린과 해태와
용과 녹이 있고, 불로초라는 풀과 대춘(大椿)이라는 나무도 있다.
기린은 동물원에 가면 만나는 아프리카 출신의 그 키다리가 아니
다. 기는 수컷, 린은 암컷으로 린의 몸은 사슴, 꼬리는 소, 발굽과
갈기는 말과 같고 빛깔은 오색인데, 뿔이 하나 있으나 끝에 살이 붙
어 있어서 다른 짐승을 해치지 않아 인수(仁獸)라고도 한다. 백수의
영장이라 하여 걸출한 인물에 비유되니 뛰어난 젊은이를 기린아(麒
麟兒)라고 하는 이유이다. 해태(獬豸)는 시비와 선악을 판단하는
동물로 몸은 사자와 비슷하나 머리에 외뿔이 달린 바다짐승으로서
특히 화재를 막는 힘이 있으므로, 광화문 앞에서 불꽃 모양의 관악
산 봉우리를 쳐다보고 있듯이 늘 궁궐 밖에서 보이지 않게 소방서
의 일을 대행하는 것이 임무라고 한다. 녹(鹿)은 몸이 사슴, 꼬리는
소를 닮았고 이마에 외뿔이 있으며 빛깔이 오색으로 빛나는 역시
상서로운 동물 가운데 하나이다.

상상의 동물 중에서 최고의 대우를 받아온 것은 용이다. 용은 인
간의 경우 천자나 임금에 비유되었다. 왕의 얼굴을 용안, 왕이 앉는
의자를 용상, 의복을 용포라고 하는 이유이다. 춘분이 되면 하늘로
올라가고 추분이 되면 연못으로 들어간다고 하나 봤다는 이는 아무
도 없다. 머리는 소, 얼굴은 말, 뿔은 사슴, 눈은 봉황, 수염은 왕새
우, 혀는 여의주, 몸은 뱀, 비늘은 잉어, 다리는 호랑이, 발톱은 독

수리, 꼬리는 사자를 닮은 것이 용이다. 이것은 물론 문학작품 속의 심상이나 상징이 아니라 화가들의 심상과 상징으로 태어난 용의 모습이다.

중국의 문인들이 수명이 긴 나무의 상징으로 삼았던 대춘은 한 해의 봄이 8천년, 한 해의 가을이 8천년이며, 3만 5천년이 사람의 1년이라고 한다. 2만년 전이나 지금이나 별로 진화한 것이 없다 하여 가장 원시적인 나무로 꼽히는 은행나무쯤은 비교도 할 수 없이 장수목인 셈이다. '대춘지수(大椿之壽)'라는 말이 사람의 장수를 축수하는 용어로 쓰이는 것도 그 때문이라고 한다.

불로초는 불사약을 이르는 말이다. 중국 사람들은 불사약을 상상하기 이전에 불사약을 먹어서 늙지도 죽지도 않는 장본인으로 신선이니 진인(眞人)이니를 지어내었고, 또 그에 앞서서 그들이 숨어 사는 동네를 지어내니 이른바 방호(方壺)니 대여(岱輿)니 원교(員嶠)니 엄자(崦嵫)니 요대(瑤臺)니 하는 인류가 미칠 수 없는 딴세상의 궁궐이었다. 불로초가 있는 신산은 으레 동해 즉 중국의 서해 밖에 있는 봉래산(蓬萊山) 방장상(方丈山) 영주산(瀛洲山)과 같이 뭍인 듯 섬인 듯하게 지어낸 오리무중의 산이었다. 그리하여 혹자는 그것이 우리나라의 어딘가를 이르는 말이라 하여 짐짓 금강산을 봉래산으로, 지리산을 방장산으로, 한라산을 영주산으로 부르기도 했던 것은, 우리나라의 고전문학에서 흔히 접해왔던 바와 같다.

용재(慵齋) 성현(成俔;1439~1504)의 문집에 이런 이야기가 있다. 누가 어디를 가노라니 허연 늙은이 하나가 아이를 데리고 산길을 가는지라 그들과 동행을 하다가 함께 쉬게 되었다. 늙은이가 점심을 먹고 떠나자고 하매 아이는 점심 꾸러미를 풀어놓았다. 늙은이가 그에게 같이 먹자고 하여 보니 늙은이는 삶은 아기를 안고 앉아서 뜯어먹는 것이 아닌가. 또 국그릇을 보니 올챙이가 우글대는 올챙이국이었다. 그는 하도 징그럽고 끔찍하여 저리 물러났다가 늙은이가 다 먹고 일어난 다음에야 삶은 이끼는 산삼이었고, 올챙이국은 지초(芝草)를 넣어 끓인 국이었음을 깨달았다. 곧 말로만 듣던 신선을 만난 것이었다. 그는 그들의 뒤를 따라갔다. 그러나 아무리 달음질을 쳐서 뒤쫓아도 끝끝내 그들을 따라잡을 수가 없었다 운운.

그 늙은이는, 진나라의 시황제가 흉노족을 싫어하여 만리장성을 쌓고, 항우가 뒷날 불을 질러 석 달 동안이나 탄 아방궁을 짓고, 책을 모아 태우고(분서), 460여 명의 학자를 한 구덩이에다 생매장(갱유)을 하고, 그리고 죽은 지 2천년이 훨씬 넘어 1975년 한 농부가 우물을 파다가 우연히 발견하여 병마용(兵馬俑)으로 일약 세계적인 문화유산으로 떠오른 동서 974미터, 남북 2173미터짜리 자기 무덤을 여산 기슭에 파놓고 나서, 기껏 쉰 살밖에 못 살 줄도 모른 채 불로초를 구하고자 도사 500명을 뽑아 파견했던 금강산 지리산 한라산 등 조선의 삼신산이나, 혹은 울릉도에 살던 조선 토박이 신선이었는지도 몰랐다.

경예(瓊蘂)는 신선이 먹는 음식이며, 구하주(九霞酒)와 유하주(流霞酒)는 신선이 먹는 술의 이름이다. 신선은 날아다닌다고 한다. 또 곡식을 입에 대지 않으며 달고 쓰고 시고 짜고 매운 것을 피하되 오직 바람과 이슬만을 먹는다고 한다. 그런가 하면 신선 가운데서도 정작 불사약을 지니고 있다는 서왕모(西王母)는 중국의 쿤룬산(崑崙山, 玉山)에 산다고 한다. 짐(朕)이니 폐하(陛下)니 하는 황제의 전용어를 창작한 것으로도 유명한 시황제야말로 정말 등잔 밑이 어두웠던 어수룩한 황제였을 뿐 아니라, 신선하고도 거리가 멀어도 너무 멀게 죽어라 하고 신선놀음이나 하다가 말았던 셈이 아닌가.

신선이 사는 곳은 어디인가.

"왜 산에서 사느냐기에
그저 웃을 뿐.
복사꽃
물에 실려 떠내려가니
여기는
이 세상 아닌 것을.
問余何事棲碧山 笑而不答心自閒 桃花流水杳然去 別有天地非人間"
(〈山中問答〉)

시선 이백(李白)이 위와 같이 〈산중문답〉(고은 역)을 읊었던 동네
가 바로 그 신선이 사는 동네가 아니었을까.
　중국 사람들의 상상력은 이백이 〈추포가(秋浦歌)〉에서 "내 흰 머
리 삼천장／내 시름도 이와 같도다(白髮三千丈 緣愁似箇長)" 하고
읊은 것처럼 터무니없는 과장이 매력적이다. 1장은 약 3미터이니
무슨 머리카락이 9킬로미터나 된단 말인가.
　그러나 그렇기에 시가 아니겠는가. 이렇듯 허황한 심상과 상징은
음풍영월을 하기에 둘도 없이 좋은 제재가 아닐 수 없을 것이다. 또
한 이렇듯 허황하고 과장된 심상과 상징이 사대문화로 건너와 우리
나라의 한문문학까지 음풍영월이 주류를 이루는 데에 절대적인 몫
을 하게 되었을 터이다.

(1998. 7)

훈수꾼의 육두문자

그끄저께는 김내성의 〈백가면〉을 읽고, 그저께는 발자크의 〈계곡의 백합〉을 읽고, 어제는 최독견의 〈흑방비곡〉을 읽고, 오늘은 위고의 〈레미제라블〉 단권짜리 다이제스트판을 읽으면서, 내일은 누구의 소설이나 희곡을 읽게 되는지, 모레와 글피와 그글피는 또 누구의 시집 누구의 수필집 누구의 무엇을 읽게 되는지 통 알 수가 없이, 누구의 무엇을 읽게 되는지는 오직 책을 빌려주는 친구의 손끝에 달려 있었던 철부지 난독 시절에, 채만식의 〈태평천하〉 역시 책을 대어주던 친구의 임의 선택에 따라서 저절로 만나게 된 책 가운데 하나였다.

그러나 책을 빌리면 읽기에 바쁘고 읽으면 되돌려주기가 바빴던 때였으므로 그 후에도 고작해서 '재미있게 읽은' 소설이라는 막연한 기억뿐이었고, 이 작품이 뒷날 두고두고 내게 무슨 훈수를 하려고 들 줄은 생각지도 못한 일이었다.

난독 시절이 시나브로 끝이 날 무렵하여 〈태평천하〉를 다시 만났다. '58년에 민중서관에서 36권으로 낸 〈한국문학전집〉 가운데 하나였다. 그 무렵에도 여전히 전집물을 사들일 형편은 아니었으니 대개 어느 헌 책방의 한구석에서 낱권으로 자고 있는 것을 '재미있게 읽은' 소설이라는 기억과, 다시 한 번 읽어서 재미를 확인하고 싶은 마음으로 뽑아들었을 것이었다.

〈태평천하〉는 재래종의 농부가 소작농으로 전락한 계기가 되었다는 "토지조사사업(1912~1918)을 전후해서 지주로 상승한 평민들이 식민지 지주의 전형으로 자리잡는 한편, 양반과 일반 농민은 급속한 추락의 길을 걸었던"(최원식) 일제 어간에, 망조가 든 윤 직원 일가의 막가는 모습을 통해 천민자본주의와 시대적 사생아들의 갈짓자 걸음을 활동사진처럼 그려낸 문학적 향기보다도, 고리백장이 수양버들 앞에서 근본을 못 속이듯, 툭하면 함께 늙어가는 며느리를 '짝 찢을 년'이라느니, 자식을 둔 아들을 두고 '잡아뽑을 놈'이라느니, 일본 유학을 간 손자를 '착착 깎아죽일 놈'이라느니 하고, 집구석의 내력은 어쩔 수가 없어서 육두문자로 어른 노릇을 하며 사는 윤 직원의 '사복시 개천'처럼 더러운 구습이 무엇보다도 재미있고 매력적이라는 것을 다시금 확인할 수가 있었다. 사복시는 궁중에서 쓰는 말과 가마를 다루던 관아인데 60년대까지도 청진동의 옛터에서 기마경찰대가 개천을 더럽히고 있었다.

신분 상승과 그에 걸맞게 족보에 도금을 하는 것이 당면 과제여서 향교에 논마지기나 희사하고 직원 감투를 쓴 위인일진대, 응당 사복시 개천의 반대로 '예조 담모퉁이'같이 조용하거나 '성균관 개구리' 모양 공자 왈 맹자 왈이 입에 발려 있어야 옳으련만, 한달 육장 입만 열면 육두문자요 자식들 또한 타령이 돈타령이니, 윤 직원 일가의 이 개칠된 초상화에 나 나름의 재미와 매력을 느낀 것은, 내가 어렸을 때만 해도 난세를 성세로 알고 흰목을 젖혀가면서 살았던 숱한 이웃들의 그 얼굴과 별로 다른 데가 없었기 때문이었다.

윤 직원 영감은 내 소설의 작중 인물 중에서도 농업 관련 직종에

종사하는 자나, 도시 변두리에서 되는 대로 살면서도 끼여들 틈만
생기면 통반장 노릇을 하고 싶어하는 위인을 다룰 때마다 아직도
보이지 않게 훈수를 하고 있다. 인간을 보되 안팎을 함께 보려는 태
도가 인생을 넘겨짚을 수 있는 작가적인 안목 훈련이라고 귀띔하는
듯하다.

(1998. 5)

황해와 서해

얼마 전에 신문에서 짤막한 기사를 읽고 모처럼 감개가 무량함을 느꼈다. 감개가 깊었던 그 기사의 첫머리를 두어 줄 옮겨보면 다음과 같다.

"황해(黃海) 서쪽의 보하이(渤海) 해역이 중국대륙에서 쏟아져나오는 오수와 불법 폐기물 때문에 사해(死海)로 변하고 있다고 《베이징(北京) 청년보》가 국가 해양국 발표를 인용 보도하였다."(《동아일보》1998. 6. 9)

우리나라의 난바다가 죽어가고 있다는 소식인데 도대체 무엇이 감개가 무량했다는 소리인가. 내가 읽은 기사는 물론 중국 《베이징 청년보》에 실린 기사를 우리말로 옮겨 실은 기사였다. 그리고 내가 금방 '물론'이란 토를 단 것도 중국의 간행물이 아니면 '황해'라는 바다 이름을 제대로 쓰지 않았을 뿐더러 우리나라의 신문들 같았으면 황해라는 본이름 대신 바다 이름도 아니고 영해(領海) 이름도 아닌 막연한 호칭, 즉 불특정 다수의 추상적인 호칭의 하나로 지구촌의 어디에나 있기 마련인 '서해'라는 호칭을 썼을 터이기 때문이었다.

황해(Yellow Sea)는 두말할 나위도 없이 우리나라에서 우리나라 바다 이름의 하나로 아주 오래전부터 썼던 이름이다. 따라서 우리나라 사람들이 황해라는 고유명사를 쓰지 않고 동해 남해 등과 마찬가지로 한갓 방위 개념의 명칭에 불과할 뿐인 서해(West Sea)로 계속 부를 경우, 우리나라는 우리나라의 바다 황해를 '전쟁도 않고' 중국에다 내어준 채 그냥 국토의 서쪽에 있는 바다라는 뜻으로서의 서해만 있는 꼴이 되고 마는 것이다.

다들 아는 바와 같이 황해는 해마다 오뉴월이 되면 중국의 황사가 하늘을 뒤덮듯이 중국의 황토물이 황허(黃河)를 이루면서 바다에 흘러들어 바닷물을 누렇게 물들인다 하여 예로부터 한중간에 공동으로 써온 이름이다. 나만 해도 어렸을 때부터 교과서에서 황해라고 배웠거니와 지금도 교과서나 국립지리원의 지도에서 쓰는 것은 황해이며, 국어사전들 역시도 '서해'는 '우리나라의 황해를 일컬음'이라고 못박고 있는 터이다.

그런데도 우리나라 사람들은 거의가 황해라는 제 이름을 부르지 않고 있다. 여러 말 할 것 없이 서해는 '우리나라의 바다 이름이 아닌' 것이다. 이를테면 사면이 바다로 국경을 이루고 있는 나라에는 서해 남해 동해와 북해가 있기 마련 아니겠는가. 지리적으로 북해가 있을 수 없는 중국에도 예전에는 북해가 있었다. 중국의 고전을 보면 중국의 북해는 오늘날 러시아에 속하는 바이칼호(Baikal 湖)였던 것이다. 일본 사람들이 독도를 놓고 가끔씩 딴소리를 하듯이 남의 나라 사람들은 없는 것도 있다고 우기는 데에 비해 우리나라 사람들은 있는 것도 없다고 하는 셈이라고 한다면 역시 딴소리에 불과한 것일까.

　중국 창춘(長春)에서 열렸던 '두만강 하구 경제개발특구' 회의에서는 두만강이 흘러 들어가는 바다의 이름을 놓고 한국은 '동해', 북한은 '조선 동해', 러시아는 '소비에트해(Soviet Sea)', 일본은 '일본해'로 불렀다고 한다.(《조선일보》1998. 4. 20)

　그러면 언제부터 황해가 서해로 바뀐 것일까. '87년 대통령 선거에서 민정당이 '2000년대의 위대한 서해안 시대 개막'과 '서해안 고속도로 건설'을 선거 공약으로 외친 이후부터인가. 아니었다. 그 이전부터 서해로 불러왔기 때문에 그런 공약이 나온 것이었다. 기상청의 일기 예보가 늘 '서해 해상'으로 일러온 이후부터인가. 일기 예보는 중부지방 남부지방 하는 식의 그 흔한 '지역 정서'의 부재와 '곳에 따라 한때 비나 눈'처럼 허풍선이 허풍 떨듯이 뜬구름 잡는 식의 예보를 관행으로 여겨왔으니 그런 일기 예보 탓만도 아닐 거였다.

　행여 70년대 어간에 세가 나기 시작한 민족의식이니 민족주체의식이니 하는 고담준론주의자들의 영향이나 아니었는지 모를 일이다. 황해가 중국의 황허를 연상시키고 또 중국에서 먼저 쓰기 시작하여 민족의 자존심이 상한다고 하는 사람들은 황해를 서해로 부르기 전에 먼저 해야 할 일이 있을 것 같다. 하필 바다 이름만 고칠 것이 아니라 땅 이름도 고쳐서, 황해 때문에 이름이 생긴 황해도도 서해도로 갈아야만 명분이 선다는 것이다. 해주와 옹진을 잇는 철도 이름인 황해선도 이왕이면 서해선으로 갈아야 그 또한 구색에 맞을 것이다.

　황해도는 고려시대에 관내도(關內道) 서해도(西海道) 풍해도(豊海道) 등 여러 이름을 얻었다가 조선 태종 17년(1417)부터 황해도가 되어 580년 이상이나 굳게 지켜온 이름이다. 그런데도 이 유구

한 이름에 민족주의의 냄새가 적다는 이유로 이 바다, 저 바다, 그
바다 식의, 이름도 안 되고 성도 안 되는 호칭을 쓴다는 것은, 덕볼
것도 없고 득될 것도 없으면서 역사와 전통을 조작하고자 한다는
혐의에서 벗어나기가 수월치 않을 것이라고 생각한다.

  그리고 동해와 남해도 이제는 이름을 짓는 것이 옳으며, 그렇게
하는 것이 진정한 민족주의이며 민족주체의식이라고 생각한다.

(1998. 6)

성난 풀잎

예로부터 하늘과 땅은 어질지가 않다(天地不仁)는 말이 있다. 온갖 생물을 낳고 기르면서도 그 생물들 가운데 어느 것을 편들거나 어느 것을 떼치거나 하지 않고 자연에게 그대로 맡긴다는 뜻이다. 서양의 한 자연주의 작가 역시 자연은 인간의 운명에 대해 관심을 갖지 않는다고 말한 적이 있다. 이를테면 큰 잉어가 어린 붕어를 먹고, 큰 붕어가 어린 피라미를 먹고, 큰 피라미가 어린 송사리를 먹고, 큰 송사리가 어린 생이를 먹고 살더라도 말리지 않으며, 넓고 넓은 바닷가의 오막살이집에서 늙은 아비가 고기잡이를 하며 철 모르는 딸과 함께 살다가 배가 뒤집혀 돌아오지 않는다고 하더라도 모르쇠를 댄다는 것이다.

그러고 보면 '자연스럽다'는 말처럼 매몰스럽고 정나미가 떨어지는 말도 드물 것 같다. 그러나 그것은 어디까지나 인간의 이기주의적인 생각에 지나지 않는다. 자연은 인간의 힘을 더하지 않은 채 우주 사이에 저절로 된 그대로 그냥 있는 것이 제 본성이기 때문이다.

아무 데나 나는 풀도 이름이 없는 풀은 없다고 한다. 그러나 농부는 저마다 논밭에 심고 가꾸는 것이 아닌 것은 죄다 잡풀이라고 한다. 자기에게 필요할 때는 나물도 되고 화초도 되고 약초도 되고

목초도 되고 거름도 되고 하는 풀도 필요가 없을 때는 잡풀이 되는
것이다. 잡풀로 그치는 것만도 아니다. 논밭에 나서 서로가 살려고
작물과 경쟁을 할 때는 여지없이 농부의 원수가 되어 낫에 베이거
나 호미에 뽑히거나 농약에 마르거나 하여 덧없이 죽어가기 마련
이다. 논밭의 작물은 주인의 발걸음 소리에 자란다는 말을 들을 때
잡풀의 서러움은 그 무엇에 견주어 말한대도 성에 찰 리가 없을 터
이다.

　나는 장마 전에 시골집에 가서 고추밭과 집터서리에 뒤덮인 잡풀
을 이틀에 걸쳐서 뽑고 베고 하였다. 장마가 지면 고추밭이 풀밭이
되고 울안의 빗물도 빠지지 않아서 나간집이나 다름이 없어질 터이
기 때문이었다. 풀을 뽑고 베는 동안에 팔과 다리에 '풀독'이 올랐
다. 뽑히고 베일 때 성이 난 풀잎에 팔과 다리를 긁히고 할퀴더니
이윽고 벌겋게 부르트면서 옻이나 옴이 오른 것처럼 가렵고 따갑고
쓰라려서 안절부절못하게 된 거였다. 약국에서는 접촉성 피부염이
라면서 먹는 약과 바르는 약을 지어주었지만, 열흘이 지나고 보름
이 지나도 가라앉지 않았다. 누구든 병원의 주사 한 방이면 직방으
로 나을 텐데 미련을 떤다고 흉을 보기도 했다. 그러나 장마가 끝나
도록 병원을 찾지 않았다.

　한갓 잡풀일망정 뽑히고 베일 때 왜 느낌이 없을 수 있겠는가. 느
낌이 있다면 왜 가만히 있을 수 있겠는가. 자연스럽다는 것은 본디
인간의 뜻과 무관한 것이 아니었던가. 풀독은 근 달포나 되어서야
자연스럽게 가라앉았다.

(1998. 7)

옛날의 인물평

월단평(月旦評)은 인물에 대한 비평을 이르는 말이다. 인물을 비평하더라도 가령 '텁석부리 사람 된 데 없다'는 식의 모개흥정이 아니라 뚜렷한 근거를 들어서 하는 적절한 비평을 이르는 말이다.

이를테면 "떴다 보아라 안창남이요 굽어보니 엄복동이라"고 한 경우, 안창남(安昌男;1900~1930)은 일본에서 비행학교를 다닌 뒤 고국 방문 비행을 하고 그 후 중국으로 망명하여 비행사고로 죽은 우리나라 최초의 비행사였고, 엄복동(嚴福童)은 1913년 경성일보사와 매일신문사가 공동으로 연 '전조선 자전거 경기대회'에서 일본 선수를 이기고 우승한 자전거 경주의 명수였다.

그 밖에 '엄천득이 가게 벌이듯'이란 월단평은 엄천득(嚴千得)이가 가겟방에 물건을 아무렇게나 늘어놓고 어수선하게 장사하였다고 하여 흉을 보는 말이요, '천득봉이나 물색 좋아하게'란 월단평은 천득봉(千得鳳)이가 장안에서 제일가는 염색 기술자라는 말이며, '금 잘 치는 서순동이'라는 월단평은 금은 곧 값을 뜻하므로, 장사꾼들 가운데 계산이 정확하기는 서순동(徐順同)이를 따를 자가 없으리라는 이야기이고, '철록에미냐 용귀뚤이냐'고 한 말은 여자들 가운데서는 철록(哲祿)의 어머니가, 남자들 가운데서는 용귀돌(龍

貴呑)이란 자가 골초 중에서도 상골초라는 월단평인 것이다.

그러나 이런 월단평은 당사자의 이름이라도 들먹였으니 그래도 벼슬아치들을 질타하는 '사모 쓴 도둑'이나, 예의가 깍듯한 이를 비아냥거리는 '예조(禮曹) 담모퉁이', 입이 걸고 수다스러운 아녀자를 욕하는 '사복시(司僕寺) 개천'같이 직업적인 신분을 싸잡아서 훌닦는 비평에 비해 정도가 있고 점잖은 편이라고 할 수 있다.

중국 후한 말기에 장각이란 자가 태평도라는 신흥 종교를 세워 혹세무민을 하니 때가 난세인지라 중생이 구름같이 모여들었다. 이에 장각이 마음을 바꿔 신도들로 하여금 창칼을 들게 하니 이른바 황건적의 난이었다. 한편 하남성의 여남 땅에 허소(許昭)라는 명사가 살면서 종형인 허정(許靖)과 더불어 매월 초하루(月旦)마다 마주앉아 고을 사람들의 인물평을 하였는데, 그 평이 아주 정확하여 '여남의 월단평'이란 명성을 얻으면서 인물평의 대명사가 되었다.

그 무렵 조조가 그 소문을 듣고 허씨네를 찾아가 자기의 인물평을 부탁하였다. 허씨는 조조의 위인이 워낙 난폭하므로 주저하였으나 거듭 부탁을 하자 "그대는 태평시대엔 유능한 정치가지만 난세에는 간웅(姦雄)이라 할 만한 인물이오" 하였다. 조조는 크게 기뻐하면서 황건적을 토벌하는 데에 가담하였고 그로부터 《삼국지》의 발판을 마련하게 되었다.

월단평에는 시쳇말로 '지역감정적'인 비평이 무엇보다도 많다. 서울 사람이나 경기도 사람이나 이북 사람들의 약삭빠른 것을 얕잡아서 하는 '경아리' '경기까투리' '이북내기' 등이나 '섬것'(섬사람) '물편것'(해변 사람) '시골뜨기' '시골고라니'(시골 사람) '두멧놈'(두멧사람) 등은 전국적이라는 희석 요소로 인하여 차라리 나은 편에 속한다. 그러나 관뚜껑을 덮기 전에는 하기가 어려운 것이 월단평인데도 짐짓 한술 더 떠서 특정 지역까지 걸고 넘어지는 말이 수두룩한 것은 무슨 까닭일까. 아는 대로 주워섬겨보면 다음과 같다.

충주(忠州) 겨른고비:충주에 제사 때마다 지방을 불사르는 종이가 아까워 지방을 기름에 결어서 말려두었다가 매년 다시 쓰는 사람이 살았다는 데서 나온 말. 고비(考妣)는 죽은 아버지와 어머니.(자린고비는 방언)

광주(廣州) 생원 첫 서울:어릿어릿하여 정신을 못 차리는 사람을 조롱하여 하는 말.

컴컴하고 욕심 많기는 회덕(懷德) 선생:외모에 비해 속이 의뭉한 사람.

남양(南陽) 원님 굴회 마시듯:남양 군수가 굴회를 먹듯, 순식간에 음식을 먹어치우는 사람을 조롱하여 하는 말.

넉살좋은 강화(江華) 년:강화도 여자를 얕잡아서 하는 말.

담양(潭陽) 갈 놈:남을 욕하거나 무시하는 사람을 얕잡아서 하는 말.

밀양(密陽) 놈 쌈하듯:오래 끄는 싸움을 조롱하여 하는 말.(임진왜란 이후에 나온 말)

살갑기는 평양(平壤) 나막신:보기보다 많이 먹는 이를 조롱하여 하는 말.

떠들기는 천안(天安) 삼거리:시끄럽게 떠드는 사람을 조롱하여 하는 말.

부안(扶安)댁 가라말:풍채는 그럴듯하나 어딘지 모자란 듯한 사람을 얕잡아서 하는 말.

봉산(鳳山) 참배는 물이나 있지:흠이 없는 사람을 조롱하여 하는 말.

좋은 노래도 장 들으면 싫다는 말이 있다. 좋은 말도 세 번 하면 싫다는 말과 같은 속담이다. 자칫하면 신종 속담이 될 뻔했으나 해당 지역의 주민들이 몹시 듣기 싫어하여 지금은 쓰고 있지 않은 '잘 가다가 삼천포로 빠진다'와 같은 지역감정적인 월단평은, 해당 지역 주민들의 좋고 싫고와 상관없이 언어 유통의 조건이나 생활 환경, 혹은 문물의 변천에 따라 시나브로 용도 폐기가 되는 한시적인 것들도 적지 않았다. 예컨대 국토의 분단이나 사회의 산업화가 언어 유통의 한계를 마련해준 셈이다. 그 보기를 들어보면 다음과 같다.

봉산 수숫대 같다: 황해도 봉산 고을의 수수는 다른 곳의 수수보다 키가 컸다는 데에서, 바지랑대처럼 키가 큰 사람을 조롱하여 하던 말이었다. 그러나 오늘날의 봉산 수숫대도 여전히 키가 크리라는 보장은 없다. 엊그제 보름 동안 북한을 두루 다녀온 문인을 만나서 들어보니 옥수수는 주민들의 주곡이기도 한데, 협동농장의 옥수숫대의 키는 겨우 자기의 무릎에나 찰 정도로 보잘것이 없더라는 거였다. 주곡인 옥수숫대가 그렇거늘 하물며 수숫대의 키일 것인가.

정주 납청장이가 되었다: 평안북도 정주 고을의 납청장(納淸場)에서 파는 장터 국수는 반죽을 잘 쳐서 뽑는 까닭에 국수 가락이 쫄깃거렸다는 데에서, 되게 얻어맞거나 잔뜩 눌려서 납작해진 사람이나 물건을 조롱하여 하던 말. 낮에는 '승냥이 같은 원쑤놈들' 어쩌고 하며 이를 갈고, 밤에는 동정을 구하여 밀가룻자루나 동냥해다가 목구멍 풀칠을 하고 있는 형편이니, 반죽을 잘 치고 자시고 할 경황인들 있을 것인가. 다 옛날 이야기일 따름이다.

의주 파발도 똥눌 때가 있다(의주 파천播遷에도 곱똥은 누고 간다):

의주는 평안북도의 서쪽 끝머리에서 압록강가에 붙어 있는 고을이
고, 파발은 조선시대에 급한 공문을 보내기 위해 설치한 역참이며,
파천은 임금이 서울을 버리고 다른 곳으로 피란하는 것을 이르는
말이니, 앞엣것은 파발 중에서도 의주의 파발이 가장 바빴던 데에
서, 뒤엣것은 임진왜란 때 선조가 부랴부랴 의주로 피란을 한 데에
서, 아무리 급한 일이 있어도 그보다 먼저 해야 할 일은 먼저 해야
한다는 말.

의주를 가려면서 신날도 아니 꼬았다 : 의주는 먼 곳이라 짚신을
몇 죽 지고 떠나야 할 터에 짚신을 삼을 신날도 아직 꼬지 않았다는
데에서, 무슨 일에 준비가 없는 사람을 조롱하여 하던 말. 하지만
지금은 달러만 넉넉하게 준비하면 누구라도 갈 수가 있다고 한다.
외화벌이의 하나로 1인당 1만 달러만 옜수 하면 '날래 오기요' 하
고 환영한다는 것이다.

송도 계원 : 송도는 고려의 도읍이었던 개성의 옛 이름으로, 개성
사람들은 고려를 뒤엎은 조선에 굽히지 않고 비록 장사꾼으로 나섰
을망정 고려 유민으로서의 자존심이 강하고, 얼마짜리 계가 됐건
곗돈을 제날짜에 꼬박꼬박 잘 내어 계가 깨어진 일이 없을 만큼 단
결력도 또한 유별났다고 한다. 또 놀고 먹는 사람은 축에도 못 들게
끔 멸시하였다. 그래서 되는 대로 먹고 산다 하여 늘 하찮게 여겼던
한명회가 뒷날 수양대군을 도와 부귀 영화를 누리자 여간 후회하지
않았다고 한다. 그로부터 앞을 내다보지 못한 사람을 조롱하여 하
던 말이 되었다.

송도 외장수 : 오이값이 한양이 나은가 의주가 나은가 하고 우왕좌
왕하다가 오이를 몽땅 썩힌 데에서, 줏대없이 이리저리 왔다갔다하
는 사람을 조롱하여 하던 말.

송도 말년에 불가사리라: 어떻게 해볼 수가 없도록 못된 짓만 골라가면서 하고 다니는 개차반이나 개망나니를 조롱하여 하던 말.

송도 부담짝: 부담짝은 물건을 담아 말에 싣고 다니는 궤짝이나 고리짝을 이르는 말이니, 송도 상인이라면 부담짝을 연상시켰던 데에서, 남모를 물건으로 불룩한 짐을 들고 다니는 사람을 조롱하여 하던 말.

산업화와 함께 유효 기간이 다한 월단평의 예는 대개 다음과 같다.

은진은 강경으로 꾸려간다: 은진은 은진 미륵으로 유명한 곳이지만 경제력이 강한 강경 사람들의 덕을 봐왔다는 데에서, 남의 덕에 사는 사람을 조롱하여 하던 말. 그러나 지금은 시장권이 논산으로 넘어가서 그렇지도 않다고 한다.

이제 보니 수원 나그네: 수원은 충청 전라 경상도 사람들이 서울 출입을 하려면 으레 거치기 마련인 삼남지방의 길목이라 예전부터 나그네가 많았다는 데에서, 저만치 오고 있는 사람을 짐짓 모르는 체하려는 참에 벌써 눈치를 채고 저편에서 먼저 ‘나를 모르시겠소?’ 하고 아는 체를 하여, 할수없이 처음 보는 사람인 척하고 대하는 사람을 조롱하여 하던 말.

서울은 예전에도 만호 장안이라고 일러왔다. 사람이 끓는다는 뜻이었다. 서울 사람들에 대한 월단평인들 오죽이나 푸짐하고 걸었겠는가. ‘서울 놈 못난 것은 고창(高敞) 놈 ×만도 못하다’를 비롯하여 여러 말이 있다.

서울은 나라의 얼굴이다. 나라의 문물을 가로세로로 엮어 경천위지(經天緯地)를 하면서 역사의 수레바퀴까지 거머쥔 굴대(軸)이기도 한 까닭이다.

그래서 이름 외에 별명이 많았다. 아니 사실은 별명이 많았던 것이 아니라 별명처럼 쓰인 말이 많았던 셈이다. 이를테면 한양(漢陽)이나 한성(漢城)은 별명에 들겠지만, 그 밖에 일컫는 경사(京師) 경도(京都) 경조(京兆) 경성(京城) 경부(京府) 경락(京洛) 경읍(京邑) 왕도(王都) 왕성(王城) 황성(皇城) 수도(首都) 수부(首府) 수선(首善) 장안(長安) 봉성(鳳城) 중앙(中央) 따위는 저마다 그때그때의 기분에 따라서 일렀거나 중국의 예를 본뜬 것이었다.

말이 많은 것은 사람이 그만큼 많은 곳이라는 뜻이기도 할 것이다. 사람이 많이 살아서 많이 낳고 많이 죽고, 많이 드나드는 통에 수시로 늘고 수시로 줄고 하는 도회이니, 말이 많을 것은 구태여 따져보지 않더라도 짐작이 가는 일이다. '94년 말의 경우 서울시에 새로 등록을 하고 첫 바퀴를 굴린 승용차는 하루에 약 700대로, 이를 한 줄로 늘어세우면 광화문에서 동대문까지 꽉 차는 양이라고 한다. 하루 평균 서울에서 태어나는 아이는 한 500여 명, 어림으로 말해서 한 사람이 한 대꼴로 차를 몰고 다닌 폭이었다. 서울에서 앓고 늙어 세상을 뜨는 사람은 하루 평균 100여 명, 하루 평균 폐차장으로 가는 차가 약 100여 대, 그 많은 차가 1천만이 벌이는 북새통을 비집고 굴러다닐 수 있는 비결도 그럭저럭 짐작이 가는 일이다.

사람이 많으니 예로부터 월단평이 갖가지로 있었던 것도 당연한 일이었다. 순서 없이 대강 늘어놓아보면 다음과 같다.

남산골 재앙동이:남산 기슭에 사는 벼슬 없는 샌님(생원님)이 부질없이 이웃의 상사람에게 공갈 협박으로 성가시게 구는 것을 얕잡아서 하던 말.

연못골(蓮池洞) 나막신 신기다:연못골에서 만든 나막신은 인기

가 높았던 데에 빗대어서, 매사에 남 좋은 일만 시키는 사람을 조롱
하여 하던 말.

다방골(茶洞) 잠이냐:부잣집이 많아 느긋하게 늦잠자는 이가 적
지 않았던 데에 빗대어서, 늦잠자는 사람을 조롱하여 하던 말.

송파(松坡) 웃머리:송파장은 쇠전(소시장)으로 이름났거니와, 소
의 이빨을 보고 늙은 소는 윗머리, 어린 소는 송아지로 가름했던 데
에 빗대어서 하던 말.

삼각산(三角山) 밑에서 짠물 먹는 놈:인심 안 좋은 서울에서 자
란 탓에 앙큼맞고 쌀쌀맞은 사람을 조롱하여 하던 말.

수구문(水口門) 차례:수구문은 성안의 물이 밖으로 흘러 빠지도
록 수구에 만든 문으로, 백성의 주검을 성밖으로 내보낼 때는 성문
을 통하지 않고 으레 수구문을 통해 내보냈던 데에 빗대어서, 늙고
병들어 죽을 때가 다된 이를 조롱하여 하던 말. 또 여럿이 둘러앉아
술을 마실 때, 술잔이 늘 나이 많은 사람에게 먼저 가기 마련인 것
을 우스갯소리로 하던 말.

달걀로 백운대(白雲臺) 치기:맞서보았자 도저히 이길 수가 없는
상대에게 무턱대고 대드는 이를 조롱하여 하던 말.(계란으로 바위 치
기, 以卵擊石)

인왕산(仁王山) 모르는 호랑이가 있나:조선의 호랑이는 꼭 이 산
을 한 번 와본다는 옛말에 빗대어서, 자기를 몰라보는 사람을 조롱
하여 하던 말.

포도청 뒷문에서도 그렇게 싸지는 않겠다:포도청은 조선 중기부
터 범인을 잡았던 관청이니 지금의 경찰서 격인데, 잡혀가면 인정
(人情, 지금의 떡값)을 써야 고생도 덜하고 면회도 쉽게 할 수 있었
기에, 없이 사는 사람은 지녔던 물건이나 입은 옷을 벗어 헐값에 팔

아 충당했던 데에 빗대어서, 도둑놈 물건처럼 싸구려로 흥정하는 사람을 조롱하여 하던 말.

경저리(京邸吏) 집에 똥누러 갔다가 잡혀간다:경저리는 경주인(京主人)과 경공인(京貢人) 등으로 불렀던, 고려와 조선 시대에 중앙과 지방 관청의 연락 사무를 맡아보던 지방 관속(鄕吏)인데, 그 직분을 악용하여 제 고향에서 온 사람들을 등쳐먹는 것이 버릇이었던 데에 빗대어서, 서울에 와서 아는 사람을 믿었다가 낭패본 사람을 조롱하여 하던 말.

계수번(界首番)을 다녔나, 말을 잘하게:계수번은 각 도의 감영에서 서울에 파견하여 중앙에 관계된 도의 일을 맡아보던 향리였으니, 그에 빗대어서 말만 번지르르하게 꾸며서 잘 둘러대는 사람을 조롱하여 하던 말.

서울 사람은 비만 오면 풍년이란다:서울 사람들은 농사일에 대하여 통 모르는 것을 조롱하여 하던 말.

그러나 농사일은 깜깜해도 그들에게 종로에서 뺨맞고 한강에서 눈흘겼던 사람은 십중팔구 시골의 진짜 농사꾼이어서 '서울이 낭이라니까 삼십리(果川)부터 긴다'는 속담도 나온 거였다. 서울은 예나 이제나 촌사람들이 살기에는 만만치가 않은 곳이었다.

(1998. 9)

강남의 물난리

　우주의 운행은 그 자체가 비인격적인 자연현상의 하나이매 애시 당초 인정이 없다(天地不仁)고 한다. 세상에 제아무리 기가 막힌 일이 생겨도 오불관언하고 모르쇠를 대니 그 아니 무정한 존재인가 한다. 물론 노자의 말이다. 그렇다면 게릴라성 폭우로 막대한 피해를 입힌 이번 여름의 천재지변도 누구를 탓하고 자시고 할 대상이 본래부터 없었던 셈이다. 무려 6300킬로미터에 달하는 천하 장강 양쯔강과 쑹화강의 물마루(洪峰)에 수를 헤아릴 수 없는 군인과 민간인들이 인해전술적인 인간제방 노릇을 했어도 중국의 곡창과 유전이 쓸리고 잠기면서 이재민만도 억 단위로 났건만, 누가 누구를 탓하고 원망하기는커녕 호소할 곳조차 마땅치 않은 것과 같은 이치 속이다. 엘니뇨니 라니냐니 하고 태평양의 수온이 널뛰기해온 현상에 식견이 있었던 인사들은 이번 여름의 기상이변을 이미 작년부터 예고한 터였지만, 또 이 같은 천재지변의 근본적인 원인이 현대 문명에 혐의가 있음을 일찌감치 귀띔했던 터이지만, 막상 일이 닥치니 그들도 하릴없이 구경이나 하는 수밖에 없었을 것이다.

　나라의 물난리도 보통이 아니었지만 양쯔강의 물난리가 워낙 크고 오래가다 보니 관심이 양쯔강 쪽으로 나뉘는 이도 적지 않았다.

나도 그런 축의 하나였다. 어떤 이는 불어나는 물보다 물마루란 말에 더 관심을 갖기도 하였다. 지붕의 용마루나 산마루처럼 물결이 댈 수도 없이 큰 규모로 굽이쳐 들솟은 물너울의 키가 선뜻 눈앞에 그려지지 않았던 사람의 경우였다.

보도에 의하면 숱한 문화재와 역사의 현장이 잠기고 허물어지고 떠내려가고 한다는 것이었다. 일테면 쑨원(孫文)의 혁명군이 일어났던 우창치이(武昌起義)의 유적지, 《삼국지》에 나오는 적벽대전의 전시실, 태평천국의 난에 쓴 포대(砲臺) 등이 유실됐다는 거였다. 그러나 나는 예로부터 이름난 시인들이 노닌 풍류문화의 현장에 대한 궁금증이 무엇보다도 앞섰다. 큰물이 져서 물바다가 된 화중지방은 옛날의 촉나라 땅인 데다, 당나라의 시인들은 말할 나위도 없고 고려와 조선 시인들의 시, 특히 매월당 김시습의 시에 자주 등장하는 샹장(湘江)과 퉁팅후(洞庭湖)가 있는 이른바 강남 땅이기도 했던 것이다.

성당의 잠삼이 "지난 밤 바람 일고/멀리 상강 물이 그리웠나니/상강보다 상강의 그대 그리웠나니/베갯머리 짧은 꿈에/강남 땅 그대에게 달려갔나니(洞房昨夜春風起 遙憶美人湘江水 枕上片時春夢中 行盡江南數千里)" 하고 읊은 〈춘몽〉의 샹장과, 두보가 "예 듣던 동정호 바다/이제 비로소/나는 악양루에 오르네"로 시작하는 〈악양루에 올라〉를 읊은 퉁팅후뿐이었겠는가. 이백이 "내 흰 머리 삼천장/내 시름도 이와 같도다/이 거울 속/어디서 서리를 맞았느뇨(白髮三千丈 緣愁似箇長 不知明鏡裏 何處得秋霜)"로 시작하는 〈추포가〉 17수의 현장, 이백이 맹호연과 작별했던 황학루, 두목이 "마을마다 술 익는 바람(水村山郭酒旗風)"을 읊은 〈강남춘〉, 이상은이 "언제가 되리, 언제가 되리/그대와 함께/서창에 불을 돋우어/이

밤 이 파산의 비 이야기를/지난날로 얘기할 때가" 하고 비를 탄식한 〈야우기북〉 등 수많은 풍류의 현장이 벌써 여덟 차례나 물마루가 휩쓸어 내려간 양쯔강의 언저리에 "나라는 쓰러져도/그 산하 남아 있도다(國破山河在)" 운운한 두보의 시처럼 남아 있었던 터이기에.(시는 高銀의 번역본에서 인용)

(1998. 9)

옛날 인심

우리 집은 내가 태어나기 전부터 방마다 전깃불이 들어온 집이었다. 동네가 군청과 면소가 있는 읍내의 가장자리였던 덕택이었을 것이다. 이웃에서 시간을 알아가는 괘종시계가 '둘씩이나' 있었고, 안팎 동네를 통틀어서 두 대밖에 없는 재봉틀과 라디오도 내가 태어나기 전부터 한 대씩 있었다. 부엌에는 식구대로 은수저가 있었고, 헛간에는 가을걷이를 할 때마다 동네 사람들이 앞을 다투어 빌려갔던 탈곡기와 풍구 등, 그때로서는 근대화된 농기구로 쳐주어서 마땅한 고급 농기구도 적지 않게 갖추어놓은 이른바 '있는 집' 가운데 하나였다.

그러나 시쳇말로 하면 문제가 있는 집이었다. 일찍이 내 여러 글을 통하여 밝혀졌듯이 아버지가 광복을 전후하여 우리 고을의 농민운동과 사회주의운동을 이끈 좌익의 우두머리였기 때문이었다.

이윽고 6·25가 났다. 내 열 살 때였다. 넷째아들인 내가 일조에 '큰애'가 되도록 우리 집도 풍비박산하게 되었다. 얼핏 9·28 수복을 맞았다. 우리 집은 '적산가옥' 신세가 되어 향토방위대라나 무엇이라나 하는 급조된 단체에 접수되어 그들의 연락처로 변하고, 식구들은 뿔뿔이 흩어져서 그네들의 눈에 띄지 않는 것이 상책이었다. 무주공산 아닌 무주공가가 된 셈이었다. 따라서 세간도 아무나 드나들며 아무나 집어가도 되는 '뻘겅이네집'이었다. 또 실지로 뭐든지 아무나 먼저 들고 가는 사람이 임자가 되곤 하였다.

맨 먼저 집에 돌아온 이는 어머니였다. 다섯 달 만이었다. 어머니가 돌아오자 재봉틀이며 라디오며 괘종시계며 그 동안 행방이 묘연했던 물건들도 그 당일로 한꺼번에 되돌아왔다. 여러 벌의 은수저도 젓가락 한 짝 빠뜨리지 않고 되돌아왔다. 되돌아오지 않은 것은 형의 장서였던 생화학 계통의 일어판 전문서적들뿐이었다. 식구들이 피신하여 집을 비우기 바쁘게 동네 사람들이 앞을 다투어 드나들며 물건을 닥치는대로 챙겼던 것은, 그것들이 낯선 사람의 손을 타서 아주 없어지기 전에 저마다 맡아두었다가, 어수선한 공기가 가라앉아 주인이 돌아오면 다시 그 자리에 갖다놓기 위함이었다. 그런 와중에도 장롱은 누구 하나 손을 댄 이가 없어 버선 한 짝 흐트러진 데가 없었다. 양식이 떨어지면 옷가지를 들고 나가 보릿되와 바꾸어 끼니를 이었던 시절이니 있을 수 없는 일이었다.

그러나 어머니도 동네 사람들도 다들 당연하게 여겼다. 그런 난리가 없는 난리통이었지만 그때까지만 해도 사람 사는 동네의 인심은 전혀 훼손이 되지 않았던 것이다. 나는 지금도 글을 쓸 때는 고향에 내려가서 쓴다. 고향 친구와 독지가가 옛날의 그 인심으로 아담한 작업실을 지어준 까닭이다.

가난과 생명력

예로부터 전쟁에는 으레 흉년이 따르기 마련이었다. 6·25 전쟁 또한 예외가 아니었다. 난리판에 무슨 정신으로 때맞추어 논밭을 걸우고 가꿀 터인가. 다들 성한 집도 그럴진대 일할 사람이 전쟁에 나가서 돌아오지 않거나, 돌아왔어도 몸이 성치 않은 집에서는 거의가 늙은이나 아녀자의 손으로 농사를 지었으니 두엄이나 퇴비인들 그 전처럼 장만하며, 심고 매고 베고 거두는 일인들 제때에 추어낼 수 있었겠는가. 짓던 땅을 묵히는 일은 없었지만 여느 때처럼 돌보지 않아서 쭉정이 천지인 데다, 보릿고개와 볏고개를 넘기자니 낟알이 영글 때까지 참지 못하고 풋보리와 풋벼를 베어 찌고 볶고 갈아 죽을 쑤어먹기가 바쁘니 추수를 하더라도 웬만한 중농이 아니면 절량농가의 대열에서 제대를 할 수가 없었다.

장리쌀이니 곱장리쌀이니 입도선매니 하는 끔찍한 말을 처음 들은 것도 그 무렵의 일이었다. 해마다 빚이 빚을 보태고 굶주림이 굶주림을 줄이지 못하는 악순환의 연속이었다. 조반 석죽이란 유행어는 아침엔 밥을 먹고 저녁엔 죽을 먹는다는 말이었다. 그렇다면 점심은? 점심은 건너뛰는 것이 유행이었다. 나도 전쟁이 난 해부터 대여섯 해 동안은 이름도 모르고 지낸 것이 점심이었다. 한창 자랄

때여서 먹고 먹어도 냠냠거릴 나이에 점심을 잊고 살았으니 하루 세끼 밥만 제대로 먹었어도 지금보다 키가 한 뼘은 더 컸을 성싶기도 하다.

그러나 동네에 채독(菜毒) 탓으로 몸이 붓거나 부황(浮黃)이 나서 얼굴이 누렇게 뜬 이는 없었다. 동네가 갯마을이기 때문이었다. 갯벌에 가면 갯지렁이 외엔 모두가 먹을 수 있는 것들이었다. 아니 돌에 붙어 사는 풀까지도 죄다 먹을 수 있는 것뿐이었다. 김 말 파래 매생이 따위가 그것이었다. 사람들은 허기가 질 때마다 갯벌을 뒤졌다. 나도 물론 그 일행이었다. 갯벌과 갈대밭과 뱃길을 헤매어 방게 칠게 농게 꽂게를 잡고, 바위를 더듬어 굴 고둥 소라를 줍고, 호미로 갯벌을 뒤적여 참조개 피조개 바지락 골뱅이 모시조개 갯우렁이 등을 캐어 한여름에도 그 자리에서 날것으로 먹기가 보통이었다. 물론 배탈이 난 이는 아무도 없었다. 점심만 이름을 몰랐던 것이 아니라 식중독이니 비브리오 패혈증이니 하는 병명 역시 이름은 커녕 성도 모르고 지낸 것들이었다.

바다가 오염되지 않았던 덕이었을까. 그럴는지도 모른다. 하지만 나는 그렇게 여기지 않는다. 가난은 차라리 병도 탈도 물리칠 수 있는 굳센 생명력이라고 믿고 싶은 까닭인지도 모를 일이다.

이런 내 생각에도 문제가 없는 것은 아니다. 난리통에 채독이 들고 부황이 난 사람들을 보면 한결같이 밭에서 난 시래기와 산이나 들에서 나는 고사리류의 산나물과 들나물로 연명을 한 산골 사람들이었다. 땅에서 나는 나무새가 바다에서 나는 해조류에 견주어 영양이 고르지 않을 것은 따져보지 않더라도 짐작할 수 있는 일이다. 갯벌에서 움직이는 것은 갯지렁이 외에 모두가 먹을 수 있는 것들이고, 그것은 또 해조류 외에는 동물성 단백질과 지방질을 잔뜩 지닌 것들이었다. 철분이니 비타민이니 하는 영양소 역시 들나물이나 산나물이 김이나 파래나 미역에 대면 어림도 없을 터이다.

　그러므로 나는 또다시 6 · 25와 같은 전쟁으로 피난살이를 면치 못할 경우엔 그 피난처로 갯가가 산골보다 나아도 열 배는 낫다는 생각을 한 번도 접어본 적이 없었던 것이다. 그러나 이제는 그것도 다 쓸데없는 생각이었다는 느낌이 든다. 국토 확장이니 농토 확대니 공단 부지 확보니 하고 둑을 쌓아 갯벌을 메운 지가 하마 오래이니, 남아난 갯벌이 어디에 있으며, 기름기가 뜨지 않는 갯물이 어디에 있으며, 주민과 관광객이 찾아다니면서 열심히 내팽개친 나머지 생활 폐수와 산업 폐기물 등 썩지 않는 쓰레기로 죽지 않은 바다와 갯벌이 어디에 있기에, 그 따위 옛날 생각을 지금도 되새기고 되뇌고 할 것인가.

몸에 좋다는 것

가만히 보면 어떤 이는 '몸에 좋다'는 먹을 거리가 따로 있는 줄로 아는 것이 아닌가 싶을 때가 있다. 그리고 그런 이들은 그 전 같으면 먹을 거리로 쳐주지도 않았던 별 귀꿈스럽고 하찮은 것들을 무슨 불로장생의 선약(仙藥)이나 되는 것처럼 흰소리를 하며 들먹거리기가 일쑤였다.

몸에 좋은 음식이 따로 있다면 모름지기 몸에 나쁜 음식도 더불어 있어야 할 것이다. 그러나 그것은 상식에서 어긋나는 일이다. 몸에 나쁜 음식은 처음부터 음식 축에 들지도 못했을 터이기 때문이다. 일테면 꼭 잡곡밥만이 몸에 좋다는 소리가 말이 되려면 쌀밥은 꼭 몸에 나쁘다는 소리가 말이 되어야만 하고, 또 개고기만이 꼭 몸에 좋다는 소리가 말이 되려면 쇠고기가 또 몸에 나쁘다는 소리도 꼭 덩달아야만이 말이 된다는 것이다. 그리고 수수백 년 동안 쌀밥과 고깃국 타령을 입에 달고 살다시피 했던 옛 서민들은 몸에 좋고 나쁜 것도 똑똑히 못 가린 채, 덮어놓고 쌀을 생명처럼 알고 쇠고기를 가장 귀한 반찬감으로 여긴 멍텅구리였다는 말도 누구에게나 그럴듯하게 들려야만 옳다는 것이다. 생각건대 몸에 좋은 음식이 따로 있는 줄로 아는 음식 미신이야말로 비상식적인 믿음이며, 어려

서 배를 많이 곯아본 이들에게는 배가 잔뜩 나온 이들의 배부른 소
리로밖에 들리지 않는 말이 그 말이기도 하다는 것이다.

들으니 접때 어느 해수욕장의 포장마차에서는 도토리묵 한 접시
에 3만 원을 부르더라고 한다. 쇠고기 서근 값이었다. 비싼 이유는
몸에 좋은 건강식품 운운이었다. '도토리는 여름농사 되는 꼴 보아
가면서 영근다'는 속담이 아니더라도 도토리는 피 쑥 메밀 기장 무
릇 뚱딴지 둥굴레와 함께 옛날부터 쳐준 구황식품이었다. 없는 집
에서나 헐수할수없이 먹은 구황식품이 어느새 몸에 좋은 건강식품
으로 격상됐는지 알 수 없는 일이다.

어렵던 시절에 내가 물리도록 먹은 구황식품은 쑥이었다. 쑥을
데쳐서 잡곡가루와 섞어 만든 쑥풀떼기와 쑥버무리와 쑥개떡은 보
릿고개 때마다 주식이나 다름이 없었다. 쑥은 지금도 민간 요법에
서는 감초에 준하는 약초다. 식약일여(食藥一如)라는 말이 있거니와
그 후로 잔병치레를 몰랐던 것도 혹 쑥으로 살았던 덕이 아니었을
까. 그러고 보면 구황식품이 건강식품이란 말도 헛소리만은 아닌
것 같기도 하다.

하루는 향리의 서재에서 밤이 이슥토록 글을 쓰고 있자니 이웃집
아줌마가 와서 햇쑥이 하도 예쁘기에 모처럼 쑥개떡을 쪄봤노라며
아닌 밤중에 개떡을 한 접시 놓고 가는 것이 아닌가. 개떡이 하도
맛있기에 도대체 이 맛이 얼마 만인가 하고 꼽아보니 한 40여 년 만
에 보는 맛이었다. 나는 개떡을 먹고 나서 혼잣말로 중얼거렸다. 맛
없는 개떡은 아마 진짜 개떡이 아닐 것이라고.

날개와 바퀴

"예수 믿으라고 하기에/예배당에 갔더니/눈감으라고 하기에/눈감았더니/신발 훔쳐가더라."

나이가 지긋한 세대는 철부지 적에 교회에 열심인 친구를 놀려대느라고 이 동요 아닌 동요와 함께 시시덕거렸던 악동기(惡童期)의 삽화를 가난에 대한 추억의 하나로 기억하고 있을 것이다. 집에서 교회에 다니는 것을 꺼려했거나 교회에서 나누어준 구호물자가 섭섭하여 심술이 난 개구쟁이들이 장난 삼아서 곡을 붙인 우스갯소리였음은 두말할 나위도 없다.

내 또래의 아이들은 말만 듣고 잊은 것이 미군정 시대에 유행했다는 '마카오 신사'였다. 그러나 바다 건너에서 구호물자로 보내온 헌 옷을 크면 큰 대로 그냥 입고 다닌 '구제품 신사'나 뒤집어서 다시 재봉해 입고 다닌 '우라카이 신사'는 가수 한복남이 부른 '빈대떡 신사'만큼이나 흔해터지게 볼 수가 있었다.

'옷이 날개'란 속담이 있다. 옷을 차려 입으면 인물도 돋보인다는 뜻이다. 지금이야 아무리 이름 있는 외제로만 뽑고 다녀도 눈높이 이상으로 보아주는 이가 없지만, 내가 20대였던 시절만 해도 주제꼴이 허름하고 후줄근한 사람은 어디를 가도 옳은 대접을 받기가 어려웠던 것이다.

옷이 허름하면 신이라도 구두를 신어야 했다. 또 구두를 신었으면 깔끔해야 남에게 무시를 당하지 않을 수 있었다. 이런 사정은 윤흥길의 대표적인 소설 〈아홉 켤레의 구두로 남은 사내〉에 생생하게 그려져 있기도 하다.

나는 초등학교에 다닐 때는 운동화를 신어보지 못했고, 중학교에 다닐 때는 농구화를 신어보지 못했고, 대학에 다닐 때는 구두를 신어보지 못했다. 지금은 구두와 손목시계가 제일 흔한 것들이지만 구두만 신어보지 못한 것이 아니라 손목시계도 나이가 삼십이 다 되어서야 처음으로 차볼 수가 있었다.

하루는 출근길에 보니 한 길갓집의 처마 모퉁이에 기어들어가고 기어나오게 생긴 구둣방 하나가 눈에 띄었다. 동네가 재개발지역이어서 한 쪽에서는 쓸 만한 집들도 한창 허물기가 바쁠 때였으니, 그 구둣방도 내일 모레면 영 없어지고 말 마지막 수제품 구둣방이 분명했다. 나는 이 집이 헐리면 수제품 구둣방을 두 번 다시 못 만날 것 같은 예감에 따라 구두 두 켤레를 맞추어 번갈아서 신었다. '신었다'가 아니라 벌써 13년째나 지금도 신고 있다. 그 동안 뒤축을 한 번씩 갈아댔지만 이제는 낡아도 여간 낡지가 않아서 모양이 나지 않는다. 그래서 가끔가다가 신는다. 어디가 아까워서 아껴가며 신는 것이 아니라 선뜻 버려지지가 않아서 신고 있을 뿐이다. 옷이 날개라면 신은 바퀴였기 때문에.

보름달의 임자

올해의 한가위도 그 전처럼 좋을 성싶다. 하늘은 바깥주인과 같은지라 낮에는 쨍하고 밤에는 환할 것이다. 땅은 안주인과 다름이 없어 낮에는 물을 들이고 밤에는 익힐 것이다. 사람은 두 양주를 받드는 자식과 비슷한 까닭에 낮에는 바쁘고 밤에는 느긋할 것이다. 절서(節序)가 저렇듯 어김이 없을진대 농촌의 살림도 그 전하고 크게 다를 바가 없으리라는 것이다.

더도 덜도 말고 한가위만 같으라고 해온 사람들에게 '아이엠에프(IMF)'란 말이 고질병 환자가 '아이 아파' 하는 말처럼 들리기 시작한 지도 벌써 제 돌이 다 되어가고 있는 때이니 그 누군들 시름에 겨워하지 않을 수가 있을 것인가. 더욱이 금년 추석은 IMF 체제에서 처음으로 맞는 추석이 아닌가. 뿐만 아니라 유격적으로 쏟아진 폭우로 하여 풍수해마저 여느 해와 달랐으니 전에 없이 스산하고 심란스러운 추석이라고 아니할 수가 없을 것이다.

그러나 생각해보면 우리네 농촌 살림살이에 어느 핸들 셈평이 펴인 적이 있었으며, 어느 하룬들 마음이 한갓져본 적이 있었던가. 풍수해는 변덕이 죽끓듯 하는 뺑덕어미의 심술인 양 밤낮으로 대중을 할 수가 없었고, 빚은 술 없이 못 사는 주태백이의 술빚처럼 하고한 날 누워 있기 마련이 아니었던가. 그런데도 언제나 꿋꿋한 마음과 꾹 다문 입으로 논밭을 가꾸고 짐승을 길러 읍내에 이어 도시를 키우고, 우골탑을 쌓아 상아탑을 키우고, 국가방위에 이어 국가경제를 키우지 않았던가. 농업과 농가가 맡은 이바지의 몫이야말로 하늘이 농사를 지은 시대나, 인력이 농사를 지었던 시대나, 기계가 농사를 짓고 있는 시대나, 어렵고 수월한 것은 어렵고 수월한 대로, 값지고 덧없는 것은 값지고 덧없는 대로, 보람이 있고 없는 것은 보람이 있고 없는 대로, 지금껏 여전한 채로 면면히 이어져온 터였다.

그러므로 IMF 관리체제라 하여 누구처럼 갑자기 허둥댄다거나 주눅들 건덕지도 없는 셈이다. 하늘은 내일도 매양 우로를 맡을 터이요, 땅은 생육을 맡을 터이요, 사람은 관리를 맡을 터이니, 이제 와서 무엇이 새삼스럽게 농촌의 풍경을 거칠게 하고 무엇이 새삼스럽게 농민의 마음에 빗장을 지를 것인가.

빈손으로 온 사람도 돌아갈 때는 빈손으로 가게 하지 않았던 것이 농촌의 땅심 같은 온기와 여유였고 나아가 우리 전통문화의 바탕이기도 하였다. 갑자기 일터가 문을 닫거나, 일터의 일감이 줄고 되던 일이 안 되거나, 빚이 자라고 받을 것을 떼이는 등 조용하다가 풍파를 만난 경우를 보면 말로라도 따뜻이 위로하고 다독거려주는 것이 농촌의 전통적인 인심을 제대로 챙기는 것이라고 할 수 있다.

가진 것 다 떨어먹고 빈손으로 귀농하는 사람들을 흘기눈으로만 보지 않고 한 동네 사람으로 받아들여 하루 속히 뿌리를 내릴 수 있게 거들어주는 것도 본디 우리 농촌의 전통적인 공동체 의식의 하나이며 또한 그 복원이라고 할 수 있다. 농촌을 떠나서 사는 사람들

이 걸핏하면 향수에 젖어 되새기는 것도 어느덧 아련해진 공동체
시절의 그 훈훈했던 기억 탓이 아니겠는가.
　팔월 보름의 동두렷한 달은 본래가 농촌의 것이었다.

(1998. 9)

지팡이

연암 박지원 선생의 다음과 같은 글을 박희병 교수의 편역본인
《선인들의 공부법》에서 읽었다.

"화담 서경덕 선생은 밖에 나갔다가 웬 젊은이가 울고 있는 것을
보았다. 선생이 우는 까닭을 물으니
'저는 다섯 살 적에 눈이 멀어서 앞을 못 본 지가 20년째입니다.
그런데 오늘 아침에 집을 나왔다가 문득 눈이 떠져 세상을 환히 보
게 되었습니다. 하도 좋아서 집에 가려고 하니 길이 여러 갈래고 집
들도 비슷비슷해서 어느 집이 저의 집인지 알 수가 없어 이렇게 울
고 있습니다.'
선생이 말했다.
'내가 네게 집 찾는 법을 가르쳐주마. 눈을 도로 감으면 바로 너
의 집을 찾을 수 있을 것이다.'
그 젊은이는 눈을 감고 지팡이를 두드려 발이 가는 대로 걸어 저
의 집에 이를 수가 있었다. 젊은이가 집을 찾지 못한 것은 다른 이
유 때문이 아니라 빛과 형체가 뒤바뀌자 기쁨과 슬픔이 작용한 탓
이니, 이것이 곧 망상인 것이다. 지팡이를 두드려 발이 가는 대로

걷는 것, 이것이야말로 우리들이 분수를 지키는 요체이며 집을 찾아가는 비결이다."

분수는 자기의 성(城)이다. 맹목적인 자기 보호의 성이 아니라 자기의 정체성을 지탱하는 자기 확인의 성이다. 그러므로 거의가 만패 불청의 금성탕지나 난공불락의 철옹성이 되기가 십상이지만, 어떤 경우에는 개문만복래형으로 사대문을 열고 무슨 일에나 자기의 잣대를 써먹는 자기 합리화의 성이 되기도 한다.

그러나 저마다 쌓은 성의 의미와 가치는 자기 지성의 성이며 자기 수양의 성이라는 데에 있다. 그렇지가 않다면 "어떤 사람의 말이 옳다면 그것이 비록 내 생각과 다를지라도 결국 나에게 이로우며, 어떤 사람의 말이 그르다면 그것이 비록 내 생각과 같을지라도 결국 나에게 해롭다"는 왕양명의 말도 딴소리로 들리기가 쉬울 것이다.

무슨 책으로 옛사람이 펼쳤던 뜻과 일과 글을 다시 읽는 것은 옛것을 배워 새 것을 창조하는(法古創新) 데에 도움을 얻자는 것이며, 현대인의 사상과 실천을 책으로 보는 것은, 세 사람이 같이 길을 가고 있으면 거기엔 반드시 내 스승이 있으니, 그들의 좋은 점은 본받되 그렇지 않은 점은 그것을 거울 삼아 내 결점을 바로잡는다는 삼인행(三人行)의 의미를 되새겨 자기 지성과 수양의 성을 갈수록 내용 있게 가꾸도록 화두를 넓히는 한편, 늘 열린 생각으로 자기의 성을 점검하여 성주로서의 자격을 스스로 보강하는 일이라고 할 수 있다.

무릇 어떤 일에 역부족을 느끼는 사람은 스스로 자기의 한계를 미리 그어놓은 사람이다. 그런 사람들은 자기의 성을 그냥 쥐고만

있기에도 힘이 부칠 수가 있다. 하지만 그런 사람이고 저런 사람이
고 간에 그 문제에서 누구라고 자유로울 수가 있겠는가. 일찌감치
지팡이를 장만해두는 것도 무의미한 일이 아닐 것 같다.

(1998. 11)

두드러기

　나로 미루어보건대 알레르기 체질은 경우에 따라서 보통 체질의 사람보다 불편스러울 때가 적지 않을 것이다. 나는 바닷가에서 자란 까닭에 어려서부터 생선과 갯것(패류)과 젓갈 등 해물에 익숙한 편인데도 언제부터인지 모르게 1년에 한 번씩은 꼭 두드러기가 있고, 한번 일면 약을 먹고 주사를 맞고 해도 번번이 3주일은 지나야만 가라앉기 마련이었다. 꽃게 소라 연어 고등어 바지락 등으로 두드러기가 일었던 것은 그리 오래된 일이 아니기에 기억하는 터이지만, 이 나이가 되도록 한 해도 거른 적이 없고 보니 그 이전에는 다 무엇무엇으로 그랬던 것인지 이제는 이루 추측할 수조차 없다.

　음식에서 오는 두드러기는 식중독과도 달라서 그 동안 흔히 먹거나 즐겼어도 아무렇지 않았던 것들까지 느닷없이 탈을 내는 것이 한 특징이기도 했다. 그러므로 여행중에는 말할 것도 없고 경사가 난 집에서 떡벌어지게 차린 잔칫상을 받고도 으레 젓가락을 들기 전부터 떨떠름하여 골고루 지범거리지 못하는 아쉬움과 불편은 겪어본 사람이나 헤아릴 수 있는 일에 속한다. 어려서는 병주머니로 불릴 만큼 잔병치레로 어른들의 우환 덩어리 노릇을 하더니 자라서는 조심을 한다고 하면서도 툭하면 두드러기가 일어 낭패를 보곤 하니 아무리 이상 체질이라고 해도 보통 이상한 일이 아니다.

근년에는 가을에 시골의 집터서리에 있는 은행나무에서 은행을 따다가 일쑤 두드러기가 일어 달포 가까이나 고생을 거듭한다. 고무장갑으로 무장을 해도 자칫하면 하나마나가 되곤 하니, 병원이나 약국에 갈 때마다 미리 이상 체질임을 밝히고 처방에 설파제가 들어가지 않게 주의하는 불편뿐 아니라, 사계절을 두고 산에서는 옻나무에 스치지 않게 몸을 사리고, 가을에는 호두나무 열매가 암만 탐스러워도 과육에 닿지 않도록 삼가는 등 여간만 신경을 써야 하는 것이 아니다. 위장병에는 옻닭이 직효라는 말을 사람마다 외워도 죽을 각오가 아닌 다음에는 한갓 남의 약일 따름이다.

은행나무는 수억 년 전인 고생대부터 살았으며 쥐라기에는 공룡과 함께 매우 번창했으나 빙하기에 전몰하다시피 하는 와중에 유독 중국에서만 명맥을 지켜 오늘날 동아시아 일대에서 손꼽히는 관상수 내지 가로수가 되었다고 한다. 또 유일하게 친척이 없는 단일종의 나무이며 수만 년 전의 화석과 비교하여 전혀 발전한 흔적이 없는 가장 원시적인 나무라는 말도 있다. 열매의 과육이 지닌 독성으로 보아 나무 자체의 독성도 어지간할 성싶은데 그렇다면 내게 질병을 선사하는 그 독성은 곧 그 나무의 생명력으로 여겨도 되는지 모를 일이다.

생명력은 방어력이며 지구력이다. 은행나무가 각종 공해에 강하고 둥치가 굵은 뒤에 옮겨 심어도 이내 뿌리를 내리는 것만 봐도 그런 짐작은 가능한 일이 아닐 수가 없다. 지금은 전봇대나 전동차의 전선탑에 짓는 까치둥지를 문제로 여겨 아예 직업적으로 부수러 다니는 사람이 있는 탓도 있겠지만 은행나무에 튼 까치둥지도 이제는 자주 볼 수가 있다. 그러나 그 전에는 어떤 새도 은행나무에 둥지를 트는 법이 없었다. 참새 같은 텃새는 물론 멧새나 딱새 같은 철새도 아까시나 탱자나무 같은 가시나무엔 앉아도 은행나무는 비록 길목에 있는 나무라고 해도 앉기는커녕 반드시 비켜서 다니기 마련이었다. 은행나무가 지닌 독성을 꺼려하여 그런다는 것이다. 같은 독성이 있는 나무라도 옻나무나 호두나무에는 앉지 않는 새가 없다. 물론 옻나무나 호두나무의 명이 은행나무처럼 길다는 말도 없다.

　나는 공주의 갑사 경내에서 수령 1300년의 백제 시대 은행나무도 보았고 영동의 영국사 경내에서 땅에 늘어진 가지에서 뿌리가 나고, 그 뿌리를 딛고 일어선 가지가 다시 여러 아름의 밑둥으로 늙은 은행나무도 보았다. 모르기는 하지만 한국 제일의 장수목도 역시 은행나무가 아닐까 싶다. 자연의 생명력은 그렇듯이 위대한 것이다. 인간도 자연의 하나에 지나지 않는다. 그렇다고 하여 나무의 생명력을 배우면서 은행나무의 독성까지 본받을 필요는 없을 것이다. 남의 두드러기를 일으키는 인간은 지금도 많으니까. 하긴 그런 유의 인간들과 부대끼며 견디는 것이 인간의 생명력인지도 모를 일이지만.

(1998. 11)

땅은 아무 편도 아니다

산도 있고 물도 있고 인심도 있는 동네 한구석에 산기슭을 뒤란으로 삼아 지은 집을 구해놓고 가끔씩 내려가서 책을 보거나 글을 쓰거나 하며 지내는 지도 한 10여 년 된다. 옛날 사람들 같으면 별서니 별제니 별업이니 별장이니 하는 흰소리와 더불어 시절을 찬하며 풍류를 놀거나 시대를 탄하여 '어즈버'깨나 찾기에 십상 좋을 판이다. 그러나 이 집인즉슨 그저 작업실로서 마련한 터이니 다만 땀이나 흘리는 집에 불과할 따름이다.

그러므로 땀이 나는 집이긴 매한가지라 해도 살림살이는 이웃간의 농가들과 다를 수밖에 없다. 물론 이 집도 텃밭이 딸린 탓에 낫과 삽과 호미 따위는 갖추어놓고 있지 않을 수가 없다. 아쉬울 때마다 일일이 이웃에서 빌려다가 쓸 수는 없기 때문이다. 남의 집들과 다른 것 가운데 가장 눈에 띄는 것은 제충제니 제초제니 살균제니 하는 약과 그것을 다루는 방제기구를 이름조차도 모른다는 것이다. 농사랬자 쟁기도 못 대게 좁은 집터서리의 빈터나마 놀리고 묵히면 땅에 대한 예가 아닌 것 같아 뭐라도 심는 손농사가 고작일 뿐이라 삽이나 호미도 일년에 한두 번 모종에나 쓰고 바로 호미씻이를 하니 하물며 각종 농약과 방제기구일 것이겠는가.

이 집도 처음 한두 해는 울안이고 울밖이고 간에 놓아두면 풀이 제멋대로 퍼지고 자라 길도 마당도 죄다 풀밭으로 통일을 이룩하니 틈을 내어 낫으로 베고 호미로 캐고 삽으로 떠엎는 것이 일이었다. 그런데 하루는 아는 노인네 한 분이 지나는 길에 들여다보러 왔다가 내가 뙤약볕에서 풀을 매며 '풀과의 전쟁'을 벌이고 있자 책에도 없는 말을 이러고 점잖게 이르는 것이었다.

"놔두구려. 거기나 내나 어차피 초야에 사는 터에 그냥 풀하고 함께 살면 되지 구태여 풀은 매어 무엇에 쓰려고 그리 땀을 흘리는 게요."

공권력이 거듭 선포한 폭력과의 전쟁이니 부패와의 전쟁이니 하는 문명형의 전쟁도 다 무위로 돌아가는 세상에 호미 한 자루로 풀덤불과 겨루는 원시형의 전쟁인들 과연 뜻을 이룰 것인가. 그로부터 이 집의 낫과 호미와 삽은 일년 내내 녹이 벌겋게 슨 채로 이듬해 봄의 모종 때나 기다리고 있게 되었다.

나는 매년 이 집에 고추모를 한 200포기쯤 사서 심고 그날로 돌아오곤 한다. 그리고 달포 가량 지난 뒤에 다시 가서 작황(?)을 살펴본다. 고추모는 쥔의 비보호에 야성을 발휘하여 저희들끼리 풀과의 전쟁 및 벌레와의 전쟁을 치르면서 스스로 열리고 자라고 붉어가고 있기 마련이다. 나는 그러면 그렇지 하면서 자연의 자연스러움 앞에 속절없이 주눅이 들고 만다. 고추가 붉는다고 하더라도 돈으로 치면 모종값도 될지말지한 것이 사실이지만 나는 책을 보고 글을 쓰는 틈틈이 고춧대들을 멀거니 바라보며 몸 속에다 무념무상의 빈터를 장만한다. 이윽고 고춧대와 키재기를 하는 바랭이와 강아지풀에 잔뜩 붙어 있는 어린 메뚜기 방아깨비 사마귀새끼들도 생전 처음 보는 듯이 멀거니 바라보지만 그것들도 이 마음의 빈터에

는 얼씬거리지 않는다. 그렇다고 해도 마음이 아주 비워지는 것 같
지는 않다. 땅은 언제나 아무 편도 아니다. 그렇지만 땅 쥔은 은연
중에 고추 편을 들고 싶어한다. 고추가 자라는 것이 보기 좋고 함부
로 따먹기가 아까워 멀거니 쳐다만 보고 있는 것을 보면 다 알조인
것이다.

(1999. 9)

가을비 속의 가을물 소리

봄은 모든 것이 밝아지고 가을은 모든 것이 맑아진다. 무릇 밝음과 맑음이 한값이라면 가을을 지내는 사람들의 마음도 마땅히 봄을 지낼 때의 마음하고 아무 차이가 없어야 할 것이다. 씨앗을 뿌릴 때의 바람과 거둘 때의 보람에 차이가 없기를 기대하는 것은 비단 농부들의 마음만이 아닐 테니까.

그러나 맑은 것은 밝은 것보다 엄숙한 데가 있다. 그것은 이를테면 옛날에 자기 나름으로 한번 세운 뜻을 몸이 다하도록 지킨 사람들이 으레 봄물보다 가을물을 더 많이 읊조린 것만 보더라도 수월히 어림할 수가 있는 일이다. 가을물을 이른 것은 비단 식자층만이 아니었다. 아무나 주워댄 속담 가운데에 '가을물은 소 발자국에 고인 물도 먹는다'는 말이 있는 것을 보면 짐작이 가고도 남는 일이 아니겠는가.

가을물 즉 추수(秋水)는 시어 가운데서도 몇째 안 가는 고전이다. 옛날의 시인들은 흔히 사람의 얼굴빛이 맑고 깨끗함이나 맑은 눈매를, 또는 거울이나 번쩍거리는 칼빛을 가을물에 비유한 편이라고 한다. 그러나 그런 가운데에서도 음풍영월로 세월하지 않은 시인은 참된 선비의 서릿발 같은 지조와 절개를, 서슴지 않은 의리와 무가

내는 자존심을, 그리고 어떤 불이익도 마다하지 않고 나서서 더불어 책임지는 연대의식 등을 그리는 데에 일쑤 가을물을 아끼려고 하지 않았으니, 매월당 김시습은 그 좋은 본보기가 아닌가 싶기도 하다.

가을물이 맑은 것은 물 자체가 스스로 맑거나 자정 능력이 다른 물보다 더 낫기 때문이 아닐 것이다. 물이 스스로 맑기로는 높은 산 깊은 골의 눈석임물이 줄기를 이루므로 봄물이 더할 것이요, 자정 능력이 다른 물보다 낫기로는 몇날 며칠을 두고 하늘이 빗물을 보태주어 여울마다 거쿨지고 흐름마다 힘찬 여름물에 견줄 바가 아닐 것이다.

가을물이 맑은 것은 물만이 맑은 것이 아니라, 하늘이 스스로 그만큼 맑은 데에 따라 공기가 그러하고 산천이 그러하고 초목이 그러하고 마침내 인간도 그러하기 때문에 그러할 것이었다.

봄비가 시작을 앞두고 철이 어서 오기를 재촉하는 비라면 가을비는 마감을 앞두고 철이 어서 가기를 재촉하는 비였다. 가을비는 사람들로 하여금 여름내 애쓰고 힘써서 가꾼 것들을 가으내 거두되 쉬엄쉬엄 거두도록 겨를을 여투어주는 대자연의 베풂이며, 그래서 '가을비는 떡 비'라는 말도 전해왔을 것이다. 하지만 가을비는 한 번 올 때마다 하룻밤에도 며칠씩 가을이 지나가게 한다. 그런 탓에 한 그루의 나무는 가을비 한 번마다 열매가 영글고 잎을 물들이며 가랑잎을 떨구는 동안에도 한편으로는 떨켜를 아무리고 잎눈을 채비한다.

한 그루의 나무도 밤낮으로 그러하건만 사람들은 어이하여 시나브로 시름에 잠기는가. 가을에 느끼는 온갖 회포를 오로지 쓸쓸함이라는 심란스러운 정리로 일매짓고 마는 것이 과연 합당한 노릇인

가. '빗속에 나무 열매 떨어지는 소리(雨中山菓落)'를 탄식한 왕유(王維)의 가을밤도 실상은 우리의 선인들이 늘 '가을에 밭에 가면 가난한 친정 가는 것보다 낫다'고 이른 가을의 풍요를 노래한 것일 터이니, 사람들이 가을의 상념을 추사(秋思)라고 하여 유별나게 여기는 것도 전한의 무제가 "즐거움이 극에 이르러 슬픈 감정이 치민다(歡樂極兮哀多情)"고 노래한 〈추풍사(秋風詞)〉 이래로 사대적인 고정관념의 하나가 아닌지 모를 일이다. 가을은 시름을 쌓는 철이 아니라 더는 철이라야 한다.

가을은 '가을하다'라는 말에서도 알 수 있듯이 추수와 뜻이 같은 말이기도 하다. 추수는 마음에 차지 않는 수가 허다하다. 뿌릴 때의 바람과 거둘 때의 보람이 두 손뼉이 맞아 딱 소리가 나도록 맞는 경우란 좀처럼 드문 일이니 추수가 생각만 못하다고 하여 마냥 시름 겨워할 일만은 아닌 것이다. 가을은 창 밖의 풀벌레 우는 소리까지도 한결같이 맑아지는 계절이다. 하물며 사람들의 마음인들 여북할 것인가. 저마다 돌아보고 바람에 지나침이 있었음을 발견하여 보람에 못 미침이 있음을 갚을 수 있다면, 그의 마음 갈피에는 이미 가을물이 흐르고 있음을 또한 느낄 일이다.

(1999. 9)

다양한 문화체험을

지금은 또 한 해가 가고 또 한 해가 오는 고비이지만 이번에는 그 냥 한 해가 가고 한 해가 오고 했던 여느 해와 달리 마음이 마냥 거늑한 것만은 아닐 것이다. 오는 해는 새로운 온 해의 비롯이며 새로운 즈믄 해의 비롯이기에, 겨울이면 남들이 으레 한갓진 고장의 본보기처럼 여겨왔던 농촌일지라도 남의 일처럼 무심히 넘어갈 수는 없으리라는 것이다.

농민은 직업인으로서의 농민이기 이전에 우리의 근본적인 자화상이며, 농촌은 지역으로서의 농촌이기 이전에 우리의 근본적인 고향이며, 농업은 산업으로서의 농업이기 이전에 우리의 근본적인 역사이다. 농민이 잘되는 것이 국민이 잘되는 것이요, 농촌이 잘되는 것이 고향이 잘되는 것이며, 농업이 잘되는 것이 역사가 잘 흐르는 것이 되는 이유도 거기에 있다.

지금과 같은 세밑의 농촌 풍경은 보이는 것들마다 자못 감동을 자아낸다. 진작에 가을뿌림을 한 보리밭과 밀밭은 눈에 덮인 고랑마다 농민들의 끈질긴 의지가 파릇파릇하게 엿보이기 때문이다. 짚과 왕겨에 덮인 마늘밭과 양파밭도 농민들의 숨결이 보이고, 미처고랑도 이랑도 타지 않고 눈대중으로 흩뿌림을 한 시금치밭 유채밭이나 미나리꽝들도 농민들의 삭신이 시린 시련과 바람 잘 날 없는 부대낌이 얼비치는 가운데, 만난을 무릅쓰고 참는 단단한 직업의식을 아울러서 볼 수 있는 까닭이다.

그렇게 겨우내 깨어 있는 밭들은 한결같이 애잔한 마음이 들게 한다. 하지만 그것은 농민에 대한 연민의 정이 아니라 싹을 안고 기른 땅에 대한 고마움이며, 농업을 내림으로 잇고 농촌을 '사람 사는 동네'로 가꾸어온 사람들에 대한 믿음성과 애정인 것이다.

그들은 누구인가. 두말할 나위도 없이 하고 싶은 것과 할 수 있는 것의 차이를 스스로 잘 알고 있는 사람들이다. 뿐더러 있으면 감추려고 하지 않고 없으면 보이려고 하지 않는 정직한 사람들이다. 때문에 그런 이들이 이웃하여 사는 농촌은 오로지 하나밖에 남지 않은 인성(人性)의 못자리이며, 건강한 생명력의 본적지이며, 일용하는 양식의 곡창이며, 더불어서 사는 정서의 현주소이며, 아직도 수많은 사람에게 아픔과 아름다웠던 것들에 대한 추억을 맡아서 관리해주는 추억의 현장인 것이다.

농업이 직업으로서의 유리함과 불리함에 대한 사회적 과학적인 검증은 이미 받을 만큼 받은 터이다. 그러기에 농사는 오늘도 하고 있고 내일도 되하고자 애쓰는 것이 아닌가.

새 천년이 시작되는 새해부터는 농촌에서도 살림살이를 스스로 디자인하면서 사는 모습이 더 흔해지기를 기대한다. 살림살이를 디자인한다는 것은 문화적인 충격을 통하여 그렇고 그러한 생활을 생활미학으로 격상시키는 일이다. 그것은 다양한 문화체험만으로도 능히 이룰 수 있는 일이라고 본다.

(1999. 12)

갈대와 억새 그리고 볏짚

지금쯤 도시의 잡담을 떠나 발길을 근교로 돌리면 흔히 눈에 뜨이는 것이 물가의 갈대와 길가의 억새와 논가의 볏짚이다. 그 나름으로 일생을 마감하고 한갓지게 서 있거나 누워 있어서 보는 이로하여금 여유까지 느끼게 한다. 거기서 무엇이 더 되고 안 되고는 이제 제 할 탓이 아니라 남의 할 탓에 달린 셈이다. 그래서 그런지 추세에 따라 처분될 운명임을 저 먼저 아는 듯한 표정 같기도 하다.

키가 있는 들풀은 대체로 뼈대가 있다. 갈대가 강해 보이고 억새가 억세어 보이는 것도 다 그 까닭일 것이다. 그렇지만 볏짚은 신분이 다르다. 농부들의 땀과 돈으로 자란 탓에 부들보다도 부드럽고 질경이보다도 질기지 않다. 논에 있을 때도 이삭이 영근 채 걸핏하면 비바람에 쓰러져 속을 태운 체질이니 하물며 논에서 나온 다음에야 여북할 터인가.

볏짚은 제 키에 비하여 턱없이 허름해 보이기 쉬운 물건이다. '물에 빠지면 지푸라기라도 움켜쥔다'는 속담이야말로 볏짚을 가장 허름하고 하찮게 여긴 데서 나온 말임이 분명하다. 그러나 더 분명한 것은 볏짚이 허름하고 하찮게 여겨질 때는 짚못에 들지 못하고 지푸라기로 나뒹굴어다닐 경우라는 것이다. 마치 피륙에서 떨어진 자투리는 비록 값나가는 비단일지라도 어디까지나 헝겊 쪼가리에 지나지 않듯이.

제자리에 서서 하염없이 흔들리고 있는 갈대나 억새에 견주지 않아도 나는 누워 있는 짚뭇을 볼 때마다 어느새 아련한 추억이 된 여러 기억과 더불어 반갑고 미더운 눈길이 되는 것을 깨닫곤 한다. 짚뭇은 늘 두텁고 푸근하다. 짚뭇은 일쑤 못내 못다한 듯한 어떤 아쉬움이 있었음을 일깨워준다. 짚뭇은 또 이제는 다 때가 지나고 만 어떤 그리움이 있었음도 일깨워준다. 짚뭇은 그래서 나에게는 향수의 빌미인지도 모르고, 동심이 아직 남아 있다는 증거인지도 모른다. 아니 어쩌면 고향의 상징이거나 고향 그 자체인지도 모른다.

볏짚은 갈대나 억새처럼 강하지도 억세지도 않다. 그러므로 무엇을 만들어도 쉽게 접히고 힘없이 따라준다. 농가에서는 지붕이 되고 울바자가 되어주었다. 섬과 가마니가 되고, 둥구미와 멱서리와 삼태기가 되어주었다. 멍석과 맷방석과 짚방석이 되고, 멍덕과 똬리와 구럭이 되고, 새끼와 밧줄이 되었다. 갠 날엔 거적자리와 짚신이 되고, 궂은 날엔 도롱이와 접사리가 되어 농부의 비바람을 가려주었다.

지푸라기는 검불이나 북데기처럼 보잘것 없이 약하되 짚뭇은 갈대나 억새에 비길 수 없이 강했다. 이토정이 아산에서 고을살이를 할 때 관내의 노숙자를 모아 걸인청을 열고 그들이 자립 갱생의 밑천을 삼게 한 것이 짚뭇이었고, 지난 70년대의 새마을운동에서 농촌 사람들이 가마니틀 새끼틀로 자조 협동의 밑천을 삼았던 것도 짚뭇의 지구력에 힘입은 것이었다. 볏짚이 그렇게 농촌의 세간이 되거나 살림살이를 일으켜준 바탕이 된 것은 그 수명과 용도의 폭이 그만큼 길고 넓었기 때문이었다.

볏짚의 쓰임새는 그뿐만이 아니었다. 지난날 농촌의 산모들은 흔히 볏짚을 깔고 해산을 하였다. 순산을 하면 새끼를 꼬아 금줄을 친 것도 볏짚이었다. 닭이 둥우리에서 병아리를 깰 때나 마소가 새끼를 낳을 때 깃으로 쓴 것도 볏짚이었다. 앞에서 갈대나 억새와 신분이 다르다고 했던 뜻도 그것이었다.

볏짚은 그만큼 깨끗한 것이었다. 볏짚은 그만큼 부드럽고 따뜻한 것이었다. 그런데도 갈대와 억새와 온갖 풀을 읊은 시인은 많아도 이 신선한 생명력의 상징인 볏짚을 노래한 시인은 적었다. 툭하면 민초를 자처하는 시인도 볏짚의 부드럽고 따뜻함보다 강하고 억센 갈대와 억새를, 그리고 그것들의 차고 굳은 쪽을 노래한 것이 더 많았다. 볏짚은 더 나아가 바로 우리의 역사였음에도.

민초의 그 이전 명칭은 민중일 터이고, 민중의 원 명칭은 민서(民庶)였을 터이되, 그 명칭이야 무엇이 되었건 그 속에 삶의 질적 향상에 대한 의지가 배어 있음은 두말할 나위도 없다. 그것은 신분상승 이전에 우선 살림살이의 셈평부터 펴이기를 바라는 소박한 희망이었을 것이다.

볏짚의 속성을 인간에 비추어 말한다면 대체로 남에 대하여 자기를 낮추고 남을 높이는 예의 바른 태도와 비슷하지 않을까 싶다. 그러한 겸양과 공손은 얼핏 보아서 허름하게 비칠 수도 있다. 오만 불손이 행세하는 세태라면 한결 더할 수도 있다. 짚가리에 소리 없이 누워 있는 짚뭇이 뻣뻣하게 서서 바람부는 대로 휘둘리며 소리내는 갈대나 억새를 이길 수는 없는 노릇이 아닌가. 생각건대 비록 허름하게는 비칠망정 부드럽고 따뜻한 저 볏짚 편을 들어 신분상승보다 인격상승부터 꾀하는 쪽이 더 낫지 않을는지. 물론 나부터서.

(2000. 1)

깨끗하고 따뜻한 영혼

제철에 하는 추위는 기운도 있고 끈기도 있고 성깔도 있는 탓에 때아닌 추위와는 근본이 다르다. 땅이 얼고 돌이 얼고 쇠가 어는 것도 때가 되어서 하는 추위에는 도무지 배겨날 수가 없기에 끝내 얼어붙거나 얼어터지고 마는 것이다.

그러나 올 때가 되어서 온 추위가 제아무리 기운과 끈기와 성깔을 부려도 어디서 볏짚으로 감싸놓은 방한 장치를 보면 은연중에 마음이 놓이곤 한다. 그 가운데서도 도시의 공원이나 아파트 단지의 녹지대에서 추위에 약한 어린 나무를 짚으로 둘러주고 짚주저리로 덮어준 모습을 보면 보는 이의 몸속까지 훈훈한 느낌을 받는다. 게다가 눈이라도 소복하게 이고 있으면 눈이 오랫동안 녹지 않거나 사진을 찍어두고 싶어지기도 한다. 무슨 이유인가. 아마도 볏짚의 보온성에 대한 신뢰감 때문일 것이다.

볏짚은 천성이 깨끗하고 따뜻하며 검질기다. 특히 볏짚의 보온성은 체온성과 다름없을 만큼 뛰어나서 같은 짚이라도 다른 짚은 따를 수가 없다. 보릿짚과 밀짚은 다 같이 추위 속에서 자랐지만 보온성과 방한성은 더위 속에서 자란 볏짚에서 저만치 떨어진다. 귀리와 호밀짚은 말할 것도 없다.

볏짚은 제각기 강경해 보이는 갈대나 억세어 보이는 억새나 줄기
차 보이는 줄풀보다 언제 어디서 무엇이 되어 있어도 오래간다. 수
백 년 된 고옥을 새로 짓거나 손보고자 바람벽을 허물면 벽 속에 나
뭇가지나 댓가지 수숫대 싸릿대 따위로 외를 얽으면서 썼던 새끼토
막이 나온다. 초벽을 할 때 황토에 섞어서 이겨 바른 짚여물도 나온
다. 수백 년 전의 볏짚을 그런 데서도 만나보게 되는 것이다. 볏짚
의 생명력은 하다 못해 아궁이에 땐 짚재의 불씨가 어떤 땔감에서
나온 불씨보다 오래가는 것으로도 확인할 수 있다.

볏짚은 산이나 물가나 들녘에서 사람의 덕을 보지 않고 자란 어
떤 풀보다 깨끗하여 모든 부정을 예방한다. 사람의 생명을 받을 때
볏짚을 깔고 받았던 일은 비록 옛사람이 아니라도 알고 있는 터이
다. 삼칠일 동안 대문을 가로막고 잡인과 잡귀의 얼씬을 물리치는
금줄도 볏짚으로 꼰 새끼줄이 하는 일이다. 칠석날 삼신할머니에게
밥과 미역국을 대접하면서 까는 것도 볏짚이며, 장독에 햇장을 담
그고 두르는 금줄도 볏짚이 봉사하는 일이다. 메주를 띄우고 누룩
을 띄우는 자리에서 봉사하는 것도 볏짚의 일이었다. 비싼 굴비도
볏짚으로 엮은 굴비가 제 맛이 나고, 값싼 시래기도 볏짚으로 엮어
말린 시래기가 시래기다운 맛을 낸다. 도대체 우리의 선조들은 볏
짚의 깨끗함과 따뜻함과 검질김을 언제 어떻게 알아보고 볏짚과 더
불어 역사를 엮고 문화를 펼쳤던 것일까.

볏짚은 갈대보다 억새보다 줄풀보다, 아니 그 어떤 풀보다도 친
화적이다. 그 친화성은 바로 볏짚의 체온성이며, 볏짚의 체온은 곧
농민의 체온이기에 얼른 알아본 것이 아니었을까. 볏짚은 농민의
영혼이거나 또 다른 모습이다.

(2000. 1)

인간사회에 대한 꿈

서민이 정월 초승께 장난 삼아 '물어보는 집'에 가서 당년의 신수를 묻는다 하여 그의 종교나 교양을 캐며 흠으로 치는 예는 없다. 그것도 오랜 민속의 하나이거니와 사람 사는 일이 뜻만 같지 못할 때가 적지 않으니 굳이 탓을 하지 않는 것이리라.

그렇게 묻고 싶은 심정으로 서민이 새해에 접어들어 무엇을 바란다는 것도 하나 이상할 게 없는 일이다. 또 허물도 되지 않는 일이다. 그 나름의 희망사항이 없다면 없어서도 이상하고 적다면 적어서도 이상한 일이기 때문이다. 더구나 올해는 새로운 세기의 서막에 새로운 천년의 서장이 아닌가. 그래서 나는 올해에 바라는 바가 적지 않은 터이다.

이 글을 싣는 데가 언론이니 먼저 언론에 바라는 바를 적는 것이 순서일 성싶다. 언론계에서 흔히 '사회 지도층 인사' 운운하는 이들을 보면 으레 '사회 권력층 인사'이기가 보통이었다. 앞으로는 집안마다 있는 어른스러운 어른이나 동네마다 있는 경위 밝은 노인네, 그리고 각계 각층에서 무슨 일이나 반듯하게 처리하는 사람들도 '사회 지도층 인사'로 쳐주었으면 한다. 그것이 모든 국민으로 하여금 정치 경제 사회적인 사건에 대해 잘잘못간에 책임과 직무의식을 분담케 하는 일이며, 민주화를 더 야무지게 하는 일로 보이기 때문이다.

올해부터는 명동성당과 국회의사당 및 여야 당사 앞의 시위 상설 무대화가 구세기(舊世紀)의 시위문화로 기억되기 바란다. 민생안전 사회정의 및 민주화 완성도에 미흡하거나 걸림돌이 되는 각종 법률 법령 훈령 부령 시행령 규정 조례 방침 따위에 대한 개혁 개선은 다 대의기관에 위임하여 전보다 폭넓은 지지로 힘을 쌓는 것이 낫지 않을까. 대통령이 몸소 솔선의지, 실천의지, 완결의지를 보이는데도 꼭 '빨리빨리'밖에 모르는 듯이 자기 중심주의에 집착한다면 아주 떳떳한 일도 괜한 '틀물레질'이나 '몽니'로 보이기가 십상인 것이다.

이제는 고향과 고향 사람 타령 좀 그만들 하고, 혹 하더라도 20세기적 수준에 머물지 말고 남이 보기에 '거시기'하지 않도록 점잖게 했으면 좋겠다. 일테면 고향 사람이 대권을 쥔다고 해서 고향 사람이나 그 떨거지까지 세금을 몽땅 탕감해주는 것은 아니다. 병역을 면제해주는 것도 아니다. 다들 어디에 취직을 시켜주는 것도 아니고 장사가 잘되게 해주는 것도 아니다. 그럼 무엇인가. 아무것도 아닌 것이다. 고향을 눈먼 애향심이나 앵벌이 식 애향심이 비비대기에 만만한 언덕으로 낮춰서는 안 된다. 품위 있는 애향심은 고향을 인생살이의 산소(酸素) 공급처로 여겨 몸과 마음을 쉬며 재충전을 위한 산소 저장소로 가꾸는 마음이 아니겠는가.

올해는 또 '인간사회 회복'의 원년이 되어줬으면 하는 희망을 품고 있다. 한번 거짓말을 하면 대개 일곱 번까지 하게 된다는 말이 있다. '옷 사건'만 해도 그렇다. 언필칭 '사회 지도층 인사'급의 여성 여러 명이 주연과 조연을 맡아 하는 말마다 서로 섞갈리고 헷갈리게 하였다. 그래서 사실이 아닌 말이 그 털옷 하나가 되기 위해서 죽은 밍크 수만큼이나 새끼를 치고 쳤다. 왜 아니 시끄럽겠는가. 마치 그 털옷 하나를 4500만 국민이 돌아가면서 한 번씩 입었다 벗은 것처럼 시끄러웠던 것도 단 한 가지 '정직한 용기' 부족으로 '입고 싶어서 샀다가 도로 물렀다'는 사실을 못 밝힌 것이 탈이었다. 수수하게 살면 정직한 용기가 위축되지 않는다. 수수하게 생긴 대로 사는 것이 바로 인간사회 회복의 지름길이 아닐까 하고 생각한다.

그리고 올해는 대통령이 공언한 바 '문화의 세기' 그 첫해로 기록되는 데에 그치지 않고 순수문학과 순수예술이 정치 경제 사회적인 '왕따' 현상에서 문득 졸업했으면 하는 꿈, 연금도 퇴직금도 없이 퇴물화하는 순수예술인들에게 노후 대책 차원의 법적 장치가 마련되었으면 하는 꿈도 꾸고 있다.

현실이 없으면 꿈도 있을 수 없다. 지금은 어떤 꿈도 가능한 때다. 그러나 그 꿈이 헛되지 않으려면 각자가 새해를 더욱 새롭게 디자인하려는 의욕적인 자세가 따라야 하리라. 삶이란 본디 스스로 자기를 갈고 닦는 일이니까.

(2000. 1)

가랑잎을 다시 보며

어떤 학생의 글 가운데 "가랑잎은 부끄러워서 바람이 조금만 불어도 부스스 달아나 담장 밑에 숨는다"는 구절이 있었다. 여겨보지 않으면 그런대로 넘어갈 수도 있는 묘사였다. 그러나 한 가지 의문이 따를 수밖에 없는 내용이었다. 즉 가랑잎은 낙엽이 진 마른 잎인데 정말 부끄러울 것인가. 부끄럽다면 무엇이 어째서 부끄러운 것일까.

생각하면 가랑잎은 마침내 주어진 제 노릇을 다한 다음에 떳떳이 나무에서 해방된 터라 하나도 부끄러울 것이 없을 터이다. 그러므로 부스스 담장 밑으로 굴러간 것은 숨을 데가 아쉬워서 그런 것이 아니라 오래도록 편히 쉴 곳을 찾아간 것이 아니었을까.

가랑잎은 제 몫을 다한 나머지이니 여한이 있을 턱이 없다. 그러니까 어느 바람에 휩쓸려도 허물이 되지 않는다. 혹은 뭇발길에 골백번을 짓밟혀도 좋고, 혹은 한구석에 치쌓여서 썩어져도 좋으며, 혹은 갈퀴와 비질로 한 군데에 모여 한줌의 재로 불태워져도 좋을 것이다.

가랑잎이 썩어서 이룩한 부엽토의 향내는 모든 미생물의 산소나 마찬가지요 가랑잎이 타면서 내뿜는 연기 속의 향내는 이웃의 생명

체들에게 도르는 마지막 선물과도 같다. 대저 이 세상에 왔다가 가는 하고많은 유기물 가운데 이렇게 썩어져도 향기로 남고 태워져도 향기로 남는 것으로 이 가랑잎말고 무엇이 또 있겠는가.

사람들은 흔히 여름의 신록에 기운내고 가을의 단풍잎에 감동한다. 단풍잎도 꽃처럼 화무십일홍에 불과함은 전혀 고려의 대상이 아니다. 가랑잎은 처음부터 축에도 끼지 못한다. 그리고 성과에 대한 영예는 열매에게 돌아간다. 가랑잎의 노력과 수고가 아니었으면 있을 수가 없는 것이 열매인데도 가랑잎의 공로는 만날 논공행상에서 제외된다. 열매나 가랑잎이나 다 같은 졸업인데도 축하받는 졸업은 정해놓고 오로지 열매 쪽이다. 어떤 졸업도 어떤 시작의 연결고리라는 사실을 의식하지 않는 탓인지도 모를 일이다.

바야흐로 졸업과 입학의 계절이 다가오고 있다. 졸업이 하나의 어떤 마무리라면 입학은 하나의 어떤 실마리라고 할 수 있다. 그러나 어떤 하나에 어떤 하나를 더하는 형식이며, 사람이 살아가는 한 절차에 불과한 것이기도 하다. 인간이 우주의 일부이며 그 음양의 조화에서 비롯된 존재라고 한다면 인간이 살아가는 절차에도 빛과 그늘이 반드시 따르기 마련이다. 한 그루의 나무에도 열매와 가랑잎의 두 졸업이 있듯이.

어린아기는 가벼운 감기가 들더라도 한 번 앓고 날 때마다 지능과 체능이 부쩍 자란다. 잔병치레로 졸업과 입학을 되풀이하며 앞날의 인생 절차에 대해 미리 단련을 쌓는 것이다. 신록의 여린 잎이 비바람을 이겨내지 못하면 열매도 가랑잎도 기대할 수가 없으니까. 가랑잎의 품위를 처음부터 깨달은 것은 농민들이다. 농촌은 우주의 운행을 가장 자연스럽게 가르쳐주는 음양의 박물관이기 때문에.

(2000. 1)

거품과 앙금

재벌들이 주머닛돈이 쌈짓돈이라

밑돌 빼어 윗돌 고여가며 식당에서 첨단제품까지
족벌 경영이 전문 경영을 압도하고,
학벌이 능력을 압도하고,

사교육비가 공교육비를 압도하고,

인재의 규모가 천재의 규모를 압도하고,
뇌물을 세탁하면 떡값이 되는 논리가 압도하고,

가진 자를 부끄럽게 하겠다는 대통령의 취임사에 박수 소리가 압도하고,

국회의원 선거에서 75명의 병역 면제자가 압도적인 득표로 당선되는 한은,……
세계화보다도 동네화에 가깝고, 국제사회의 모습하고는 거리가 멀어도 한참이나 먼,
저 어느 시골 구석의 이야기가 아니었던가.

꽃밭과 풀밭

　　국회의원은 정치인의 꽃이라고 한다. 그러나 꽃도 꽃 나름이다. 꽃의 왕이라는 모란도 때가 되어 꽃잎이 시들기 시작하면 염소가 뜯어먹다가 남긴 들꽃보다 한결 추한 꼴을 보이면서 지듯이, 꽃 중에는 애초에 잎새만 같지 못한 꽃도 수두룩한 것이다. 향기가 없어도 벌이며 나비가 꽃잎이 닳게 들랑거리는 꽃이 있는가 하면, 향내가 진동해도 꼬여드는 것은 진딧물과 개미뿐인 꽃도 드물지 않은 터이다.

　　진딧물이 내리고 개미가 꼬여드는 꽃을 보면 꽃봉오리가 미처 벙그러지기도 전에 오가리부터 드는 것이 보통이다. 아름다운 모양과 그윽한 향기를 바라고 애써서 가꾼 사람으로서는 실망을 지나서 배신감으로 진저리를 치기가 십상일 것이다.

　　정치인의 꽃이 들녘의 풀잎보다 업신여김을 받기 시작한 것은 어제 오늘의 일이 아니다. 자기 딴에는 자기의 말이 곧 향기인 줄 알고 말 한마디를 해도 있는 말재주를 다하여 들으란 듯이 뒤떠들지만, 막상 꽃밭을 가꾼 사람으로서는 여물감밖에 안 되는 잡초 '도둑놈의갈고리' 따위와 어디가 어떻게 다른지 알 수가 없을 것이다.

　　정치인의 꽃밭이 우범자들끼리 세 패로 나뉘어 술래잡기를 하며 노는 풀밭으로밖에 보이지 않는다면 딱한 일이다. 그 패거리 셋이 오로지 저희 패의 두목 김씨 한 사람을 위하여 일년 열두달 난장판을 벌이는 것이라면 더욱이 딱한 일이다. 뿐만 아니라 그 동안 공들여서 가꿔온 꽃밭이 풀밭으로 변한 줄도 모르고 세 패거리의 두목이나 쳐다보면서 이 김이 낫다 저 김이 낫다 하고 편들고 역성들어준 사람이 적지 않게 있다면 더욱더 딱한 일이다. 아니 가련한 일이다. 꽃과 풀을 못 알아보는 증상은 인사불성에 버금가는 중증이라서 있는 약도 못 알아보아서 못 쓰는 판이니까.

(1997. 4)

6월의 개살구

작가는 '그래서 어쨌다는 것이냐' 하고 스스로 자기에게 묻는 일이 흔하다. 창작에 앞서서 우선 주제부터 선정한 다음 그 주제의 의미를 거듭 따져보고 다지르기 위해서도 최소한 한 번 이상은 반드시 거치지 않을 수 없는 과정이 바로 이 '그래서 어쨌다는 것이냐' 하는 질문이기 때문이다.

그래서 어쨌다는 것이냐, 하는 질문은 꼭 작품의 주제 선택에서만 제기되는 것이 아니다. 생활에 미치는 바가 있는 일에 대해서도 무시로 던질 수 있는 질문이 또한 이 질문인 것이다.

근자에 가장 정신 사납게 뒤떠드는 소리는 '92년의 대통령 선거에서 여당이 쓴 선거비용의 공개 여부 문제이다. 나는 어떤 글에서 진작에 밝혔듯이 '92년 대선에서 여당 후보에게 표를 찍지 않았던 사람 중의 하나이다. 따라서 얼핏 생각하면 당시 여당에서 쓴 선거비용 공개 요구에 대하여 이의가 없을 수도 있는 사람이다.

그러나 나는 이의가 있다. 앞에서 말한 대로 '그래서 어쨌다는 것이냐' 하는 질문에 의해 생긴 이의이다. 물론 지금과 같은 분위기 속에서는 백에 하나도 이로울 것이 없는 이의이다. 하지만 나는 이날껏 남의 눈치를 보면서 살아본 적이 없다. 신문을 보면 올해가 '87

년 6월 항쟁 10주년의 해라 하여 계제에 자기를 드러내고자 애쓰는 이도 여럿이나 되는 모양이지만, 나는 다른 생각이 없는지라 분위기에 약해야 할 이유도 또한 없는 셈이다. 나의 이의는 오히려 순수한 편이라는 것이다. 나의 이의는 이런 것이다.

'모든 자금의 총규모나 내용을 5년 가까이 지난 지금에 와서 가려낸다는 것이 불가능한 일'이라고 한 김영삼 대통령의 대국민 담화 (5월 30일) 내용에 거짓이 있다고 하더라도, 다음번 대선에서 당선은 받아놓은 밥상이라고 여기는 후보를 포함하여, 선거비용의 공개 요구가 그렇게 떳떳하기만 한 일은 아니라는 것이다. 더욱이 선거법 위반 사건의 공소 시효 6개월이 옛날에 지나 야당은 자유롭고, 대통령은 재임중에는 중지됐다가 퇴임 후에 재개되는 것을 빌미잡아서 노다지를 캐러 드는 것은 볼썽 사나운 일이 아닐 수가 없다.

선거비용 공개를 요구하더라도 상대방을 꼼짝 못하게 구석으로 몰아서 헐수할수없이 공개하도록 하면서도 그리 볼썽 사납지 않게 하는 방법이 아주 없는 것도 아니다. 공개하라고 윽박지르는 쪽에서 먼저 공소 시효 여부와 상관없이 선거자금의 총규모와 내용을 공개하는 일이다. 자금을 조달한 방법, 자금을 댄 기업, 자금을 세탁한 방법과 액수, 자금을 댄 조건과 받은 조건, 자금을 받은 날짜와 장소, 자금을 받은 횟수, 기업인과 다리를 놓은 참모의 이름, 이 은행 저 은행으로 뛰어다니면서 돈세탁을 해준 가신의 이름, 지출 명세서와 영수증, 그리고 받은 자금마다 하늘을 우러러 한 점 부끄러움 없이 정직하고 성실하게 증여세를 납부하여 조세 포탈의 혐의가 추호도 없음을 증명하는 영수증 등을 깨끗이 공개하는 것이 볼썽 사납기는커녕 매우 아름다운 일이라는 것이다.

이것을 자기는 짐짓 하지 않거나, 할래도 할 수가 없거나, 하고 싶어도 못할 사정으로 못하면서 남더러만 않는다고(못한다고) 윽박지르는 것은 떳떳치가 못한 일이다. 아니 부끄러워함이 마땅한 일이다.

오늘도 이미 대통령 후보로 뽑힌 이와, 경선이고 무엇이고 없이 그저 그냥 저절로 대통령 후보가 되게끔 된 이와, 당내 경선을 앞두고 뛰어다니는 이들 하여 적어도 열이 넘는 인사가 정신없이 돌아다니면서 돈을 쓰고 있다. 일반 시민도 문 밖만 나서면 드는 것이 돈인데, 대통령이 되기 위해 사시장철, 주야불철, 동서남북, 삼지사방으로 돌아다니는 이들이야 오죽이나 돈이 들 것인가. 하지만 누구 하나 자금의 출처와 세탁을, 지출의 규모와 내용을 말하는 이는 없다. 조세 포탈을 싫어하여 증여세를 냈다는 이는 더더구나 없다. 그러면서도 입만 열면 한 사람에게만 5년 전에 진 혐의를 자백하라고 윽박지르되, 그것도 무슨 국민과 국가를 위한 투쟁인 양 외치고 있다. 지금이 어느 때인데 빛깔 좋은 개살구를 비싸게 떨이하려는 것인가. 이제는 구경만 해도 이에서 신물이 난다. 그러다 보니 '금년 선거의 후보나 예비 후보가 과거의 한 후보에게 5년 전의 자금 공개를 강요하는 것은, 한 전과 혐의자에게 열도 넘는 현행범들이 단체로 과거를 묻는 것과 무엇이 다른가' 하고 물어보고 싶을 때도 있다.

지난날의 선거가 더러웠다면 선거를 더럽힌 혐의에서 누구보다도 자유로울 수가 없는 것이 그 선거에서 '바빴던' 유권자들이다. 5년 전의 대선자금을 4년째 물고 늘어지는 것은, 그 선거에 임해 '바빴던' 유권자들의 얼굴에 4년째나 침을 뱉아왔다는 말과 같다. 유권자를 이렇게 욕보여도 되는 것인가. 그러면서 금년 선거에도 밀어달라고 말만 들어도 신물이 나는 개살구를 파는 것인가.

세상에 어느 작가가 자기 이름을 걸고 현직 대통령을 편들어서 글 쓰기를 서슴지 않겠는가. 나는 이 문민정부에서 아무것도 덕본 것이 없다. 다만 10년 전에 시청 앞에서, 남대문 앞에서, 서울역 앞에서, 여러 문인들과 함께 흘렸던 최루탄 눈물이 문득 생각나서 이렇게 썼을 뿐이다.

(1997. 6)

기업문화와 문화기업

　동료 작가 박양호 씨의 작품에 〈붕어빵에는 붕어가 없다〉는 풍자적인 제목의 소설이 있다. 이에 준하여 '떡값은 떡고리에 담지 않는다'고 제목을 짓는다면 반응이 어떠할까. 보나마나 시들할 것이다. 떡값은 제일 싼 개떡값을 와이셔츠 상자에 담는 것으로 시작하여, 도자기 찻잔상자—007 가방—골프 가방—라면상자—사과상자 순으로 담는다는 것을 '한보'가 창안하여 활용하는 바람에 세상이 다 알게 된 지가 오래이니 무슨 신통한 반응이 있을 것인가.

　세 살 먹은 어린아이도 다 알고 있는 것 가운데에는 정경유착이라는 말도 있다. 정경유착이란 말을 내가 처음 들은 것만 해도 벌써 40년이 넘으니까. 그런데 이 고색 창연한 말이 새삼스럽게도 금년에 들어서 6개월째나 인구에 회자되고 있다. 무슨 그룹 무슨 그룹 하며 내로라 해온 대기업들과 함께, 아니 부도—부도 방지협약—법정관리 신청—제3자 인수와 같이 해묵은 경제 용어와 함께, 떡값정치 시대의 관용어처럼 입에 오르내리고 있는 것이다.

　그러나 떡값인즉 받는 쪽에서는 받을 일이 있어서, 주는 쪽에서는 줄 일이 있어서 생긴 것이라, 받잘것 없고 주잘것 없는 축들이 먹잘것 없이 조석으로 입에 올린다는 것은 그야말로 먹은 것도 없이 헛물켜는 꼴이니 밑져도 보통 밑지는 셈이 아닌 것이다. 그렇지만 그렇다고 해서 그냥 모르쇠 하기도 그렇고 한 것이 또한 떡값 이야기이다. 받는 쪽이나 주는 쪽이나 떡값은 한국적인 오랜 관행이라고 말하고, 심지어 법을 따져서 규정을 짓는 쪽에서조차 떡값을 인정하는 듯한 눈치이다. 하기는 인정하는 그 자체부터가 관행이었는지도 모를 일이지만.

하여간 세상이 시끄러워진 지금은 받아온 쪽이나 주어온 쪽이나 서로가 떳떳하지 못한 듯한 기미가 역연하다. 정치인의 몫을 제대로 해보고자 애쓰는 정치인의 고충을 어느 정도 짐작하고, 기업인의 몫을 제대로 해보고자 애쓰는 기업인의 고충을 어느 정도 짐작하는 문인의 한 사람으로서 볼 때는 여간만 딱한 모습이 아니다. 그러다 보니 문득 이런 생각도 들었다. 저렇듯이 초라하고 부끄러운 정계와 기업 간의 '떡값 관행'이 선진국의 경우처럼 문단과 기업 간에 문학 발전을 위한 '글값 관행'으로 있어왔더라면 오죽이나 세계적인 수준의 기업문화로 비쳤겠는가 하는 것이었다.

기업이 예술계의 발전을 위하여 이바지한 바가 전혀 없다는 것은 아니다. 이바지를 하되 오로지 장삿속으로 하나에서 열까지 으레 생색이 나는 분야에 국한하여, 그것도 그날그날의 당일치기 생색에 집착하여 떠들썩한 행사 위주로 가시적인 분야에만 치중해왔다는 것이다. 한 예를 들면 한국문화예술진흥원이 내는 《문화예술》이란 잡지가 있다. 이 잡지는 매월 '월간 문예진흥기금 기부금 현황'을 발표한다. 그런데 일년 열두달을 두고 이 난을 지켜봐도 여기에 행여 문인을 위한 듯하거나, 문학을 위한 듯하거나, 문예작품의 출판 및 문학독자를 위한 듯한 기부금 명색은 한 번도 실린 예가 없다. 문인들은 거의가 칼국수를 좋아하면서도 '기업으로부터는 일전 한

푼도 안 받겠다'고 선언한 적이 한 번도 없었건만, 꼭 거짓말같이 단돈 한푼을 기부한 기업이 없었다는 것이다.

한 30년간 순수문학을 해온 문인의 한 사람으로서 하는 말이지만 문인들은 우리나라의 기업과 경제발전에 아무것도 해를 끼친 적이 없다. 문인들의 작품활동 탓에 생산성이 낮아진 적도 없고 국제경쟁력이 떨어져 수출이 부진했던 적도 없다. 오히려 경제 불황이 출판 불황으로 이어져서 지존파 따위의 범죄집단이 애독했던 천박한 통속물이나, 역사소설로 둔갑한 허황하고 황당 무계한 야담류가 판을 치고, 북한의 핵문제에 편승한 물량주의의 광고작전이 원시적인 애국심과 부화 뇌동의 군중심리를 자극하여 허무 맹랑한 공상소설 나부랭이나 베스트 셀러가 되었을 뿐이었다. 그리하여 피해를 본 쪽은 순수문학을 이끌어온 문인들이었다. 순수문학을 지켜온 문인들은 15년이 넘도록 유일하게 요지부동인 원고료 수준과 출판 불황에 따른 수입 감소로 인하여 남이 알면 창피스러운 생활을 감내하지 않을 수가 없었던 것이다.

그러므로 이제부터는 정경유착을 문경유착으로 옮겨가자는 이야기가 아니다. 수십 년 내력의 떡값 관행이 그리 쉽게 글값 관행으로 변신할 이치도 없다. 문단이 기업들에게 바라는 것은 구조적으로 고객 관리 차원에 머문 대외용의 기업문화를 수정하여 스스로 국제적인 문화기업이 되었으면 하는 것이다.

국제적인 문화기업이 되는 지름길은 그 나름의 기업문화를 국제적인 수준으로 향상시키는 일이다. 그것은 예술계에 기여를 하되 당장 눈에 보이도록 생색이 나기를 바라지 않는 일이다. 또한 구차스러운 조건을 달지 않는 일이다. 홍보 차원의 지원을 졸업하는 일이다. 예술은 인생보다 길다는 말도 있지 않던가.　　　(1997. 7)

무서운 용어

우리나라의 언론 보도는 철야 조사라는 흉한 용어를 아주 예사롭게 쓴다. 조사를 하더라도 철야 조사를 예사로 하는 데가 그만큼 많기도 하고 잦기도 하다 보니, 사회적인 이목의 잣대로서 사건의 앞뒤를 캐고 널리 알리는 기자들까지도 그저 손 씻은 물에 발 씻듯이, 그 전부터 있던 관용어의 하나로 여겨 무심히 쓰고 있는 것이 아닌가 싶을 때가 있다.

그러나 철야 조사란 말이야말로 지금껏 일쑤 들어온 예사말의 하나일망정 새겨서 들으면 바로 기초적인 고문의 시작과 마감을 아울러서 이르는 흉악한 말이니, 옳게 말하면 '흉한 용어'가 아니라 '무서운 용어'인 것이다. 그런데도 이 무서운 용어를 쓰는 쪽에서만 예사롭게 쓰는 것이 아니라 듣는 쪽에서도 예사롭게 듣고 있다. 앓아보지 않은 이가 많아서 병을 몰라보는 이가 많듯이, 고문 또한 당해보지 않은 이가 적지 않아서 고문을 모르는 이가 적지 않은 까닭이라고 한다면, 그만만 해도 자못 다행이라고 하지 않을 수가 없다.

고문을 겪어본 사람은 누구라도 그 고통을 이루 다 주워섬길 수가 없을 것이다. 고통스러운 순간마다 비인간적인 자세로 견디는 것이 목숨을 포기하지 않을 수 있는 비결이라고 할 정도로 극한적인 상황이 곧 고문의 실체일진대, 그 누군들 그 당시의 자기를 기억하기가 끔찍스럽지 않을 수 있을 터인가.

우리나라의 고문은 '네 죄를 네가 알렷다'로 시작하는 원시적인 육감주의와 '매우 쳐라'로 시간을 절약하는 독살스러운 잔혹성이 전통이었다. 오늘날까지 버릇을 못 고치고 있는 손찌검과 발길질과 매질을 하여 자백을 받는 수법도 군주 시대의 장신(杖訊)을 그대로 물려받은 기초적인 고문의 하나인 것이다.

고문은 그 자체가 사람이 죽어나거나 살아나거나 하는 갈림길이다. 그러므로 공포는 고문의 또 다른 이름이다. 고문을 당하는 쪽에서 느끼는 공포의 대상도 한두 가지가 아니다. 고문은 거의가 알 만한 사람이나 알 수 있게 깊숙이 격리되고 단단히 폐쇄된 밀실에서 진행된다. 따라서 고립 무원의 절망감이 앞장을 서는 것은 당연한 일이다. 고문을 하는 사람의 정체를 모른다는 것도 공포의 대상이다. 고문을 맡은 이의 마음씨와 고문하는 기술의 숙련도를 모르는 것도 두려운 일이 아닐 수가 없다. 얼마나 하다가 쉬고 얼마나 더 하다가 그칠는지 모르는 것도 공포요, 고문 교과서 가운데 아직 써먹지 않은 과목은 무엇이며 이제 써먹을 과목은 무엇인가도 공포이다. 고문을 하는 이가 기대하는 정답이 무엇인지, 어느 방향으로 끌고 가려는 것인지, 어느 선에서 매듭을 지어 어떤 결과를 보일 작정인지도 말할 수 없는 공포감을 일으킨다.

그러나 여러 사람이 한 사람을 에워싸고 합동으로 진행하면서 그들 나름의 특기를 살려 역할 분담에 철저한 경우만큼 압도적인 공포 분위기를 자아내는 고문도 드물 것이다. 수적인 우세에서 나오는 위력은 열린 장소보다 격리되고 폐쇄된 장소에서 한결 드높기 마련인 것이다.

고문은 공포와 고통을 통해 인간의 인격을 파괴하고 목숨을 끊기도 한다. 인류의 이성과 지성이 고문과 그 행위를 문명의 적으로 삼는 것은 그러므로 당연하다.

한총련 소속의 서총련이니 남총련이니 하는 대학생들이 시위중에 있는 대학 구내에 들어왔다는 이유로 자기네 또래의 노동자를 각각 한 명씩 잡아들여서 철야 조사를 한다는 명목으로 고문하고, 살해하고, 유기하고, 은폐하고, 축소하고 조작한 사실은 무엇에 대한 도전을 뜻하는가. 그들은 '죽일 생각은 없었다'고 말했다. 바로고 박종철 군을 고문 살해했던 이들이 했던 말이었다. 대학생이 시위 현장에서 죽으면 의사요 열사이고, 대학생이 아닌 사람이 시위 현장에서 죽으면 개죽음으로 여기는 것도 이성과 지성에 대한 도전이다.

백성은 매우 쳐야 입을 연다고 믿었던 군주 시대에도 비열하고 야비한 것을 첫째로 미워하였다. 그들이 철야 조사를 하지 않았던 것은 전깃불이 없어서가 아니었던 것이다.

'고문 없는 나라에서 살고 싶다.'

얼마 전까지만 해도 한국 대학생들의 시위 구호였었다.

(1997. 7)

단식 농성국

　장마철에 이문을 많이 남기는 장사꾼말고는 아마 장마를 좋아하는 사람이 드물 것이다. 농부의 봄비도 꼭 필요한 때에 알맞게 오는 단비나 약비라야만 반기는 터수에 하물며 큰물에 집이 뜨거나 물마에 논밭이며 공장이 휩쓸리기 십상인 여름철의 장마비일 것인가. 오롯하고 홋홋하게 반짝경기를 챙기는 일부 계절업자 외에는 그저 따분하고 지루하고 지겨울 뿐인 것이 장마일 것이다.

　가물 끝은 있어도 장마 끝은 없다는 속담도 있듯이 장마는 또 불가항력의 대명사인 천재 지변의 한 장본으로도 꼽힌다. 북한이 국제적인 걸식 집단으로 전락한 원인도 작년 재작년 이태에 걸친 장마철의 폭우로 인하여 불거졌다는 것이 정설이니, 목구멍이 원수라 전주민이 초식 동물화하여 황야를 헤매도록 이끈 김일성 부자야말로 민족적인 재앙 덩어리이자, 불가항력은 천재와 지변만이 아니라 인재도 포함된다는 이미지 광고의 국제적인 모델이기도 한 셈이다.

　남한에서도 단식 농성이 유행했던 때가 있다. 짐짓 말을 만들어서 붙이자면 군사문화 시대의 문민문화적인 저항 방법의 하나였다. 그런데 북한에서는 지금 전주민이 단식 농성을 하고 있다. 물론 남북간의 체제 차이만큼이나 내용이 다른 단식 농성이다. 일테면 문민문화 시대에 대한 군사문화적인 저항 방법의 하나인 셈이다. 지구촌을 구석구석 있는 대로 기웃거리면서 어거지로 빌어먹고 떼거리로 동냥질을 하되, 장차 먹이를 준 손을 물기 위해 군량미를 장만하고 있는 꼴과 다름이 없다는 것이다.

군국(軍國)은 왕조의 기틀이다. 북한의 김씨 조선 역시 우두머리에게 대원수 칭호를 붙인다. 그러나 등급을 따지면 이씨 조선의 도원수(都元帥)급에 불과할 뿐이다. 서반(무반)은 늘 동반(문반)의 아래로 쳐온 것이 한반도의 유구한 전통이기 때문이다.

조선왕조는 비가 와야 할 때 오지 않으면 고려의 '고금상정예(古今詳定禮)'에 의하여 나라에서 제관을 선정하고 제물을 갖추어서 기우제를 지내곤 하였다. 세종대왕 때 우의정(李原)은 원구, 이조판서(孟思誠)는 소격전, 한성부 판윤(李孟畇)은 경회루의 못가에서 한날 한시에 기우제를 지낸 것이 곧 그러한 예의 하나였다.(《세종실록》 원년 6월 8일조)

장마가 길어져서 수재로 이어질 조짐이 보이면 또 영제(榮祭)라는 행사를 치렀다. 비가 그치기를 비는 일종의 지우제(止雨祭)를 지냈던 것이다. 영제를 지내는 장소는 서울의 경우 광화문, 홍화문 같은 궁궐의 문이었고 지방에서는 읍성의 문루였다.

"근년 이래로 한재와 수재가 이어져서 흉년이 거듭되었습니다. 백성이 떠돌고 도랑과 구렁은 시체로 메워졌습니다. 나는 덕이 없는지라 죄와 허물이 있지만 이 백성은 무슨 까닭으로 이런 재앙을 만나리까. 나는 좋지 못한 사람으로서 왕의 자리를 이어받은 탓에 이른 아침부터 늦은 밤까지 삼가고 두려워하며 백성의 먹을 것을 구했습니다. 그러나 잇단 흉년에 국고와 민간이 거덜났으니 백성은 나라의 근본이고, 먹을 것은 백성의 하늘인데, 백성이 하늘을 잃는다면 나라는 무엇에 의지하오리까. 생각해보니 정치의 잘못은 다 나에게 있습니다. 슬퍼하고 근심하여 내 몸을 책망하겠습니다."

비를 비는 세종대왕의 마음이 그대로 담긴 듯한 기우제 제문의 일절이다. 그런데 세종대왕 탄신 600주년을 맞는 지금도 도랑과 구렁을 굶주려서 죽은 백성의 시체로 메워나가는 군주국가가 있다. 전세계를 향하여 사료용 옥수수도 좋으니 그저 많이만 달라고 단식 농성을 하고 있는 지구촌의 오지가 있다. 그들은 물론 기우제도 지우제도 지내지 않을 것이다. 문명 시대의 역행이라서가 아니라 군국주의말고는 할 일이 없는 그 '대원수'의 자기 반성 아닌 자아비판이 두렵기 때문일 것이다. 대원수는 백성을 팔아서 동냥질로 모은 옥수수 1천여 톤을 일본의 아오모리항으로 빼돌려 아오모리현의 양계조합에 팔아먹고 있다고 한다.

장마는 계속되고 있다. 백성의 원수는 곧 하늘의 원수임을 북한의 대원수는 대체 언제쯤에나 깨달을 것인가.

(1997. 8)

은퇴어 소고

한국의 1년이 세계의 10년이란 말은, 대개 우리나라 경제의 빠른 성장이나 능률적인 기술 개발 및 그에 따른 사회 변동의 덧없음을 한마디로 아우르는 경우에 일쑤 들먹거린 말이었다. 그러나 말도 생물이므로 그 뜻이 언제까지나 한결같을 수는 없다. 말에도 생로병사의 인간적인 사고 팔고가 따르기 마련인 것이다. 말에도 신조어가 있고, 유행어가 있고, 비속어가 있고, 시효가 지나거나 용도 폐기를 당한 은퇴어가 있지 않은가. 어떤 말의 경우엔 그 말의 성쇠가 그 말을 한 사람의 성쇠와 함께 가기도 한다. 정말 말이야말로 인간적이다.

우리 사회에 은퇴어가 늘어가는 것은 그만큼 늘어나는 신조어와 외래어에게 자리를 빼앗기거나 밀려난 탓이라고 여겼던 적이 있다. 은퇴어는 사회 변동에 스스로 적응을 하지 못했거나, 잘못 쓰여서 때가 묻었거나, 쓰임새가 줄어들어 무게가 줄었거나, 하도 쓰여서 되게 낡았거나 하여, 아무도 입에 올리지 않고 귀에 담지 않게 된 탓에 분리 수거된 말이라고 치부한 적도 있다.

그러나 지금은 그렇지가 않다. 생각이 바뀌어도 벌써 바뀌어 그렇게 여기지 않는 지가 한참 되었다. 은퇴어 가운데에도 명예 퇴직한 은퇴어가 있고, 조기 퇴직한 은퇴어가 있고, 정리 해고된 은퇴어가 있다는 것을 느끼고부터 생각을 달리하게 된 까닭이다.

예컨대 '남자의 말 한마디는 천금과 같은 가치가 있다'는 뜻의 남아일언중천금(男兒一言重千金)만 해도 힘있는 사람들의 위신을 위해 정치적으로 정리 해고된 대표적인 은퇴어라고 하지 않을 수가 없다.

오는 선거에 대통령감이 나말고 누가 있느냐고 하는 인물들만 해도 되도록 말을 삼가는 이는 아무도 없지 않은가. 오히려 '남자의 말 한마디는 동전 한푼과 같은 가치가 있다(男兒一言輕銅錢)'는 신조어가 아직 나오지 않았다는 것이 다행스러울 지경이 아닌가.

다시 예를 들어 '한입으로 두말 하면 두 아비의 자식이다'란 뜻의 '일구이언이 이부지자(一口二言而二父之子)'라는 곁말 역시 정치인들에 의해 정치적으로 정리 해고된 은퇴어의 하나라고 할 수 있다. 천냥 빚도 말로 갚는다는 말이 있지만, 그야말로 말 같은 말로 국민을 설득하고 국민을 감동시켜서 뜻을 이루어야 할 자칭 대통령감치고, 한입으로 두말 세말 네말로도 부족하여 열말 스무말씩 하지 않는 이가 이날 이때껏 아무도 없으니, 꼭 남대문을 가봐야만 남대문인 줄 알고 동대문에 가봐야만 동대문인 줄 알 일이겠는가. 오히려 '한입으로 두말 하면 한 아비의 자식이다(一口二言而一父之子)' 운운하는 말장난이 돌아다니지 않는 것이나 그나마 다행으로 여겨야 할 형편이 아닌가.

오랫동안 수신 제가적인 자기 성찰 및 신의와 책임 의식 교육에 활용해온 금언이나 격언들까지 자기 합리화를 노린 수단의 하나로 용도 폐기를 서슴지 않은 이가 거의 정치인들이라는 혐의야말로 비정치적인 비극이다.

저 먼저 당수감을 자처하는 정계의 중진 5선 의원에게 어느 사석에서 이런 질문을 해본 적이 있다.

"한마디로 딱 잘라 말해보라. 정치인이란 무엇인가?"

정계의 중진은 서슴없이 대답하였다.

"한마디로 총 안 든 강도다."

"무슨 이유인가?"

"간단하다. 정치인이란 언제 어디서 누구를 만나 무슨 말을 하고 있더라도 자기도 모르게 눈이 자주 가는 곳은 상대방의 눈이 아니라 지갑이 들어 있는 윗도리 가슴께이다. 시종일관 생각하는 것도 그 호주머니의 돈을 어떻게 하면 알겨낼 수 있는가 하는 것뿐이다. 총 안 든 강도가 따로 있는가."

다른 사람들은 다 걸려도 정치인들은 죽는 날까지 치매에 걸리지 않는다는 우스갯소리도 있다. 누구 돈을 어떻게 하면 앗아낼 수 있을까 하고, 오매불망 오로지 남의 돈 끌어다 쓸 궁리로 사는 바람에 머리 속이 한가할 틈이 없기 때문이라는 것이다. 노인네가 고스톱을 좋아하면 치매에 걸리지 않는다는 말도 거저 생긴 말이 아닌 모양이지만, 한보에서 사과상자로 날라온 떡값 2억 원을 받고도 "자다가 말고 잠결에 받아서 누구한테 받았나 기억이 없다"고 진술한 정치인도 있고 보면, 정작 정리 해고를 통해 은퇴를 늘려가야 할 것은 금언과 격언이 아니라 총 안 든 강도들이라야 할 것이다.

(1997. 10)

뒤로 걷는 사람들

나는 길 하나 건너에 올림픽공원이 있는 동네에서 15년째 살고 있다. 행정 동명으로는 송파구 잠실 4동이다. 걸어서 5분 거리에는 석촌호수도 있다. 게다가 지하철도 2호선, 8호선이 동서로 통하고 있을 뿐 아니라 또 다른 선이 개통을 앞두고 있다. 이만만 해도 생활 환경 하나는 서울에서 일등가는 동네로 자부할 만한 동네에 살고 있는 셈이다. 따라서 여전히 아파트에서만 살 수밖에 없는 조건이라면 여간해서 이 동네를 뜨는 일이란 없을 것이라고 다짐한다.

동네 사람들은 80년대 중반까지는 석촌호수를, 올림픽을 치른 뒤에는 올림픽공원을 산책길로 삼았다. 석촌호수나 올림픽공원 안의 위례성이나 걷는 시간은 비슷하지만, 석촌호수는 롯데월드에서 절반을 차지하여 상품화하는 통에 종전의 풍치를 많이 해친 반면, 올림픽공원은 볼거리가 훌륭한 데다 그 둘레에 살면서 이용하는 사람들의 아낌과 애정이 갈수록 깊어지고 관리도 잘되어서, 이제는 서울 올림픽이 남긴 유일한 문화유산이라고 주장해도 좋을 만큼 그윽한 맛까지 자아내기 때문일 것이다. 아니면 조석으로 드나드는 동네 사람들이 잔디 하나라도 덜 밟으려고 마음을 쓴 흔적이 올림픽을 치른 시민답게 품위 있는 시민의식으로 여겨지기 때문인지도 모른다. 동네 사람 가운데에도 별쭝맞게 유난을 떠는 이가 아주 없는 것은 아니다. 누가 싫어하거나 말거나 동이 틀 무렵부터 아무 데나 대고 목청껏 소리를 지르는 목통 큰 이나, 나이가 아깝게 손버릇을 못 고치고 떨어진 도토리를 다람쥐보다 먼저 주워가는 이가 그런 이들이다.

나도 동네 사람들만큼 이 공원을 아끼고 사랑한다. 또 아직 와보지 못한 이들에게는 자랑도 한다. 보잘것 없던 논밭이 세계적인 작가들의 조각공원으로 바뀌는 과정을 처음부터 지켜본 사람에게서만 우러날 수 있는 것이 내게서도 우러나는 까닭일 것이다.

이 공원에는 중대 규모의 비둘기와 소대 규모의 까치와 분대 규모의 꿩과 수를 짐작할 수 없는 다람쥐가 산다. 그 가운데서도 꿩은 자기 보호 감각이 예민해 작년까지만 해도 저만치에 인기척만 있으면 달아나기가 바빴다. 그러나 이제는 사람들이 줄을 지어 걷고 뜀박질을 해도 달아나지 않는다. 달아나기는커녕 장끼란 놈은 잘 보이는 곳에 떡 하니 버티고 서서 꿩—꿩— 하고 목청껏 울어제끼기가 예사다. 나는 장끼들의 당당해진 태도를 볼 때마다 마음이 한결 푹해진다. 야생 동물도 인간에 대한 신뢰가 쌓이면 저토록 당당하고 떳떳하게 내로라 할 수가 있다는 것을 확인하기 때문이다.

새벽에 공원에 가면 흔히 뒤로 걷기에 열중하는 이들과 마주치기도 한다. 물론 운동의 하나로서 해보는 뒷걸음질이다. 하지만 나는 으레 똑같은 의문을 되새기곤 한다. 인류가 직립을 시작한 이래 과연 뒤로 걸어다닌 적이 있기는 있었을까. 뒤로 걷는 것이 앞으로 걷는 것보다 더욱 효과적인 운동이 된다고 여기는 이유는 무엇일까. 역행이 순행보다 낫다는 근거라도 있는 것일까. 비록 근거가 있다고 해도 저렇듯이 일삼아서 역행만을 거듭하니, 설령 득이 있다고 한들 무슨 득이 있을 것이며, 덕을 본다고 한들 무슨 덕을 얼마나 보겠다고 저 야단들인가 하는 의문을 좀처럼 거둘 수가 없는 것이다.

뒤로 걷기에 용을 쓰는 이들은 새벽의 올림픽공원에만 있는 것도 아니다. 대통령 선거를 겨냥해 갖은 수를 다 쓰고 있는 정치권에도 순행보다 역행이 더 효과적이라고 믿어 땀을 흘리는 이들이 적지 않은 것 같다. 그들은 대개 상전댁에서 청지기 노릇, 통인 노릇, 방자 노릇, 상노아이 노릇 따위로 잔뼈가 굵은 가신 출신들이라 옛날 사복시의 거덜처럼 거덜거리지만, 때로는 정치 9단이라는 이들이 앞장서서 물렀거라 들렀거라 하고 벽제하듯이 외치면서 무리를 이끌기도 한다. 그러나 아무리 큰소리로 외쳐도 그 내용은 연좌제의 부활을 촉구하는 것일 뿐이다. 대통령 후보 자제들의 병역 면제를 문제 삼아서 외치는 소리나, 대통령 후보의 사상 검증을 외치는 소리나, 사실은 뒤로 걷는 것이 운동에 더 효과적이라고 믿어 뒤로 걷기에 땀을 흘리는 소리일 뿐이며 21세기를 여는 대통령은 앞으로 걷지 않고 뒤로 걷는 사람을 뽑자는 소리인 것이다.

(1997. 9)

아는 길 앞에서

　여자는 약하지만 어머니는 강하다는 말이 있다. 흔히 모성에 대한 예찬이나 교훈적인 일화에 곁들여지기 마련인 해묵은 수사의 하나다. 그렇지만 자고 나면 생기는 것이 신조어라고 할 정도로 말재주꾼들이 판을 치는 요즈음도 함부로 어깃장을 놓거나 섣불리 벋나갈 수가 없을 만큼 성역화한 말이기도 하다.

　신혼 초만 해도 집안에서 바퀴벌레를 보면 비명부터 지르고 속수무책이었으나 아기 엄마가 되고부터는 보이는 족족 스스로 잡으러 들되, 급하면 숫제 맨손으로 때려잡게 되더라는 말을 한 신세대 주부에게서 들은 것도 엊그제의 일이다. 이 역시 자식을 위해서라면 어떤 희생도 마다하지 않으려는 모성 본능의 한 모습이거니와, 예나 이제나 아름답고 거룩하기로 이를 누를 만한 말이 없다는 데에는 긴 말이 필요치 않을 것이다.

　우리는 접때 며칠 사이에 두 여자가 떠나는 것을 보았다. 우리만 본 것이 아니라 텔레비전 중계 방송을 통하여 세계의 인구가 함께 보았다. 한 여자는 영국의 장미로 추서된 영국의 다이애나 전왕세자비, 한 여자는 마케도니아에서 태어나 인도에서 살다가 인도의 성모로 추증되어 국장으로 모신 테레사 수녀였다. 이들은 아무개 여자니, 아무개 여사니, 아무개 여인이니 하는 고유명사로 살지 아니하고 이루 헤아릴 수 없는 사람들의 어머니라는 보통명사로서 삶을 마쳤기 때문에 세계적인 영결식으로 기록하게 된 것이었다. 다만 한국의 일부 잘난 남자들만이 부러 이혼녀 운운하며 다이애나를 업신여겼다고 하지만, 그런 한국적인 입버릇도 자칫하면 덧없이 사라져갈 수가 있다. 오늘날 늙고 젊고가 없는 듯이 느는 이혼율 추세만 보더라도 마치 만호 장안을 누비고 다니다가 어느날 문득 바퀴 자국도 없이 사라져버린 '한시 택시'에 대한 기억처럼.

두 여자의 생애는 길고 짧은 차이만 있을 뿐 뭇사람의 아쉬움을 자아내는 자취에 있어서는 언니와 동생 사이라고 해도 과언이 아니었다. 이 두 여자는 중생들이 버린 중생들의 가난과 질병과 고독과 죽음 사이에서 그네들의 혼과 몸을 되살리고자 늙고 쇠잔한 몸과 젊고 건강한 몸을 부릴 수 있는 데까지 부려먹다가 이승을 떠난 보살 중의 보살이요 꽃 중에서도 연꽃이었던 것이다.

영국의 장미를 나의 딸이라고 했던 성모의 장례식은 종교를 초월한 인도의 수백만 중생이 뒤를 따랐고, 성모를 어머니처럼 따른 영국 장미의 장례식에는 그녀가 후원해온 110개 자선단체의 임원 550여 명이 저승길을 바래다주었다.

교리를 믿기보다 개인을 숭배하고 믿는 듯 말 잘하는 성직자가 있는 곳마다 부화뇌동적으로 인산 인해를 이루거나, 값은 고하간에 생태계를 망치는 외국산 수입 물고기를 사서 방생하되, 내 남편 내 자식들의 복밖에 비는 것이 없는 여자들도 성모의 생애를 마음 편히 입에 올릴 수 있었을까. 연전에 영화배우 장미희 씨가 입던 속옷들을 경매에 부쳤을 때 그 넝마를 사입고자 동방플라자 일대를 승용차로 뒤덮으며 5천여 명이 악다구니를 떨었던 그때 그 여자의 남

편들이나, 뱀을 비롯한 갖은 보신 요리를 찾아 동남아 일대를 먹자 여행으로 헤맸던 사내들도 장미의 이혼 경력에 마음대로 악담을 해 댈 수가 있었을까. 이웃에 소주방 노래방 전화방 비디오방이 있는 것은 좋고, 동네에 장애아동을 위한 의료시설이나 교육시설이 들어 서는 것은 내 자식 교육에 지장이 있다는 가장 비교육적인 핑계를 외치면서, 속으로는 집값 땅값이 내리면 어떡하느냐고 악을 썼던 집단 이기주의에 눈이 먼 어머니들도 사랑이니 봉사니 하는 말을 마음 편히 읊조릴 수가 있었을까.

　이 글을 쓰는 나도 마음 편히 쓰고 있는 것은 아니다. 마음 편히 살 수 있는 길을 모르는 것도 아니다. 불쌍한 자는 아는 길을 앞에 놓고도 가지 못하는 자임을 다시금 되새길 따름이다.

(1997. 11)

문민 시대의 입영 세대

굵은 목소리로 21세기를 책임지겠다고 직업적으로 흰소리를 하는 사람들부터 시도 때도 없이 서넛만 모이면 화투판을 벌여 신선놀음에 도끼자루 썩는 줄 모르는 사람들까지, 모였다 하면 찧고 까부르는 것이 여당 대통령 후보 아들의 병역 면제 사실에 대한 쑥덕공론이 아닌가 싶다.

장날도 아닌 무시(無市)날에, 그야말로 아무 때도 아닌 여느 때에, 이렇게 한 자연인의 병역 면제를 놓고 구름잡는 사람이나 개잡는 사람이나 한결같이 가타부타하고 따따부따하는 것은, 두말할 것도 없이 대통령 선거라는 대목장이 다가오는 탓일 것이다. 그야 면제할 만한 이유가 있어서 면제를 했을 터이고 시비할 만한 소지가 있으니까 시비를 하게 되었을 것이니, 호미로 막을 것을 가래로 막건 말건, 닭잡는 칼로 소를 잡건 말건, 나처럼 우연히 병역을 면제받았던 사람은 그저 국으로 있으면 그만일 것이다.

나는 우연히 병역을 면제받았지만 그 '우연'의 내용인즉 제대로만 쓰면 한 편의 소설감이기도 하여, 여기서 선은 이렇고 후는 이렇다 하고 다 알아듣게 늘어놓을 수는 없다. 다만 집체교육이란 이름으로 2주간의 강도 높은 훈련을 마치고 예비군에 편성되어, 비록 현역 입영에는 못 미칠망정 병역 의무 하나는 나름껏 하느라고 했다는 말로 넘어가는 수밖에 없다.

나는 현역 입영을 못 해본 만큼 병영(兵營)에 관해서는 판무식꾼을 면하지 못하였다. 30년 동안 쓴 소설에 병영 이야기가 단 한 편이 없는 것도 군문(軍門)에 대한 경험이 전무한 까닭이었다.

그런데 그런 군문의 문외한(門外漢)인 내가 '영문(營門)도 모르고' 병영을 가보게 되었다. 아이의 입영 통지서가 나왔지만 모이라는 306보충대를 어디로 어떻게 찾아가야 되는지 저도 모르고 나도 모르는지라, 혹시나 하는 노파심을 못 이겨서 동행을 하게 된 것이었다.

나는 아이의 초등학교 입학식에 따라갔던 기분으로 영문에 들어섰는데 그런 기분은 눈으로 아이의 뒷모습을 바래다주고 영문을 나설 때까지 전혀 변함이 없었다. 입영에 따른 것이라면 번번이 눈물바다를 이루기 마련이었던 50년대의 입영 장정 환송식장에 대한 기억이 전부였으니, 나로서는 입영장의 풍경 하나하나가 생소하면서도 흥미롭고, 그래서 그러려니 하면서도 격세지감을 되새기지 않을 수가 없었던 것이다.

나는 우선 백명이고 천명이고 입영 장정에 묻어온 가족 친지들을 모두 영내에 들어오게 하는 것이 생각 밖이었다. 그것도 정원수와 벤치와 잔디로 잘 꾸민 휴식 공간에 안내하는 것이었다. 기온이 29.5도를 넘으면 연병장을 놀린다는 거였다. 입영 장정을 따라 영내에 들어와서 휴식 공간을 점령한 이들의 열에 일고여덟이 여학생들이라는 것도 이색적이었다. 짐작컨대 연인이거나 친구 사이인 모양이었다. 입영 장정들의 차림새 또한 격세지감을 자아내기에 충분한 것이었다. 목걸이나 귀고리로 멋을 부린 장정, 반바지에 슬리퍼

차림으로 잠깐 마을 오듯 한 장정만도 반이 넘는 듯했기 때문이었다. 그들은 영내의 매점에서 각종 음료수를 쉴새없이 팔아주었다. 크게 봐주면 고등학교 4학년짜리들이 모인 것이었고, 그렇지 않으면 놀아도 구멍가게 앞에서만 노는 동네의 개구쟁이들이 떼를 이룬 것과 별 차이가 없어 보였다.

생각 밖의 것은 제306 보충대대가 컬러 인쇄로 제작 배포한 '즐거운 병영생활 안내'란 전단에도 있었다. 급식표에 의하면 월간 육류 급식이 쇠고기 22회, 돼지고기 35회, 닭고기 17회에 생선류는 매일이라는 것이었다. 그럴 것이었다. 오늘날의 입영 장정들은 급격히 팽창한 외식문화와 더불어 '싫어서 안 먹은' 비만 시대의 총아들이니, 이들의 비위를 맞춰주기 위해서는 그럴 수밖에 없었을 것이었다.

입영 장정의 가족과 친지들에 대한 대대장의 인사말은 더욱 재미있었다.

"사기꾼들의 사기 전화에 속지 말라. 아들이 군수품을 분실해 배상을 해야 한다, 혹은 교통사고를 일으켜서 합의를 봐야 하니 급히 돈을 부쳐라 운운하는 전화는 모두가 사기 전화다. 군대에서는 장병들에게 아무것도 변상이나 배상을 시키지 않는다. 돈을 요구하는 전화는 아들이 하는 전화도 사기 전화다!"

다들 웃었다. 낄낄거리고 웃어대는 입영 장정들을 보니 그 가운데에는 장차 사기 전화를 걸 아드님들도 수두룩해 보였다. 그래서 또 웃었다.

(1997. 12)

해변의 빈집

나는 해외에 나가 구경하고 다닐 때 그 나라에서 보고 듣는 것들을 언뜻 우리나라의 경우와 비교해보는 안 좋은 버릇이 있다. 물론 백날 천날 보고 들어도 모르는 전문적인 분야는 언제나 예외이다. 그러므로 내가 비교해보는 것들은, 이를테면 그 나라에도 천민이 있어서 돈 있고 할 일 없는 한국 사람들처럼, 문화재보호법 같은 것이야 있거나 말거나 차 있고 총 있겠다, 밤이나 낮이나 들로 산으로 여봐란 듯이 쏘다니며, 기러기 까마귀 오소리 너구리 눈에 띄는 족족 닥치는대로 잡아다가, 고아먹고 삶아먹고 지져먹고 볶아먹고 구워먹고 찜쪄먹고들 해쌓면서, 남들이 일하는 시간에 산보하고 조깅하고 등산하고 수영하고 당구치고 골프치고, 사우나탕 온천탕에 몰려가 냉탕 온탕을 번차례로 드나들며, 개기름이 지르르르 흐르는 얼굴로 사람은 살을 빼야 건강하게 오래 산다고 지껄이고들 있는지 따위, 같잖고 하찮은 것들에 지나지 않는 거였다.

접때 한 열흘 가량 구경하고 온 나라는 구세대에서 보통 토이기(土耳其)라고 불렀던 터키였다. 비행기로 11시간 반쯤 걸리는 꽤나 먼 나라였다. 그러나 뜻밖에도 피로한 줄을 모르게 하는 나라였다. 드넓은 땅, 눈부신 풍광, 맛있는 음식은 둘째 치고, 양으로 많고도 많은 역사 유적과 질로 높고도 높은 문화유산이 피로는커녕 갈수록 정신을 바짝 차리게 해주는 나라였던 것이다.

외국에 가보면 그때까지는 통 생각지도 않았거나 짐작조차 못해본 것들과 마주치는 수가 있다. 터키의 경우도 마찬가지였다. 터키가 6·25전쟁 때 유엔의 이름으로 군대를 보낸 참전 16개국의 하나라는 것은 어려서부터 알고 있었고 그 참전기념탑도 어디선가 지나가는 길에 우연히 스쳐본 적이 있었다. 그러나 그뿐이었다. 지금은 총기 좋은 사람이나 기억할까말까 한 50년대의 흘러간 노래 '위스 퀴다르'의 빠른 가락과 함께 다 해묵은 옛날 얘기였던 것이다.

그런데 막상 터키 사람들은 그렇지가 않다는 거였다. 코레리(한국인)라고 하면 대개 반색을 할 뿐 아니라, 가령 참전했던 노인네를 식당에서 만났을 때는 먹던 빵을 들고 와서 권해가며 옛말을 하는가 하면, 어느 택시 운전사는 자기 할아버지의 참전이 자랑스러운 나머지 택시 요금까지 받지 않은 일도 있었다는 거였다. 터키 사람들이 지금껏 자랑스레 여기는 것은 터키군이 인민군을 크게 무찌른 군우리 전투와 금장향리 전투라고 한다. 그렇지만 우리나라 사람들은 군우리나 금장향리가 강원도의 어디인지 경기도의 어디인지조차도 아는 사람이 없다는 것이다. 우리나라 사람들이 모르는 동네를 터키 사람들은 어떻게 알고 있으며 또한 오래도록 기억하고 있는 것일까.

터키 방송국의 특파원이 전투 장면을 일일이 라디오로 중계하여 모든 터키 국민이 터키군의 전과를 그때 그때 알았다는 거였다. 몇 해 전 중동의 걸프만 전쟁에 텔레비전이 생중계하는 것을 보고 어느새 이런 세상이 됐는가 했더니 터키는 벌써 47년 전에 졸업을 한 나라였던 것이다. 전에는 짐작은 고사하고 상상도 못해본 일이었다.

터키 여행은 서울 이스탄불 사이의 직항 노선을 처음으로 개설한

아시아나 항공의 배려로 누구라고 하면 다 알 만한 40명의 문인이
행각을 함께한 여행이었다. 일행은 트로이 전쟁터 혹은 트로이의
목마를 보기 위하여 여러 시간을 차로 달렸다. 또 페르가몬 왕조가
세운 석조(石造) 도시의 예술적인 건축미가 훼손될 것을 걱정하여
정복자 알렉산더 대왕도 입성을 삼가며 성밖에 천막을 치고 묵었다
는, 황성 옛터의 도시 안탈리아를 향하여 다시 여러 시간을 차로 달
렸다. 그러는 동안에 우리는 흑해로 이어지는 물목 보스포루스 해
협에서부터 마르마라해와 에게해와 지중해의 갯가를 끼고 돌면서
소아시아 반도의 자연미를 꿈결처럼 누릴 수가 있었다.

이 바닷가를 따라서 돌아다닌 동안은 음식을 먹어도 꼭 바닷가의
식당에서 먹고, 잠을 자도 으레 바닷가에 있는 호텔에 들어서 잤다.
에게해와 지중해의 해변은 한결같이 여름철의 별장지대였다. 따라
서 큰 호텔이나 식당이나 카페는 오히려 많은 편이 아니었다. 갯가
에 줄줄이 층층이 늘어서 있는 것은 거의가 개인의 별장으로 보이는
단독 주택이나 연립 주택형의 빈집들이었다. 그러므로 우리나라 같
으면 한 집 건너 두 집꼴로 줄달아 있어야 할 소주방 맥주방 노래방
전화방은 물론 기념품을 늘어놓은 가겟방조차도 보기가 드물었다.

터키 사람들은 대개가 여름철에 쓰는 별장 따로 겨울철에 쓰는
별장 따로 하여 별장을 두 채씩 갖고 있다고 한다. 우리나라 사람들
보다 벌이가 좋거나 배움이 많거나 시간이 남거나 부동산에 밝아서
가 아니었다. 다만 사는 방법이 다른 거였다. 일할 때는 놀 일을 생
각하며 일하고 쉴 때는 할 일을 생각하며 쉬는 것이 아니라, 모름지
기 쉴 때는 쉬기 위하여 쉬는 것이 보람 있게 쉬는 것이라고 여기는
모양이었다.

이 하계 휴양지는 꼭 터키 사람들만 쉬고 가는 동네도 아닌 모양

이었다. 터키는 가는 데마다 외국인 관광객이 장날 장보러 나온 장꾼들처럼 붐비기가 예사였다. 휴가철이 지난 지가 언제인데도 외국인이 들끓는 것으로 미루어보아 평소에 일조량이 적거나 물가가 비싼 유럽의 여러 나라 사람들이 몰려와 여름 휴가를 보내고 간다는 것은 물어보나마나 한 일이었다.

그런데 정작 우리나라하고 다른 것은 열에 일고여덟 집이 빈집으로 있는 이 행락곳 아닌 휴양곳의 하고많은 빈집 가운데에 유리창 한 장 깨어진 집이 없고, 문짝 한 짝 뜯긴 집이 없고, 쓰레기 하나 나뒹구는 집이 없다는 것이었다. 국민소득은 3000달러 남짓하지만 문화의식은 1만 달러에 이르렀다는 나라보다도 한결 높아 보이지 않을 수가 없었다. 아무려나 4500만 국민이 일년 열두달 2이 3김씨 이야기로 해가 지고 달이 지는 동안 30대 재벌기업들이 오뉴월에 축담 무너지듯 무너지고, 도둑이 한낮에도 한밤중처럼 설치는 나라가 세상 천지에 어디 또 있을라구.

(1998. 1)

담배는 필요약이다

무릇 술과 차와 담배는 보통남자들의 첫째가는 기호품이지만 혹 정치적으로 어수선하거나, 경제적으로 어렵다거나, 사회적으로 어지러우면 그 소비량이 부쩍 늘어 건강에 미치는 바가 자못 크다는 공통점을 가진 것들이기도 하다.

그러나 그에 대한 인식은 공평하지가 않다. 차는 예로부터 권선적인 반면에 담배는 징악적이며 술은 도리어 처방적인 대접을 받는다. 이를테면 술은 온갖 좋은 약 중에서 으뜸(百藥之長)이라는 말도 그러한 대접의 하나다.

차와 술의 효능에 관한 논술은 열 말이면 아홉 말이 새삼스러울 지경으로 유사 이래 면면히 이어져서 지금에 이르렀으니 이제는 긴 말이 필요 없고 딴말도 필요 없을는지 모를 일이다. 그렇지만 담배는 예외일 수밖에 없다. 자고로 차와 술은 외상이 통하지만 담배만큼은 어림도 없는 일이었다. 차와 술은 제아무리 인이 박인 사람이라고 해도 참자면 참아지는 물건인데 오히려 값을 그어주며 인심을 베푸는 반면, 담배가 떨어지면 아무 정신이 없는 골초들까지도 번번이 맞돈이 아니면 아니 되는 것이 이 나라 이 겨레의 한결같은 인심인 것이다.

그러니 한마디하지 않을 수가 없다. 하물며 하루에 한두 번씩은 으레 담뱃값으로 높은 세금을 내면서도 가는 데마다 천덕꾸러기 취급을 받아가며 사는 골초임에랴. 도대체 외화 파탄으로 나라가 부도 위기에 처하여 국제통화기금의 법정 관리를 자청한 터에, 커피와 양주는 언제 수출이라도 한번 해본 양으로 어찌하여 인심이 그리 후하고, 그런 와중에도 그나마 외화를 벌어오는 담배에 대해서는 어찌하여 인심이 그다지도 박하더란 말인가.

차와 술과 담배를 가까이하는 기호인의 한 사람으로서 말하건대, 차와 술은 진정 필요 '약'임이 분명하고 담배는 진정코 필요 '악'이 아님이 분명하다.

지금부터 34~35년 전에 있었던 일이 문득 생각난다. 5·16 군사정권, 이른바 국가재건최고회의(의장 박정희) 시대 초기에는 담배를 어지간히 좋아하는 사람치고 '백양'을 첫째로 꼽지 않은 이가 드물었다. 그런데 이윽고 '재건'이라는 고급 담배가 새로 나왔다. 국가재건최고회의 직속으로 재건국민운동본부(본부장 유진오)가 지금의 새마을운동중앙회의 전신 격으로 생기고, 병역 기피자들에 대한 강제노동 조직체인 재건단과 넝마주이들의 조직체인 재건대를 비롯하여, 재건복 재건체조 등 '재건'을 돌림자로 딴 것들이 우후죽순처럼 쏟아져나왔던 시대의 산물치고는 유달리 고급품이었던 것이 바로 '재건' 담배였던 것이다. 한 갑에 열 개비짜리로 필터가 없는 담배였다. 그때까지 '백양'밖에 몰랐던 애연가들의 입맛을 단박에 독차지해버렸을 것은 두말할 나위도 없다.

그 무렵의 유명 인사 가운데 애연가 중의 애연가로 자타가 공인했던 인물은 공초(空超) 오상순(吳相淳) 선생이었다. 아호부터가 꽁초였으니 달리 무슨 말이 더 필요했겠는가. 다만 가난한 시인이고 보니 늘 담뱃값이 넉넉치 못했던 것이 아쉬울 따름이었다. 그러자 당시의 전매청장이 '재건' 담배 두 상자(100갑)를 들고 명동의 청동다방으로 공초 선생을 찾아뵈었다는 이야기가 신문에 일제히 보도되었다. 알 만한 사람은 미담 가화의 하나로 지금껏 기억하는 담배 일화의 한 토막이다. 비록 호랑이 담배 먹던 시절에나 있을 수 있었던 일이지만 담배도 필요 '약'의 하나가 아니었으면 있을 수 있는 일이었겠는가. 차와 술이 그렇듯이 담배 또한 정신건강 유지에 크게 이바지하는 양약의 하나라고 말하지 않을 수가 없는 것이다.

　사람들이 담배를 건강의 공적으로 삼기 시작한 것은 아주 최근의 일이다. 그러나 만병의 근원이 스트레스라는 것은 누구나 다 아는 일이다. 우리나라의 말 가운데 세계의 공용어로 등록된 말은 '김치'와 '화병'이라고 한다. 김치는 우리나라의 대표적인 고유 음식이고, 화병 역시 지구상에서 유독 우리나라에만 있는 병이기 때문이라고 한다. 따라서 외국의 의학자들은 화병약을 개발하기가 어려울 것이다. 임상실험 하나를 하더라도 우리나라에 오래 상주하면서 하지 않으면 아니 될 터이니까. 그러니 화병약의 개발이야말로 한국 의학자들의 몫인 것이다. 그러나 의학자의 연구를 거치기도 전에 일찌감치 개발된 것이 화병약이기도 하다. '담배는 과부 친구'라는 속담이 말해주듯이, 가만히 앉아 있어도 화가 치밀어서 생긴 과부 댁의 화병을 다스리는 데는 담배만한 약이 없었다는 뜻이다. 우리나라의 말 가운데서 세번째로 세계적인 공용어가 될 공산이 큰 말은 재벌이라고들 한다. 재벌이란 말 또한 뭇사람의 화병을 돋구는 말이다. 담배는 여전히 필요약으로서 국민 정신건강에 이바지하게 될 것이다.

(1998. 1)

서민의 허리띠

작가라는 직업이 애시당초 경제성이 없는 직업이기도 하지만, 어음이니 채권이니 증권이니 당좌수표니 양도성 예금증서니 하는 돈표를 써보기는 고사하고 만져본 적도 없었으니, 흑자 기업이 부도를 내게끔 하는 것이 전문인 것처럼 보도되고 있는 종합금융사라는 데가 무엇을 하는 곳인지는 더욱이 알 까닭이 없었다. 그런데도 국제통화기금(IMF)이란 말과 함께 풍미하는 경제 파탄, 경제 신탁, 경제 보호조약, 국가 부도 위기, 국가 법정관리 따위와 같은 흉악한 말과 더불어 인구에 회자되는 것이 종금사 즉 종합금융사였다. 그래서 나름껏 공부를 하여 근근이 알았다는 것이 고작해서 종금사는 돈장사를 하는 데라는 것이었다. 그러므로 요즈음의 경제 문제에 대해서는 입이 발채만하다고 하더라도 그저 입 다물고 국으로 있는 것이 옳을는지 모를 일이다.

그러나 그러고 있기도 쉽지가 않다. 언론이라는 것이 내동 뒷짐지고 구경만 하고 있다가 어느날인가부터 갑자기 나라가 금방 문이라도 닫게 된 양으로 야단법석을 떨어대니 내전 보살이 아닌 다음에야 누구인들 마냥 모르쇠로만 일관할 수 있겠는가. 게다가 '중소기업인은 부도내고 자살하는 사람도 많건만' 운운하며 전직 경제관료들에게 은근히 스스로 하직하기를 권하는 무자비함마저 예사로 드러내기까지 하지 않는가.

책임감을 느끼지 않는 전현직 경제관료들이 미운 것은 인지상정일 것이다. 그러나 지금의 경제부총리가 전임 경제부총리와 다르다는 것을 알리기 위하여 담화문을 발표한 다음 '책임지겠다'고 힘지게 말했다고 한들 무엇이 또 달라질 것인가.

말로라도 책임을 지겠다고 하면 책임이 없다고 뻗대는 쪽보다 당장 듣기엔 나을는지 모르지만, 책임을 지마고 했으면 대체 무엇을 어떻게 해서 지겠다는 것인가. 예를 들어 '98년도에 거두기로 했던 세금에서 3조 원을 더 거두겠다는 국민의 세금을 몽땅 자기의 사재로 대납하겠다는 것도 아닐 터이고, 종금사의 자금 회수로 하루에도 60여 개씩 쓰러지는 기업의 부도를 자기의 검은돈으로 막아주겠다는 것도 아닐 터이고, 자기가 먼저 200여 만 명으로 예상하고 있는 '98년도의 새로운 실업자 전원에게 자기가 일자리를 다시 만들어주거나, 취업을 할 때까지 실직 수당을 아직 세탁하지 않은 자기의 비자금으로 지급하겠다는 것도 아닐 터이고, 도대체가 무슨 수단으로 책임을 지겠다는 것인지 알 수가 없지 않은가. 책임을 안 지겠다는 쪽의 말이나 책임을 지겠다는 쪽의 말이나 결국은 그 말이 그 말인 것이다.

경제적인 사안이 등장할 때마다 으레 해결의 열쇠는 오로지 이것뿐이라는 듯이 쳐들고 나서는 허리띠를 졸라매자는 식의 근검 절약 운동도 책임을 지지 않겠다는 말과 다를 바가 없는 것이다. 안 사고, 안 쓰고, 안 먹고, 안 입고, 안 보고, 안 하겠다는 말들도 얼핏 듣기에는 기특하거나 갸륵하게 들릴 수도 있는 말이다.

그러나 그래서 어쩌겠다는 것인가. 공장들은 공장들대로 재고품이 넘쳐나고 가게들은 가게들대로 놓친 물건들로 미어지도록 해서 무엇을 어쩌자는 것인가. 제조업은 제조업대로 내수마저 부진하여 문을 닫고, 판매업은 판매업대로 고객의 발걸음이 없어서 쉬고, 납품업은 납품업대로 주문이 줄어들어서 놀고, 유통업은 유통업대로 물류가 끊기고, 건설업은 건설업대로 건축자재가 바닥나서 일손을 놓게 하여 무엇을 어쩌겠다는 것인가.

허리띠를 졸라매자는 사회운동도 허구일 경우가 많았다. 허리띠를 졸라매어야 할 서민이라면 관례에 따라서, 혹은 전례에 비추어서 대개는 문화비를 줄이는 쪽으로 흐르는 것이 순서였던 것이다. 그러므로 허리띠 졸라매기 운동은 일쑤 책 덜 사보기 운동, 연극 영화 덜 감상하기 운동, 문화유산이나 역사유물 덜 찾아보기 운동과 다름없이 되어 애매한 문화 부문에 못할 노릇을 하기가 십상이었던 것이다.

지금부터 26~27년 전인가, 경기도의 어느 두메에 야생의 반달곰 한 마리가 나타나 길을 가던 부인네를 놀라게 하여 주민들이 공포에 떨고 있다고 신문마다 뒤떠든 적이 있었다. 기사를 본 관할 경찰서장은 예비군들까지 동원하여 한나절 동안 수색을 한 끝에 반달곰을 발견하자 볼 것도 없이 총질을 하여 숫제 벌집을 만든 다음, 쓰러뜨린 반달곰을 둘러싸고 기념 촬영을 하였다. 신문들도 일제히 주민들의 걱정 덩어리였던 반달곰을 처치한 노고와 경찰 및 예비군들의 용감 무쌍한 무용담을 특종으로 다루었음은 물론이다. 신문마다 걸핏하면 음성 미호천의 짝 잃은 황새를 안타까워하며 천연기념물에 대한 의식 전환을 역설하던 시절의 일이었다. 요즈음은 발자국으로 보아 지리산에 야생하는 반달곰이 다섯 마리 이상일 것이라느니, 여남은 마리는 되고도 남을 것이라느니 하면서 경쟁적인 보도를 하고 있다. 문화비용이 근검 절약운동의 첫번째 표적이 되는 이유를 짐작할 만하지 않은가.

최근에 새마을운동 어느 도지부 회원 90여 만 명이 새마을회관을 짓기 위해 1년 7개월 동안 10원짜리 동전 모으기를 한 끝에 2억 5380만 원을 모아서 뜻을 이루게 되었다는 이야기를 신문에서 보았다. 또 텔레비전에서도 보았다. 물론 미담 가화로서 보도를 한 것이었다. 10원짜리 동전 2억 5000만 원의 무게는 88톤이며, 포대에 2억 5000만 원을 담으니 한 포대의 무게가 88킬로그램인데, 그네들이 모은 동전이 무려 1천 포대에 달했다는 것이었다.

10원짜리 동전을 새로 주조하는 데에 드는 비용은 30원이라고 한다. 그래서 각처의 노인정을 중심으로 책상 서랍에서 잠자는 10원짜리 동전을 활용하자는 운동까지 벌어졌던 것이다. 간단히 생각해서 새마을회관을 짓기 위해 모은 10원짜리 동전 2만 5000개들이 1천 포대가 가만히 쌓여 있었던 1년 7개월 동안 그것을 보충하기 위해 개당 30원씩 들여가면서 1천 포대를 새로 주조했다는 말이 될 수도 있다는 것이다. 그야말로 비경제적인 경제 이야기인 셈이었지만 그러나 뜻밖에도 그것을 바로집어서 말하는 사람은 아무도 없었다. 근검 절약운동이라면 무턱대고 성역화해온 우리 사회의 분위기 때문이었을 것이다.

일반 서민 대중까지 덮어놓고 허리띠를 졸라매자고 선동하고 충동하는 짓도 이제는 그만둘 때가 되지 않았을까. 경제가 이렇게 된 것이 국회에서 주는 밥값보다 기업에서 주는 떡값에 눈이 어두운 국회의원들의 정경유착에 있다는 것은 서민들이 더 잘 아는 일이다. 그러나 그런 사람들을 뽑아 국회로 보낸 사람 역시 서민들이다. 누가 누구를 탓할 것인가. 모두가 자업 자득인 것을.

(1998. 1)

열쇠는 열린 생각이다

헝가리의 서울 부다페스트에도 시내를 강남과 강북 지역으로 나누면서 흐르는 한강이 있었다. 오스트리아에서는 다뉴브강, 독일에서는 도나우강, 헝가리에서는 두나강이라고 부르는 강이 바로 그 부다페스트의 한강이었다.

부다페스트는 체코의 프라하를 작은 로마라고 추키듯이 예로부터 작은 파리라고 추워온 곳이었다. 두나강을 굽어보면서 늘어선 옛날의 왕성을 비롯하여 시민들의 살림집하며, 두나강에 걸려 있는 다리하며, 도시를 이루고 있는 모든 건축물 하나하나가 죄다 예술품이라는 뜻이었다. 이를테면 반경 500미터 이내에는 창문의 문짝 하나, 난간의 문양 하나, 바람벽의 색깔 하나도 같은 것이 없을 뿐만 아니라, 어디를 고치거나 칠을 다시 할 경우에도 반드시 부다페스트시 문화재위원회의 허락은 물론 유네스코의 결재가 있어야 된다고 한다. 그러므로 부다페스트에 대한 섣부른 언급은 되레 입을 봉하고 있느니만도 못한 것이다.

두나강 언덕 위의 옛 왕성에는 고색 창연한 청동색의 기마상 하나가 있었다. 황제의 상인지 장군의 상인지는 듣고도 잊었으나 갑옷과 투구로 위신을 갖춘 무인상이었다. 그런데 이상한 것은 세월

의 때가 켜켜이 끼여 묵직하고 우울한 기마상임에도 딱 한 군데만
은 하도 닦이고 닦인 나머지 눈이 부시도록 반짝거리고 있는 것이
었다. 바로 뒷다리 사이에 있는 말의 고환이 그토록 빛나고 있었다.
일행의 안내를 맡은 한국인 유학생의 설명이 재미있었다.

　시험 때가 되면 헝가리의 학생들도 시험 미신을 따르는 데가 있
는데 특히 여학생들이 그렇다는 것이었다. 여학생들은 입학 시험이
건 중간 시험이건 기말 시험이건, 좌우간 무슨 시험이든 시험을 보
기 전에 꼭 이 기마상을 찾아와서 뒷다리 사이에 달린 말의 고환을
한번 쓰다듬고 가야만 점수가 잘 나온다고 굳게 믿는다는 것이었
다. 인구 200만의 부다페스트 여학생들이 1년에도 몇 번씩 찾아와
서 정성껏 쓰다듬고 가기를 마지않으니, 하긴 제사 때 짚수세미에
곱게 빻은 기와깨미가루를 묻혀 힘껏 닦은 놋그릇처럼 노상 그러고
번쩍거리는 수밖에 없는 노릇이기도 하였다.

　이 이야기를 들은 한국의 단체 관광객 가운데 대학 입시생이 있
는 ‘엄마’치고 이 기마상에 덤벼들어 뒷다리 사이를 잔뜩 쓰다듬고
가지 않은 ‘엄마’는 아무도 없었다. 그런데 어떤 엄마 하나는 다른
엄마들이 쓰다듬을 것 다 쓰다듬고 난 뒤에까지도 한나절내 붙잡고
늘어지면서 당최 놓을 줄을 모르는 것이었다. 참다 못해 일행 가운
데 하나가 나서서 그만 하고 가자고 달랬다. 그러나 그 엄마는 막무
가내면서 이렇게 하소연하는 것이었다. “우리 애는 전문대학만도
세 번이나 떨어져서……올해가 벌써 4수째라우.”

　그러자 다음번 관광지를 향하여 갈 길을 성화같이 재촉하던 일행
들도 저 먼저 여북하면 저럴까, 오죽하면 저럴까 하고 혀를 차면서,
그 엄마가 스스로 그만 하고 내려올 때까지 진드근히 참고 기다려
주더라는 것이었다.

"그 엄마가 과연 저것을 만진 효험을 볼 수 있을는지 모르겠군요. 효험이 있으려면 귀국해서 집에 도착할 때까지 손을 씻지 않아야 할 텐데요" 하고 안내원은 그 나름의 걱정까지 곁들이고 있었다.

제15대 대통령 선거를 유감없이 치렀다. 유감없이 치렀다는 말은 역대 어느 대통령 선거보다도 깨끗한 선거였다는 것, 다시 말하면 고질적인 관권 선거와 금권 선거가 이번 선거만큼은 아니었다는 것이다. 투표 성향이 지역에 따라서 완연히 다른데도 유감없이 치른 선거라고 쉽게 말할 수 있느냐 하는 반론도 있을 수는 있다. 동서로 갈려 나타난 지역감정이란 것을 무시할 수가 없다는 주장 또한 일리가 있는 말이기 때문이다. 그러나 그렇다고 하더라도 유감스러운 선거라고 말할 수는 없는 노릇이다. 50년 만에 정권 교체를 이룬 선거 운운한 당선자 나름의 평가에 무조건 동의하여 하는 말이 아니라, 선거는 어디까지나 선거일 뿐 그 이상도 그 이하도 아닌 것이기에 하는 말인 것이다. 선거의 결과와 무관하게 국가는 여전히 그 이상도 그 이하도 아닌 국가로서 있고, 국민도 여전히 그 이상도 그 이하도 아닌 국민으로서 있다는 사실이야말로 곧 그에 대한 증거가 아니겠는가.

따라서 지역감정이란 것도 무턱대고 걱정거리로만 여길 일은 아닐 것이다. 근자에는 열린 세상이니, 열린 사회니, 열린 단체니, 열린 회사니, 열린 학교니 하는 말이 흔히 쓰이고 있지만 열린 세상, 열린 사회, 열린 단체, 열린 회사, 열린 학교도 한결같이 열린 생각에서 비롯된다는 사실은 두말할 나위도 없는 일이다. 모든 문제의 열쇠야말로 열린 생각 그 자체인 것이다. 열린 생각이란 무엇인가. 남을 먼저 헤아려서 스스로 삼가는 마음이다. 그러한 마음씨 앞에 지역감정 따위의 유치한 심사가 감히 어떻게 자리를 잡을 수 있겠는가.

(1998. 2)

여의도의 몇 배

어떤 땅이 어떻게 되었다고 떠들 경우에 흔히 '여의도의 몇 배' 넓이란 말을 예사로 쓴다. 이 '여의도의 몇 배' 운운은 또 신문이나 방송 뉴스에서 맡아놓고 쓰다시피 하는 말 가운데 하나이기도 하다.

그러나 이 여의도의 몇 배란 말처럼 막연하기가 다시 없는 말도 찾아보기 쉽지 않을 것이다. 우선 여의도의 면적부터가 얼른 짐작이 가지 않을 뿐더러 설령 짐작이 간다고 하더라도 여의도에 집이 있거나 직장이 있어서 여의도에 훤한 이가 아니면 짐작 자체가 장님 코끼리 말하기와 무엇이 다를 것인가.

길이의 단위, 넓이의 단위, 부피의 단위, 무게의 단위를 따질 때 푼(分) 치(寸) 자(尺) 칸(間) 정(町) 리(里)로서 길이를 대중하거나, 작(勺) 합(合) 평(坪) 묘(畝) 단(段) 정(町)으로 넓이를 헤아리거나, 작(勺) 홉(合) 되(升) 말(斗) 가마(叺) 섬(石)으로 부피를 가늠하거나, 푼(分) 돈쭝 관(貫)으로 무게를 어림하는 등 척관법(尺貫法)에 익숙한 구세대에게는 1963년에 마련한 미터, 킬로미터, 리터, 톤, 제곱미터, 아르, 헥타르 등의 미터법도 늘 남의 일에 지나지 않는 것이다.

여의도는 평으로 쳐서 87만 평이라고 한다. 물론 정부에서 측량

한 것이다. 그러나 여의도의 넓이는 마치 여의주가 조화라도 부리는 것처럼 말하는 사람마다 다를 때가 있다. 심지어 신문마다 다를 때도 있고, 한 신문에 기자마다 다를 때도 있는 것이 이 여의도의 넓이였다. 여의도가 넓어서, 혹은 좁아서가 아닐 것이다. 척관법과 미터법을 뒤섞어서 쓰는 탓에 이 쪽에서 혼동을 하거나 그 쪽에서 척관법 단위와 미터법 단위를 환산하며 착오를 일으키어 그러는지도 모를 일이었다. 아니 어쩌면 그렇지 않을 수도 있는 일이었다. 정부에서 쓰는 도량형 단위부터가 일정하지 않은 터에 신문이나 방송이라고 하여 일정하라는 법이 있을 것인가.

나라의 반만년 기간 산업인 쌀농사에도 정부의 도량형 기준부터가 일정하지 않다는 것은, 나라의 살림을 국제통화기금이 총재(總裁)하기에 이르도록 달러 빚이 다 해서 얼마인지 제대로 아는 이가 누구 한 사람 없었다는 기막힌 이야기와도 무관하지가 않을 것이다.

농민들이 말하는 논밭의 기본 면적도 어느 고을에서는 150평에 한 마지기, 어느 고을에서는 200평에 한 마지기로 고을마다 일정치가 않거니와, 정부 또한 그에 뒤질세라 논밭의 기본 단위에 평(3.3제곱미터), 단보(10아르), 정보(1헥타르), 헥타르 등을 골고루 섞어서 쓰고, 수량의 기준도 현대적인 킬로그램과 톤, 근대적인 섬과 가마를 저마다 내키는 대로 쓰고 있는 것이다.

더욱이 어지러운 것은 추곡 수매 때마다 헷갈리게 하는 쌀의 수량에 대한 기준이다. 이를테면 1996년의 경우 정부가 말한 연간 쌀 생산량 3696만 섬의 1섬은 정곡 즉 백미 144kg을 뜻하고, 농민들이 말하는 1섬은 조곡 즉 벼 100kg(백미로는 80kg)을 뜻하는 것이다.

또 정부가 금년도의 추곡 수매가를 1등품 기준으로 가마당 13만 2696원에 묶어둔다고 할 때는 백미 80kg짜리 1가마를 뜻하고, 농민들이 그에 맞추어서 1등품 기준으로 가마당 4만 7820원씩에 납품하는 것은 40kg짜리 벼 1가마인 것이다.

헷갈리게 하는 것은 그것으로 그치지 않는다. 같은 1섬이라고 해도 보리밥 세대가 말하는 벼 1섬은 200kg이고 컵라면 세대가 말하는 벼 1섬은 100kg이다. 또 백미 1섬은 144kg이고, 현미 1섬은 155kg이며, 콩 1섬은 135kg, 보리 1섬은 138kg으로 통하고 있다. 농산물의 규격화, 포장화, 실명제화, 국제단위화를 이룩하여 국제경쟁력을 갖춤으로써 국제통화기금의 졸업을 앞당기겠다는 말과는 거리가 한참인 셈이다.

옛날에는 한 쾌(貫)라는 말이 10냥씩 꿴 엽전 10꾸러미와 북어 20마리를 뜻하고, 한 채라는 말이 인삼 100근과 이부자리 1벌을 뜻하고, 한 뭇(束)이란 말은 벼 10줌, 채소 10다발, 생선 10마리, 미역 10장을 뜻하고, 한 동(同)이란 말은 먹 10장, 붓 10자루, 생강 10접, 피륙 50필, 곶감 100접, 백지 100권, 볏짚 100뭇, 논밭 100묘, 조기 2000마리를 뜻했다고 한다. 그때와의 거리는 또 얼마나 되는 것일까.

해마다 여관을 지어 없어지는 논밭이 여의도의 몇 배, 무슨 가든 무슨 가든 하고 음식점을 지어 없어지는 논밭이 여의도의 몇 배, 골프장으로 깎이는 산과 주유소로 들어가는 땅이 여의도의 몇 배라고들 하지만 이 '여의도의 몇 배'라는 도량형은 법 밖의 미터법이며, 여의도의 넓이가 얼마나 되는지 짐작도 안 가는 이들에게는 그저 허구의 땅일 뿐이다.

(1998. 3)

거품과 앙금

정부가 국제통화기금에 부랴부랴 손을 벌리자 가장 어리둥절하고 제일 어이없어한 데가 아마 농촌이었을 것이다. 죽어라 하고 땀 흘려 일한 일년 농사를 셈하고 겨우 한숨 돌릴 만하여 터진 것이 국가경제의 파탄과 국가 부도의 위기 및 경제 분야의 신탁통치니 국가경제의 법정관리니 하는 낯설고 귀선 소리만 왁자하게 들려왔으니, 나라 밖의 구제금융이 어쩌고 나라 안의 종합금융이 어쩌고 하는 소리가 다 무슨 이야기인지 당최 알 수가 없었을 거였다.

그러면 농촌은 전혀 책임이 없는 것일까. 그렇지 않을 수도 있다. 몇 해 전 외국의 경제학자들이 한입으로 한국은 샴페인을 너무 일찍 터뜨렸다고들 해도 누구 하나 귀여겨듣지 않았거니와, 농촌도 함께 귓등으로 흘려들은 무책임성 하나만은 면하기가 쉽지 않을 것이라는 뜻이다. 국민 된 자로서 국사에 적잖은 관심이 당연할진대 농촌도 또한 면책의 대상이 될 수 없음은 두말할 나위가 없는 것이다. 순박한 농촌도 있을 리 없거니와 행여 있다고 하더라도 '무지는 변명이 될 수 없다'는 말과 같이 순박도 변명이 될 수 없기는 마찬가지인 것이다. 외국의 경제전문가들이 아시아의 네 마리 용 가운데서 지렁이로 처진 것이 한국이라고 했을 때 너 해라 나 듣지 하고 그냥 넘어간 것이 변명이 될 수 없는 것처럼. 결국 오늘날의 경제 파탄에 대한 책임은 그 동안 국사에 무심했던 이들이 스스로 뉘우치며 나누어 져야 할 짐일 수밖에 없는 것이다.

금년에 증가할 실업자가 누구는 일백만이라고도 하고 누구는 이백만이라고도 한다. 한 집에 네 식구씩만 쳐도 일백만이면 사백만 명이 생계가 막연해지는 셈이다. 농촌이고 산촌이고 간에 남의 일이 아닐 수밖에 없는 일이다.

국가경쟁력을 엿보이는 국민총생산에서 세계 11위를 기록하며 1만 달러 시대에 접어든 것을 자축하여 떠들썩하게 잔치판을 벌인 것이 언제인데 그 잔칫상의 설거지도 못다한 채 벌써 이 지경에 이르렀다는 것인가. 철강 생산에서, 선박 건조에서, 자동차 수출에서, 시멘트 생산에서 세계 5위, 교역액 규모에서 세계 12위, 외환 보유고 세계 18위, 자동차 보유 1천만 대를 내세우며 뻐기고 으스댄 지가 며칠이나 되었다고 어느새 이 난리판이 되었단 말인가.

국제통화기금의 구제금융은 곧 경제보호조약이므로 국제사회에서 이류 국가라는 불명예를 자청한 폭이며, 선진국들의 모임인 경제협력개발기구(OECD)에 가입한 지 첫돌 만에 이런 사단이 벌어졌으므로 국제적인 망신을 스스로 도맡은 꼴이라고 분개하는 이도 적지 않은 것 같다. 그러나 언제는 일류 국가 축에 들었었던가. 재벌들이 주머닛돈이 쌈짓돈이라 밑돌 빼어 윗돌 고여가며 식당에서 첨단제품까지 족벌 경영이 전문 경영을 압도하고, 학벌이 능력을 압도하고, 사교육비가 공교육비를 압도하고, 인재의 규모가 천재의 규모를 압도하고, 뇌물을 세탁하면 떡값이 되는 논리가 압도하고, 가진 자를 부끄럽게 하겠다는 대통령의 취임사에 박수 소리가 압도하고, 국회의원 선거에서 75명의 병역 면제자가 압도적인 득표로 당선되는 한은, 기업체 하나를 세우는 구비 서류에 180개의 도장이 압도하고 1억 3천만 원짜리 공장을 짓는 데 청(廳)자 든 기관, 서(署)자 든 기관에 4천만 원의 뇌물이 들어 떡공장도 아닌데 떡값이 공사비를 압도하는 한에서는 세계화보다도 동네화에 가깝고, 국제 사회의 모습하고는 거리가 멀어도 한참이나 먼, 저 어느 시골 구석의 이야기가 아니었던가.

그러나 그렇다고 저마다 몸가짐 마음가짐에 고개 숙인 남자로 자처할 수는 없는 노릇이다. 게다가 땅은 못 속이고 씨는 못 속인다는 속담을 속담 아닌 격언으로, 격언 아닌 신념으로 여겨온 농촌은 더더욱이 그러하다. 우리나라의 농촌이 지닌 것 가운데에 가장 넉넉한 것은 지난날의 가난에 대한 체험이며 그 가난을 이겨낸 슬기와 끈기라고 해도 과언이 아닐 것이다. 외화 보유액이 1억 달러에도 못 미쳤던 60년대 초에 광원으로 간호사로 서독에 가서 외화를 벌어들인 사람들이 우리 농촌의 자녀들이었음은 그네들 스스로 증언하고 있는 것이다. 또 목숨을 걸지 않고는 발을 들여놓을 수가 없었던 베트남 전쟁터에 백마부대 청룡부대의 용사와 각종 기술자로 자원하여 나아가 외화를 벌어들인 사람들도 거의가 농촌 출신의 젊은 이들이었으며, 사막과 종교적 금기의 천국인 중동에 진출하여 70년대의 경제개발에 이바지한 사람들도 물어보나마나 태반이 농촌에서 제공한 인력이었던 것이다.

농촌 출신들이 외국에서 한창 외화를 벌어들일 무렵 농촌에 남은 사람들은 새마을운동이라는 이름 아래 통일벼와 비닐하우스와 복합 영농 그리고 땔나무 연료의 졸업으로 녹색혁명을 이룩하여 농촌의 모습을 새롭게 가꾸어놓았다.

나라의 살림을 거덜낸 사람들이 이제는 허리띠를 졸라매자고 누가 누구더러 할 소리인지 모를 말을 외치고 있다. 우리의 농촌은 지금껏 허리띠를 늦춰볼 겨를이 없었다. 따라서 앙금은 있어도 거품은 있을 수가 없었고, 속아서 산 날은 많아도 사치와 낭비로써 자기가 자기를 속이면서 살았던 적은 없었다.

그러므로 지금과 같은 이른바 환란(換亂) 시대의 농촌의 역할은 어느 분야보다도 분명하다. 첫째는 속아 살지 않을 일이다. 특히 세계의 웃음거리로 평이 난 각종 통계숫자 놀음에 속지 않을 일이다. 둘째는 일자리를 잃고 실의에 빠진 사람들에게 따뜻한 고향의 인정을 베푸는 일이다. 다음은 그 동안 거품을 일으키는 데에 발벗고 나섰던 텔레비전을 비롯하여 신문과 잡지 등 대중적인 매체를 경계하는 일이다. 1만 달러 시대에 2만 달러 시대의 소비와 사치를 부채질하다가 마침내 5천 달러 시대로 뒷걸음질치게 한 철부지 가운데 하나가 바로 우리나라의 언론이었음은 그들도 스스로 느끼고 있는 터이다.

예나 이제나 국난 극복의 첫번째 현장은 농촌이었다. 그만큼 희생도 컸지만 보람도 있었다. 지금이야말로 다시금 농촌의 존재를 스스로 다짐할 때이다.

(1998. 1)

허풍선이의 거푸집

요즈음에 쓰이는 거품이란 말은 실제보다 실없이 부풀린 거푸집을 사실처럼 여기고, 그 거푸집의 크기에 걸맞게 둥뜬 생각이나 행동 따위의 그릇된 점을 이르집어서 말하는 경제용어의 하나이다. 그러나 거품이란 말의 쓰임새는 자못 무소부지(無所不至)로 다양하여 IMF란 말과 함께 쓰이지 않는 구석이 없을 정도로 한창 바빠진 말이기도 하다. 하지만 사용처를 경제 분야에 한정하더라도 대관절 어디서 어디까지가 거품이란 말인가 하는 일말의 의문이 따르는 것은 당연한 노릇이다.

마침 한국의 경제적 현실에서 무엇이 거품인가에 대하여 알아듣게 쓴 글이 있기에 좀 길더라도 그 중의 한 대목을 다음과 같이 옮긴다.

"거품이란 어떤 자산의 시장가격이 그 내재가치를 초과할 때 나타나는 현상이다. 거품은 언제나 경제 주체들의 기대를 호전시키는 정치·경제적 계기와 더불어 발생하며, 경제 상황에 대한 근거 없는 낙관을 통해 증폭된다. 근거 없는 낙관은 투자자금 등 적당한 조건이 마련될 때 스스로 현실화하는 속성을 갖고 있으며, 그 결과가 거품이다. 예컨대 만 원이며 적당한 주식이 십만 원으로 오르리라 기대되면 수요가 늘어 정말 십만 원이 되는 것이다.”(정운찬,〈한국경제, 거품의 붕괴와 제도개혁〉,《창작과 비평》1998년 봄호)

이렇다 할 건더기도 없이 독장수셈과 다를 것 없는 허풍선이 식의 희떠운 낙관주의와 이기적인 희망사항이 거품의 씨앗이라는 것이다.

거품은 냄비뚜껑이 부접을 못하고 거풋거릴 정도로 들끓던 뜨거운 거품도 으레 바깥 바람을 쐬면 시나브로 꺼지기 마련이다. 하물며 사람들이 사사로운 잇속을 바라고 부러 일으킨 거품이야 두말할 나위가 있겠는가.

오늘날의 우리 사회가 혹 거품사회가 아닌가 싶은 의문이 자주 드는 것도 각계 각층의 각종 거품이 그만큼 부접하지 못하게 거풋거리는 탓인지도 모를 일이다.

그러나 ‘각계 각층의 각종 거품’이라는 것도 그 품질을 가려보면 생각보다 그다지 복잡한 것이 아니라는 것을 느낄 수가 있다. 마치 남을 위해서 사는 사람들처럼, 거의가 남을 의식한 체면치레로 꾸민 거품이기 때문이다.

환율 상승과 IMF 체제의 소용돌이로 해외 유학을 중동무이하고 귀국한 해외 거주 2년 미만의 조기 유학생 수가 작년의 33배라는 신문 보도를 본 적이 있다. 그것은 스스로 거품을 끈 용단이었다. 그러나 그런 용단을 포기한 거품주의자는 그들의 몇백 배에 달하리라는 것이 통설이다. 화투판의 ‘죽어도 고’가 아니라, 곧 죽어도 남 위해서 살다가 남 위해서 죽겠다는 식의 살신성인적인 체면주의자들의 또 다른 용단인 셈이다.

자녀의 장래를 위해서가 아니라 자기의 체면을 위해서, 자녀의 적성을 보아서가 아니라 자기의 체면을 보아서, 자연계보다 인문계를, 전문대학보다 4년제 대학을, 야간부보다 주간부를, 지방 대학보다 수도권 대학만을 오직 대학으로 쳐서 입시학원에 투자를 계속하는 부모가 허다한 것은 이야깃거리도 되지 않는다. 자녀의 장래보다 부모의 체면이 더 소중함에 따라 수수만 명이 해외에 나가서 재수생의 세계화를 이룩한 국제적인 거품이 문제라는 것이다. 한자를 어지간히 알아도 간자(簡字)가 낯설어서 문맹자나 다름없이 되기 마련인 터에 자기의 이름자도 간신히 그리는 처지에 중국 유학을 하여 중원 천하를 헤매는 체면주의자의 자녀만도 수만 명에 이른다는 귀국자의 전언은, 아무리 남을 의식한 체면치레가 보통이된 거품사회라고 해도 기가 막히지 않을 수가 없다. 그것은 유학이아니라 유학이라는 허울을 쓰고 행하는 유기 행위인 것이다.

생활 폐수가 흐르는 대도시 주변의 하천은 언제 보아도 늘 거품에 뒤덮여 있기가 예사다. 집집마다 각종 세제를 남용하는 것이 원인이라고 한다. 거품은 공해물질이다. 하천의 거품은 그 하천뿐 아니라 강과 바다를 더럽히는 공해인 것이다. 거품사회의 거품은 국토만 더럽히는 것이 아니다. 국가경제를 찌들리는 것은 다음이고국민의 의식과 생활정서를 더럽히는 공해물질인 것이다.

거품을 제거해야 한다. 그것이 거품이 묻은 의식을 세척하는 길이다.

나는 엊그제의 제15대 대통령 취임식장에 앉아 있다가 나오면서문득 나도 모르게 내 의식에 묻어 있던 거품을 발견하고 깜짝 놀라서 제거하였다. 내가 그 자리에 갔던 것은 초청장을 받았기 때문이었다. 사회자는 일반 참석자들을 가리켜 '각계 대표'라는 행사적인 수사를 썼다. 그러나 식장을 나오면서 나는 '각계 대표'는 물론 '각층 대표'도 아니고 '각종 대표'도 아니라는 사실을 깨달았다. 일반 참석자 4만 5000명은 4500만 인구의 천분의 1이며, 그것은 동네마다 한두 명씩 있는 전국의 이장 통장 반장을 합친 수와 같은 수이니 나도 이장 통장 반장급 수준의 한갓 '동넷사람'에 지나지 않았던 것이다.

　저마다 자기가 누군지 스스로 안다면 어떤 거품도 끼여들 자리가 있을 수 없을 것이다. 허풍선이의 거푸집은 공해물질을 내뿜는 낡은 공장일 뿐이다.

(1998. 4)

이해찬 장관에게

이해찬(李海瓚) 교육부장관의 교육개혁 구상에 기대가 큰 사람 가운데 하나임을 미리 밝혀두고 이 글을 쓴다. 또 이 장관에게 아첨을 떨어봤자 하나도 덕 볼 것이 없는 사람이라는 것도 아울러 일러두고자 한다. 다시 말하면 이 장관에게 귀에 솔깃한 말보다 귀담아 들어야 할 말을 하려고 이 글을 쓴다는 뜻이다.

내가 장관의 교육개혁 구상에 기대가 큰 사람 가운데 하나가 된 것은 장관이 일찍이 문예지의 편집장을 지냈을 뿐만 아니라, 어두운 시대에 수준 높은 출판사를 차려 수많은 양서를 출판하였고, 젊은이의 광장에 격조 있는 서점을 열어서 이 시대의 지성과 양심에게 신선한 산소를 공급했던 다채로운 이력을 잘 알고 있기 때문이라고 할 수 있다.

장관은 대통령에 대한 업무 보고에서나 기자간담회에서나 번번이 "책을 많이 읽는 학생이 되도록 가르치겠다"고 말했다. 무심히 흘려듣기 십상인 예사말이 새삼 산뜻하게 들린 것은 그 동안 수도 없이 갈린 교육부장관 가운데에 "책을 많이 읽은 아이가 성공한다"는 상식적인 말조차 입에 올린 이가 한 사람도 없었기 때문일 것이다. 학교교육이 교양과정을 거른 채 입시과정과 기능과정에 치우친 탓에 학교에서 교과서를 떼는 것이 곧 독서의 졸업으로 착각하여 고작해서 '한국적 영웅 황영조 박찬호' 수준이 청소년기에 그치지 않고 사회의 중견층이 된 뒤에까지 이어지는 웃지 못할 현실을 자아낸 터에, 장관의 '책을 많이 읽는 학생으로 교육'하겠다는 구상이야말로 딱 부러지는 교육개혁이라고 하지 않을 수가 없는 것이다.

그러나 독서교육으로 이끈다고 하여 덮어놓고 찬성하기보다 일말의 저어하는 문제가 앞서는 것도 사실이다. 들으니 장관의 독서교육론이 나오자 비교육적인 타성과 관료주의에 찌든 일부 약삭빠른 교육자는 벌써 눈치껏 그들 나름의 독서 권장도서 목록을 만들어놓고 그에 맞추어서 독서를 독려하는 것으로 알려지고 있다. 그렇게 형식주의에 매여 늙다시피 한 안목으로 뽑은 책이 어떤 책들일 것인가는 보나마나 한 일이다. 지난날 문교부에서 선정했던 청소년 독서 권장도서 목록 가운데에 옛날 중국의 방중술 기록서인 《소녀경》 따위가 들어 있어서 자못 국가적인 망신을 샀던 일이 떠올라서가 아니라, 왜곡된 교육관의 자취로 미루어볼진대 십중팔구 무슨 위인전이나 그 비슷한 전기류를 넘어서지 못할 것은 예배당에서 십자가를 보듯이 뻔한 노릇인 것이다.

전기류를 읽혔다고 하여 모두가 애국지사가 되고, 독립투사가 되고, 과학자가 되고, 발명가가 되는 것은 아니라고 하더라도 전기류는 또 그 나름으로 읽힐 만한 가치가 있을 것이다. 그러나 틀에 박힌 안목에 지적 편식을 주입해온 결과 어떤 성과가 있었던가. 과제를 내어 억지로 쓴 일기나 위문편지를 통해 키운 것이 거짓으로 꾸며대는 위선적인 글솜씨만 조장한 사실을 보면 알고도 남음이 있지 않겠는가. 역사에 의하여 정리된 인물의 전기류는 도서 혐오증과 독서 기피증을 전염시켜 마침내 책을 원수로 아는 삼등 국민만 양

산한 꼴이 되고 말지 않았던가. 이해찬 장관에게 말한다. 이젠 우리
의 현대문학에서 시와 소설 등을 가려서 읽힐 때가 되었다. 창의력
과 상상력을 키워 창조적인 삶을 살게 하기 위한 것이 교육개혁의
본뜻이라면 더더욱 우리나라의 현대문학부터 읽도록 하는 것이 순
서가 아니겠는가.

(1998. 5)

아닌 것은 아니다

세월의 때가 낀 화제 가운데에 김대중정부의 출범과 더불어 다시금 입길에 오르내리는 화제의 하나가 일본의 대중문화 개방에 대한 설왕설래일 것이다. 일본 대중문화의 개방에 대한 일반적인 견해는 부정적이다. 그리고 거의가 그 이유로 '시기 상조'를 드는 것이 보통인 듯하다.

그러나 이 시기 상조란 말은 무게가 별로 없는 말처럼 들리는 것이 특징이다. 하도 들어서 아무나 흔히 써온 고사성어처럼 남루한 느낌이 묻어나는 탓인지도 모를 일이다. 나만 해도 이미 수십 년을 두고 예나 이제나 한결같이 들어온 말이 바로 이 '시기 상조'란 말이었으니 어떻게 그렇지 않을 수가 있겠는가.

그렇다면 시기상응(時機相應)한 때는 과연 언제인가. 시기 상조는 물론 단순한 숙어가 아니다. 이를테면 잊을 만하면 재발하여 해묵은 감정을 북돋아온 일본 정관계 인사들의 고질적인 망언 문제, 반문명적인 언사로 회피하는 정신대 문제, 복잡한 내부 사정에 정치적으로 이용해온 독도에 대한 무례한 태도, 나아가서 '통석(痛惜)의 염(念)' 운운으로 때울 작정인 불행한 역사에 대한 사과 문제 등, 미해결의 장(章)에 따른 종합적인 감정 논리임은 누구나 알고 있는 터이다.

따라서 지금이 내일 모레면 새로운 천년이 시작되는 세기말의 막바지라고 하더라도, 봄을 네 번만 더 맞으면 이 지구촌에 21세기의 첫 축제이자 최대의 축제가 될 2002 월드컵 축구대회를 공동으로 열게 된 사이라 하더라도, 일본의 대중문화에 대한 개방 하나만은 늘 시기 상조일 수가 있으며 그러므로 시기 상응의 때는 늘 없을 수도 있는 셈이다. 그러나 이 시기 상조론이 부질없는 명분주의나 안팎이 다른 허위의식하고 과연 무관한 것인가도 한번쯤 되돌아볼 필요가 있다고 생각한다. 일본을 경유하여 들어왔거나 일본인에 의하여 전파된 것이 일본의 대중문화라고 한다면 무엇이 왜 시기 상조인가도 제대로 말해야 옳을 것이다.

임진왜란 때 묻어들어왔다 하여 고추를 남번초(南蕃椒)니 왜개자(倭芥子)니 하고 담배를 남령초(南靈草)라고 했다든가, 1763년에 들어온 고구마를 남감저(南甘藷)라고 했던 것은 아득한 옛일이니 접어두더라도, 귀화한 지 불과 1백년 남짓한 세월에 전통적인 투전을 뿌리째 뽑아버리고 초약 풍약 비약에서 초단 홍단 청단 시대를 후딱 지나 '모르면 간첩'인지라 남파 간첩 밀봉교육에서도 필수과목으로 승격했다는 고스톱에 이르기까지 화투의 역사를 비롯하여, 몸빼 우동 모찌 사시미 따위도 뽕짝 가요와 함께 들어온 지가 옛날이요, 파친코·가라오케·음란과 폭력을 다룬 만화·비디오·전자오락 게임은 말할 것도 없고, 심지어는 기본적인 시위용품(示威用品)인 하치마키(머리띠)까지, 일찌감치 뒷문 옆문 개구멍으로 들어와서 자리를 잡지 않은 것이 드물 지경인 것이다.

개방에 대한 시기 상조론은 들어왔으면 하는 것은 다 들어오고, 안 들어왔으면 하는 것은 별로 안 들어왔을 무렵에나 위신이 서는 말이 아니겠는가. 모르긴 해도 아직껏 들어오지 않은 것은, 즉 일본에서 개방하지 않은 것은 바로 첨단과학기술 분야 한 가지가 아닌가 싶을 뿐이다. 아이들은 거짓말을 하지 않는다. 눈 가리고 아옹도 통하지 않는다. 시기 상조론이건 시기 상응론이건 그것이 자라나는 세대를 위한 것이라면 더욱이 솔직할 필요가 있다.

(1998. 6)

우공을 환송하며

열흘 후면 6 · 25전쟁 48주년이 되는 날 아침, 우리나라 국민은 전날 개통된 통일대교를 통해 정주영 현대그룹 명예회장이 몸소 몰고 가는 소떼의 장려한 행렬을 텔레비전 화면으로 바래다주면서 '과연 정주영은 정주영'이라는 경탄과 아울러, 엊그제 월드컵 축구대회의 첫 실패로 못다 터뜨린 환성을 속시원하게 터뜨릴 수가 있었다. 이날의 경탄과 환성은 우리나라 사람들만의 일이었을까. 위성중계방송을 여겨본 지구촌의 여러 민족 역시 사상 초유의 이 스펙터클한 실제 상황을 감동 어린 눈길로 바라보지 않았을까.

이날의 소떼 방북은 서산농장 이전의 간척공사에서 폐유조선 침몰기법이라는 탁발한 물막이 공법이 보여줬던 '정주영 공법'의 연장선상에서 우러난 참신한 발상의 결과지만, 그 감동이 자못 국민적이라는 데에 있어서는 섣불리 비교할 바가 아니었다. 그가 가져가는 고향 방문 선물이 그가 만든 자동차 500대가 아니라 그가 기른 한우 500마리라는 데에서 국민적인 경탄과 환성을 자아낸 것이며, 소떼야말로 가장 한국적인 발상에 의해 펼쳐진 금세기 최대의 한국적 이벤트라는 데에서 세계의 이목을 끌기에 족한 것이었다.

정 명예회장이 65년 전에 부친의 소 판 돈 70원을 훔쳐서 서울로 가출하여 안 해본 일이 없는 노동자 시절을 거쳐 오늘에 이른 이야기는 이미 널리 알려진 터이지만, 그가 그때의 소 한 마리를 1천 마리로 늘려서 갚는 모습은 아득한 옛날 박팽년이 사육신이 되어 멸문지화에 이른 것을 아버지에게 사과하자, 그 아버지가 충(忠)이 아닌 것은 효(孝)가 아니라고 했던 고전적인 정의까지 떠올리게 하면서, 무릇 그의 소 1천 마리는 자연인 정주영의 효행에 머물지 않고 공인으로서 조국에 대한 충의 겸행(兼行)이기에 더 감명스러운 것이다.

소는 가축 중에서도 가장 우직하고 든직하지만 농가에서는 식구들 다음가는 준가족적인 존재이자 민족정서의 상징이었다. 그러나 이날토록 아무도 남북간의 담을 허무는 데에 소를 내세운 이가 없었고, 하려고 하지도 않았으며, 상상도 하지 못했던 일을, 소 판 돈을 밑천 삼아 소처럼 일했던 그가 드디어 소떼를 앞세워 분단의 담장을 한구석 헐면서 고향길에 나선 것이다. 비록 반 세기 동안 가족이산의 상처, 실향의 상처, 좌우익 대립의 상처로 가슴을 앓아온 사람이 아니라 한들 그 누가 그 아니 부럽고, 그 아니 설레고, 그 아니 따라나서고 싶지 않았을 터인가. 소떼의 행진을 바라보며 차라리 소가 부럽다고 되뇌던 한 월남인의 탄식이 축사(祝辭)의 일절로 들린 것도 민족적인 축제가 아닐 수 없기 때문일 것이다.

이 소떼는 가서 저마다 새 임자를 만나고 새 임자의 재산목록 제1호가 되어 혹은 쟁기를 끌고 혹은 달구지를 끌게 될 것이다. 쟁기를 끄는 것은 씨앗을 심는 과정이고, 달구지를 끄는 것은 열매를 거두는 과정이다. 무릇 느린 것이 소걸음이라지만 심고 거두는 것이 갈수록 눈에 보일 것이라는 기대는 헛되지 않을 것이다. 그러므로 이 소떼는 농사의 역우(役牛)가 아니라 통일의 역군(役軍)들이다. 이 소떼는 또 '없는 집에 소 들어가는 것 같다'고 일러왔던 궁색한 시대의 속담을 하루아침에 멀리 좌천시켜버렸다. 그런 뜻에서 이제는 우공(牛公)이라고 대접해서 부르고도 싶다.

정 명예회장은 회고록《이 땅에 태어나서》에서 '인간의 정이 서로 통하는 길이 통일의 길'이라는 통일관을 역설하고 있다. 소떼의 방북을 이미 예고한 셈이었다. 그는 9년 전에 합의를 보고도 아직껏 손을 못 댄 금강산 개발사업 문제도 방북중에 매듭을 지을 계획일 것이다. 그는 회고록에서 '금강산 개발은 민족의 사업'이라는 전제와 함께 "금강산 개발은 아직도 나에게 '반드시 해야 할 과제'로 남아 있다. 그러나 군사분계선의 통과가 없는 금강산 공동개발 작업은 아무런 의미가 없다. 군사분계선의 통과를 나는 우리 민족이 합일로 나아가는 출발의 상징으로 생각하기 때문"이라고 쓴 바도 있다. 그는 드디어 민간인으로서는 처음으로 군사분계선의 상징적 담장인 판문점을 걸어 넘어서 합일의 길에 앞장서게 되었다. 그는 또 "더 할래야 더 할 게 없는, 마지막의 마지막까지 다하는 최선을 기본으로 인생을 엮어왔다"고도 말한다. 그의 삶은 그것을 증거하기에 부족함이 없는 듯하다.

그의 소떼 방북에 국민적인 기대가 동행하는 것도 정평이 난 그 실천력 때문일 것이다. 그의 소떼 방북에 대한 역사적인 평가는 뒷날의 역사가들이 정리할 터이고, 소떼가 이바지할 현실적인 의미는 앞으로의 남북관계가 보여줄 것이다. 그의 마음이 곧 한민족의 한마음이다. 거듭 축하하며 장엄한 성공을 빈다.

(1998. 6)

꼭 고개를 숙일 일인가

며칠 전 신문에서 한 고개 숙인 남자의 말 못하게 일그러진 얼굴을 보면서 큰 충격을 받았다. 월드컵 한국축구 대표단의 차범근 전 감독이 해임되어 귀국하는 모습은, 달면 삼키고 쓰면 뱉는 염량세태의 덧없음을 무언으로 웅변하여 많은 사람으로 하여금 서글픈 심사를 바이없도록 하기에 족한 것이었다.

한국축구가 '5 대 빵'으로 나가떨어지자 축구협회 기술위원회는 대뜸 '누군가가 책임을 져야 한다'는 데에 의견을 모으고, 차 전감독은 '국민의 성원에 보답을 못해 죄송하다'는 사과와 함께 얼른 자리를 내놓고 귀국한 것이라고 한다.

그러나 과연 그래야 할 일이었던가. 텔레비전으로 경기하는 모습을 봤으면 그 책임을 져야 할 '누군가가' 차 전감독이 아니란 데에 의견을 모은 사람도 결코 적은 수가 아닐 터임을 어렵지 않게 가늠할 수 있는 일이 아니었던가.

운동경기에 강한 나라에서야 '체력은 국력' 따위 약장수가 지어낸 말은 입에 올리지도 않겠지만, 이번처럼 우리나라 선수들이 체력부터가 크게 뒤지는 것을 알 만큼 보여준 경기도 드물었던 것 같았다. 그러나 누가 봐도 가장 터무니없이 뒤지는 것은 개인기였다.

개인기의 격차는 축구의 축자도 모르는 문외한조차 한눈을 감고 봐도 보일 지경으로 자로 잰 듯이 분명한 일이었다.

무릇 체력의 열세는 인종적인 차이에서 온 것이니 아쉬운 대로 조상 탓을 하면 될 터이고, 따라서 개인기의 열세는 딱히 탓할 데가 마땅치 않으니 차 전감독에게 몽땅 덤터기를 씌우겠다는 이야기인가. 만약 그렇다면 다음에 드는 사람들은 정말 탓할 것이 아무것도 없다는 이야기가 된다.

지금껏 대학 진학을 목표로 오로지 체육 특기자로 뽑히도록 자식을 운동장에 내몰아온 사람들, 지금껏 돈이 없으면 운동도 못 시켰던 세상이라 오로지 돈 쓰는 것을 목표로 쫓아다닌 사람들, 지금껏 학교의 명예를 목표로 오로지 팀워크밖에 모르도록 선수를 지도해온 사람들, 지금껏 개인기는 볼 것도 없이 오로지 인원이나 채울 목표로 무슨 대회거나 전국의 4강에 올랐던 팀에서만 체육 특기자를 선발해온 사람들, 지금껏 국가대표팀이 상설되어 있는데도 그들을 위해 제대로 된 전용구장은커녕 잔디를 입힌 축구 전용구장 하나가 없건만 오로지 경비 절약을 목표로 하는 정부에 이의 제기 한 번이 없었던 사람들, 지금껏 다른 분야에서는 극일을 할 가망성이 없는 줄 알거나 축구의 적수는 일본팀밖에 없는 줄 알고 오로지 극일과 자기 도취적인 축구관에 심취하여 목청을 높였던 사람들, 지금껏 학생 축구경기장에는 학부형들만 몇몇이, 실업팀 축구경기장에는 관계자들만 몇몇이 관전하고, 심지어 프로 축구경기장마저 항상 찬 바람이 돌게 축구라면 늘 소 닭 보듯 하며 축구팬하고는 거리가 십리 밖으로 살다가도, 꼭 국제적인 성격의 축구에만 오로지 자기 스트레스 해소를 목표로 삿대질을 해온 사람들은 정말 탓할 것이 아무것도 없다는 이야기가 될는지도 모른다.

　나도 물론 위에 든 여러 종류의 비축구팬 가운데 일원인지라 정말 탓할 것이 아무것도 없는 듯한 사람의 하나일 따름이다. 차 전감독은 국민의 성원에 보답을 못해 죄송하다며 고개를 숙이고 귀국했다지만, 그 국민의 성원이란 것도 어디까지가 성원이고 어디까지가 거품인지 알 수가 없는 노릇이다. 이제 와서 누군가가 책임을 져야 한다고 말할 수 있는 사람은 누구인가. 누가 누구를 원망할 수 없는 것이 이 일이라면, 이번의 축구로 인하여 그 누구도 고개를 숙일 일이 아니지 않겠는가.

(1998. 7)

풀뿌리와 꽃

　지난달에 치른 일곱 군데의 국회의원 재·보궐선거를 보면서 문득 저지난달의 지방의원 선거 결과가 새삼스럽게 떠올랐던 것은 무엇보다도 저조한 투표율 탓이었을 것이다. 지방의원 선거 역시 '투표했자 별수없다'는 주민들의 무관심 속에 '그게 그 사람이라 아무데나 찍었다'는 눈먼 표로 지고 이긴 선거였다.

　말이 난 김에 저지난번의 지방의원 선거에 대한 이야기를 좀더 하면, 내가 아는 충남의 어느 고을은 시의원 당선자 16명 가운데에 학교는 문턱에도 못 가본 무학이 2명, 초등학교 중퇴가 3명, 초등학교 졸업이 3명 하여, 학력으로 말하면 중등교육의 경험도 없는 사람이 절반에 달하였다. 대학 출신이 아니면 어디를 가도 명함조차 못 내밀게 학벌주의가 판을 치는 세태에 비추어 가위 입지전적인 인물들이라고 하지 않을 수 없는 일이었다.

　잘못된 교육까지도 잘못된 교육열을 탓할 만큼 교육열 하나는 세계적이라는 유별난 학벌사회에서 하필 지방의원 선거 때마다 저학력이 힘을 쓰는 이유는 무엇일까. 정치의 꽃은 선거라는 말도 있으려니와 초록은 동색이라고, 설마하니 풀뿌리 민주주의의 꽃은 저학력의 꽃이라야 더욱 잘 어울린다는 뜻이었을까.

그러나 그렇지가 않다는 것이 그 고을 사람들의 귀띔이었다. 지방자치단체 선거의 한계는 학력 경력 당력 내력이야 어찌 되었거나 인사성만 밝으면 인사불성이 되어 표를 찍어준 주민들의 관습적인 인사표에 의해 붙기도 하고 떨어지기도 한다는 거였다. 인사성이 밝다는 것은 무엇인가. 첫째는 시도 때도 없이 술을 잘 받아주는 것, 다음은 가깝고 멀고가 없이 경조사를 잘 챙기는 것이었다. 즉 장날 무시날을 가리지 않고 부지런히 술을 받고, 잔칫집 초상집을 가리지 않고 부지런히 찾아다닌 출마자는 평소에 닦은 그 인사성으로 진인사 대천명을 삼는다는 것이었다.

지난달에 치른 국회의원 재·보궐선거의 한 특징은 후보자 가운데 여야당의 전현직 총재와 총재 권한대행 및 전현직 부총재들까지 거물급만도 대거 여섯이나 출마하고, 소위 구정치 1번지(종로)와 신정치 1번지(서초 갑) 등 주민들의 정치의식이 수준급이라는 지역이, TK 정서와 PK 정서를 대변한다는 지역들과 함께 선거를 치르게 된 일이었다.

아내가 귀여우면 처갓집 말뚝 보고도 절한다는 속담처럼 열에 서너 사람은 그 나름의 '정서'와 즉흥적인 기분으로 표를 던졌고, 당선자 중 일부는 당수 및 당수급의 위상과 달리 원외에서 쌓은 한과 한계를 일거에 씻게 되었다.

물론 진인사 대천명으로 당선하여 의회의 직원이 안건에 밑줄을 쳐주어가며 알아듣게 설명을 해도 쇠귀에 경읽기일 뿐, 학력 열등의식의 해소와 신분 상승이라는 두 개의 떡을 양손에 쥐고 서둘러 족보에 올릴 궁리부터 하는 일부 저학력 지방의원들하고는 비길 수도 없는 전혀 다른 차원의 것이었다.

투표율이 낮았던 것은 주민의 열에 대여섯이 정치도 선거도 관심이 없음을 뜻한다. 경제 탓 날씨 탓 휴가 탓이 아니라 정계에 대한 배신감 불신감 혐오감과 '찍어준들 무슨 소용이랴' 하는 무력감 탓일 것이다. 선거가 정치의 꽃이라면 시든 꽃이다. 국회의원이건 지방의원이건 이제는 선거를 정치의 꽃이 아니라 민의의 꽃으로 여겨야 한다. '정(政)은 정(正)'이라고 한 고전적인 정의에 쌓인 먼지도 떨어내야 한다.

(1998. 8)

배내옷

　배내옷은 세상에 온 갓난아기에게 처음으로 입히는 옷으로 배냇
저고리라고도 하고 깃저고리라고도 하거니와, 옷의 이름이야 무엇
이 되었건 엄마가 아기에게 주는 최초의 물질적인 선물이라는 데에
어떤 것과도 견줄 수가 없는 그윽한 뜻이 있다고 하겠다. 물론 옷
자체는 볼품이 없다. 깃다운 깃도 섶다운 섶도 없이 맵시로 치면 가
장 보잘것 없는 옷이 바로 이 배내옷일 것이다. 아기가 나비잠을 자
며 배냇짓을 하는 옷이니 입는 동안에 수시로 젖을 넘기고 침과 우
유를 흘려 다 입고 나면 그 꾀죄죄하기 또한 비길 데가 없다. 빨고
삶고 해도 때깔이 나지 않아 오죽잖고 허름하니 누구에게 물려주기
도 쉽지가 않을 것은 당연한 일이다. 돌빔 설빔 추석빔으로 해 입혔
던 꼬까옷 때때옷은 아기가 자라서 옷이 작거나 하면 싫증난 장난
감 물려주듯 곧잘 남에게 선뜻 주지만 배내옷은 누구를 주더라도
생색이 나지 않을 뿐더러 모양이 나지 않는 탓에 좋은 소리를 기대
하기가 어려워 으레 제껴놓지 않을 수가 없었을 것이다.

　옷이 날개란 속담은 옷이 좋아야 사람이 돋보인다는 뜻이지만 제
법 유서가 깊은 속담이라고 해도 갓난아기들에게는 해당이 되지 않
는다. 갓난아기들은 그 존재부터가 더없이 고귀한 터이므로 가령

벌거숭이라고 하면 벌거숭이 자체의 천연적인 가치로 하여 제아무리 진귀한 비단으로 지은 옷이라고 해도 날개는 될 수가 없는 것이다. 그러므로 배내옷은 마름질 바느질 같은 인공적인 솜씨보다 차라리 천의무봉이 낫다는 생각이 들 때가 있던 것도 응당 있을 법한 일이었다. 그렇지 않겠는가. 무릇 관념적인 천사의 옷은 꿰맨 흔적이 없다면서 현실적인 천사인 갓난아기의 배내옷만큼은 굳이 꿰매 입힌다면 분명히 앞뒤가 두동이 지는 말밖에 더 된다고 하겠는가.

그러나 배내옷은 반드시 정성껏 마름질하고 정성껏 박음질하여 솔기 하나도 아기의 살갗을 자극하지 않도록 제대로 바느질한 제품을 가려서 입히는 것이 백 번 옳은 일이다. 배내옷은 아기의 보온과 위생을 제일로 할 뿐 아니라 입히고 벗기는 데에 간편해야 함은 물론 품이 넉넉해서 혈액순환이 잘되고 활동이 자유롭지 않으면 아니 되기 때문이다.

배내옷은 겨울철의 융이건 여름철의 메리야스건 감이야 무엇이든지 오래도록 잘 간수하는 데에 정신을 쓰는 것이 어머니의 마음인지도 모른다. 다른 것은 다 남을 주거나 버리면서도 해묵은 인형의 옷처럼 꾀죄죄하고 허름한 배내옷만큼은 이사를 열두 번씩 다녀도 결코 함부로 다루는 법이 없거니와, 끝까지 끌고 다니되 오히려 그 임자가 어엿한 성년이 된 뒤에도 장롱에서 시나브로 퇴출시키는 일이 없다. 또 언제 어떻게 쓰일는지 몰라 가보라도 되는 것처럼 틀림없이 간수하고 싶은 것이 그 어머니의 마음인 것이다.

배내옷이 저를 떠난 지 오래된 제 임자를 따라 자못 배냇짓 시절의 제구실로 되돌아가는 것은 입시철, 그 중에서도 경쟁이 심한 대학 입시장에 출전하는 날이다. 어머니들이 입시생의 윗도리 등판에 보이지 않게 배내옷을 붙여서 입혀 보내는 것이다. 입시생의 어머니가 자식의 입시 경쟁에 임하여 주술적인 힘을 빌리고자 하는 대상은 갈수록 늘어가는 추세라고 한다. 50~60년대에는 이름난 사람네 집의 문패가 남아나지 않았다던 이야기도 문득 떠오른다. 대문에 달린 저명 인사의 문패를 슬며시 떼어다가 삶아 먹으면 효험이 있다는 것이었다. 엿과 찰떡 역시 그 무렵부터 인기를 누려온 입시장의 장수 식품에 속한다.

아무 데나 들러붙는 데에는 둘째가라면 서러운 것이 껌이고 보니 요즈음에야 껌이 등장한 것은 숫제 만시지탄이라고 하는 편이 옳을지도 모를 일이다. 자동차가 천만 대를 넘어선 탓인지 최근에는 난데없이 어느 자동차회사 제품의 승용차에 붙은 차 이름의 영문자 로고에서 하필이면 S자를 떼어가는 것이 큰 유행이라고 한다. 철강산업의 꽃이 스테인리스라고는 하지만 오죽이나 답답하면 그 단단하고 차디찬 강철 조각에 주력을 빌게 됐는가 싶어 안쓰러운 마음이 따르기도 한다. 들러붙는 데에는 엄지가락인 본드가 쓰이지 않는 것이 그나마 다행인지도 모를 일이다.

빈다는 것은 무엇인가.

배내옷을 비롯하여 엿과 찰떡과 문패 같은 입시장의 고전적인 주술용품이나 껌과 스테인리스강 로고 영문자 같은 입시철의 현대적인 주술용품이나 모두가 인위적인 신비성을 부여한 다음에 신통력의 발동을 바라는 대상이다. 입시생의 어머니들이 집에서 장독대에 정화수를 떠놓고 칠원성군을 향해 두손을 비비는 것이나, 절간의 불전에 오체투지와 염불을 하고 교회당의 십자가를 우러르면서 손 모아 기도와 찬송을 하는 것이나, 빌붙어 매달리는 심정 하나만큼은 다를 바가 없을 것이다. 빌고 매달리는 이의 막다른 심정을 불쌍히 여기고 지성에 감천하여 빌고 매달리는 대로 어디서 들어줌이 있다면 그 또한 작히나 좋을 것인가.

하지만 빌고 빌어도 뜻대로 수나롭게 이루어지지 않는 것이 세상일이다. 하룻기도를 하건 백일기도를 하건 석달 열흘 기도를 하건 비는 족족 일이 이루어졌다는 소문은 여간해서 들리지 않는 것이 현실이다. 비는 쪽의 정성이 못 미친 탓인지 듣는 쪽의 신통력이 시들한 탓인지 참으로 안타까운 일이다. 그때의 섭섭하고 야속하고 허전한 심사는 또 무엇에 견주어서 말할 수 있을 것인가.

그러므로 그러한 경우에는 스스로 위안거리를 삼기 위해서라도 짐짓 생각을 바꾸어볼 필요가 있을지도 모를 일이다. 그렇다면 바꾸는 방법은 무엇이며 바꾸는 방향은 어디인가.

나는 감히 이렇게 말하고 싶다.

빈다는 것은 무엇인가. 내 자식 하나만은 이번에 꼭 합격을 하게 해달라는 것이다. 합격은 무엇보다도 등수에 들어야만 되는 일이다. 등수에 든다는 것은 일정한 인원 곧 정원 가운데에 드는 일이다. 이른바 치열한 경쟁이니 극심한 경쟁이니 하는 것도 다 이 정원에서 비롯된 것이 아닌가. 말하자면 내 자식 하나가 꼭 붙기 위해서는 남의 자식 하나가 꼭 떨어져야만 한다는 것이다. 그러므로 내 자식 하나만은 이번에 꼭 합격을 하게 해달라고 장독대에 물을 떠다 놓고 밤마다 빌었건 절이나 교회에서 새벽마다 빌었건, 또 하루같이 백일 동안 빌었건 석달 열흘 동안 빌었건 간에, 내 자식 하나만은 이번에 꼭 합격되게 해주십사고, 다시 말하면 남의 자식 하나만은 이번에 꼭 불합격이 되게 해주십사고, 빌고 빌고 또 빌었다는 데에 이른다는 것이다. 내 자식이 잘되게 하기 위하여 본의 아니게, 그렇다 진정코 본의 아니게 남의 자식을 해코지한 셈에 이른 경우라면, 다 같이 자식을 기르는 어머니로서 그 어떤 어머니라도 떳떳한 기분을 느끼기는 어려울 것이다.

애시당초 빌어서 될 일이라면 빌지 않아도 될 일이라고 생각을 바꾸어볼 일이다. 내 자식이 잘될 일이라면 남의 자식들도 잘될 일이고, 내 자식이 어려운 일이라면 남의 자식들도 역시 어려울 것이라고 생각을 바꾸어볼 일이다. '배내'는 '배 안에 있을 때부터'의 뜻이다. 배 안에 있을 때부터 자란 힘을 힘껏 떨치란 뜻으로 윗도리의 등판에 붙여주는 배내옷은, 배내옷이 지닌 훈훈한 온기와 함께 그야말로 모성적이고 인간적이다.

(1998. 11)

꼴값

여기서 말하는 꼴은 사물의 생김새나 됨됨이나 처지나 형편 등을 깎아내린 말로서의 꼴이 아니다. 그러므로 꼴값이라는 제목도 얼굴값이란 말을 홀대하여 갖다붙인 것이 아니다. 말 그대로 꼴은 마소에게 먹이는 풀을 두고 이르는 말이며, 꼴값 또한 잘게 썰어서 여물로 쓰는 짚값 내지 풀값이며 짚과 풀이 여물로 쓰이는 데에 들어가는 비용까지 아울러서 가리키는 말이다.

꼴은 예로부터 사람의 양식에 못지않게 계획적으로 생산하여 지정된 장소에 비축하고 규모 있게 쓴 중요한 물자의 하나였다. 기마민족의 후예라서 그랬던 것도 아니고 마소의 힘으로 갈고 거두고 한 농경사회라서 그랬던 것도 아니었다. 꼴을 그렇게나 중시했던 이유는 농가에서 농사에 부리는 소보다도 말이 배를 주려서는 아니 되었기 때문이다.

소는 쟁기질과 수레를 끄는 데에 힘을 쓸 뿐이지만 말은 쟁기질과 수레를 끄는 외에도 비상시의 신속한 교통 수단이면서 국가 전력(戰力)의 기본이자 전쟁이 나면 늘 맨앞에서 목숨을 거는 병마로서의 가치가 그 무엇과도 바꿀 수 없이 소중한 국력 그 자체였던 것이다.

국방의 제일 요건이었던 병마의 위상을 오늘날의 전력에 비추어 보면 장병과 병장기를 나르는 군용 트럭이자 포연을 무릅쓰고 내달아 적진을 뚫는 전차나 장갑차 격의 무기였을 터이다. 그러므로 걸핏하면 파발마가 뛰었던 압록강 쪽의 서북면과 두만강 쪽의 동북면으로 난 역로에 미리 장만해두었던 꼴이 넉넉하지 않거나, 일찍 동이 나서 말이 움직이지 못할 지경에 이르면 그 고을의 수령에게 죄를 물어 군율로써 엄히 다스리기를 서슴지 않았으니, 나라의 백년대계를 위해서는 그처럼 당연한 일도 다시 없었을 것이다.

꼴은 말꼴 쇠꼴 여물 마초 건초 등 여러 이름이 있지만 그것은 어디까지나 풀을 두고 지어낸 이름에 지나지 않는다. 그런데 이름이야 무엇이 되었건 이 가을에 들어서 꼴값이 크게 뛰었다고 한다. 국내의 꼴값이 오른 것이 아니라 국제적인 건초값이 올랐다는 것이다. 그것도 건초 수출국의 불가피한 사정으로 값이 오른 것이 아니라 세계적인 건초 수입국이기도 한 우리나라와 일본에 지난번의 태풍과 장마로 벼가 쓰러지고 물에 잠겨 그대로 썩은 데가 갑자기 는 것을 보고 수출가격을 조작하는 바람에 큰 폭으로 뛴 것이라고 한다. 우리나라와 일본에서 건초의 대종을 이루는 볏짚이 전에 없이 귀해질 싹이 보이자 번개같이 값을 올렸다는 것이다.

공급이 수요를 대지 못하면 물건값이 뛰는 것이 시장경제의 법칙이니 꼴값을 꼴 같지 않게 올렸다고 하여 나무랄 수는 없는 노릇이다. 농림부의 발표에 의하면 올해의 볏짚 생산량이 예년보다 절반가량이나 줄어들게 되자 9월 말까지 1톤에 95달러 하던 국제 건초값이 11월 들어서 120달러 이상으로 뛰어 예년에 비해 20%나 오르고도 이틀 사흘 간격으로 5달러씩 올리면서 지금은 120달러에도 팔지 않고 배를 튕긴다는 것이다. 없는 놈만 죽어라 죽어라 한다더니 물에 빠진 사람이나 잡는다는 지푸라기까지 덩달아서 몸값을 올리고 있는 꼴이다.

우리나라는 국토의 태반이 베어 말리면 건초의 수입이 필요치 않을 만큼 물거리나무로 뒤덮인 야산이거나 두렁풀이 우거진 논밭이다. 일년 열두달 등산객으로 들끓는 대도시 주변의 산과 국공립공원이 아니면 밀림을 뺨치게 수풀이 길을 가려서 동네 사람들마저 드나들기를 꺼리도록 산이라고 생긴 것은 죄다 풀 천지로 변한 지가 자못 오래인 터이다. 더욱이 나무꾼이 없어진 지는 하마 20년도 넘는다. 온종일 산돌이처럼 산을 헤매고 다녀도 품삯이 나오지 않는다 하여 약초꾼의 발걸음이 뜸해진 것도 애저녁의 일이다. 도라지 잔대 더덕 마 버섯 같은 것을 찾는 산채꾼과, 머루 다래 으름 개암 도토리 상수리 속솔이 등을 따는 산과꾼이 발길을 끊은 지도 옛적의 일일 뿐더러, 엊그제까지만 해도 승용차를 번쩍거리면서 독사건 물뱀이건 닥치는대로 주워담았던 땅꾼들조차 구경할 수가 없이 무주공산인 양 버려져 있는 것이 산야인 것이다. 말하자면 그만큼 흔전만전으로 건초감이 흔해터졌다는 것이다.

그러나 모자라면 외국의 건초를 수입해다 먹일망정 누구 하나 베지도 않고 말리지도 않고 쳐다보지도 않는다. 농촌에 일손이 딸리는 탓이다. 편히 놀거나 쉬는 이는 숱해도 소매를 걷고 일할 사람은 드문 것이다. 서울역의 지하도만 해도 한뎃잠을 자는 부랑자가 수백 명씩 우글거리지만, 그들 역시 일감이 없어 시간만 때우고 국민의 혈세를 축내는 공공 근로사업장조차 찾아가 일을 하라고 하면 펄쩍 뛴다고 한다. 이른바 더럽고 어렵고 힘드는 3D 업종을 애써 피하여 IMF 실직자들 틈에 섞였더니 종교단체라나 자선단체에서 날마다 아침 대접하고 점심 접대하고 저녁 차려주고 밤에는 밤참까지 챙겨주는데 뭐가 답답해 일을 하느냐고 되묻는다는 것이다. 그러니 그들에게 농촌에 가서 꼴을 베면 꼴값만 해도 적지 않은 수입이 될 것이란 말을 했다가는 꼴 같지 않게 꼴값을 떤다는 지청구밖에 더 들을 것이 없을 성싶다. 지푸라기 대신 건초란 명색의 잡초를 수입해다가 말꼴이 아닌 쇠꼴 사슴꼴 염소꼴은 할지언정 꼴값이야말로 아무나 하는 것이 아닌 모양이다.

(1998. 11)

말과 환경보호

　말은 생물이다. 따라서 생기고 쓰이고 때묻고 사라지는 것이 보통이다. 말은 인간의 것이다. 그래서 인간을 위하여 캐고 갈고 닦고 가꾸어나간다. 그러나 사람 팔자 알 수 없듯이 말의 팔자 또한 알 수가 없어서 어떤 말은 말도 안 되는 말로 잘못 쓰이기도 한다.

　얼마 전에 어떤 수의사 한 분이 텔레비전에 나와서 아직 젖도 안 떨어진 강아지의 주둥이를 벌려보고 나서 하는 말이 '치아가 자란 뒤에 수술을 하면 되겠다'는 것이었다. 치아는 이를 점잖게 이르는 말이고 보면 어른 아이 없이 두루 보는 텔레비전에서 참으로 점잖을 있는 대로 뺀 사례라고 하지 아니할 수 없는 장면이었다.

　하지만 그 장면을 예사로 보지 않은 이에게는 이 '치'자가 나이의 높임말인 연치(年齒)에 쓰이는 글자이며, 자기 나이의 낮춤말인 마치(馬齒)에 쓰이는 글자임을 떠올리면서, 강아지의 이를 치아 운운한 언어도단의 점잖음에 여간만 민망하지가 않았을 자리였다.

　지금 쓰이는 말 가운데에 본말이 전도된 채 쓰여도 그저 귓등으로 듣거나 한 귀로 듣고 한 귀로 흘려버리는 말이 하도 흔타 보니 그 수의사도 무심코 그런 실언을 했을 것이라고 생각한다.

　대가리가 동물의 머리를 가리키는 말이란 것은 구태여 국어사전을 열어보지 않더라도 알 수 있는 일이다. 그러나 짐짓 점잖지 않은 말을 쓰기로 맘먹고 머리가 둔하고 어리석은 이를 일러 메줏대가리라고 하다가 돌대가리로 통일한 지도 꽤나 오래되었다. 생각이 깊지 않은 이를 새대가리라고 하거나 기억력이 좋지 않은 이를 닭대가리라고 부르는 것도 햇수를 헤아리면 아마 돌대가리와 비슷하지 않을까 싶다.

물론 점잖은 말을 좋아하는 사람들은 동물을 두고도 쇠대가리니 개대가리니 하고 대가리란 말을 함부로 쓰지 않는다. 그래서 소(쇠)머리국밥으로 통하고 돼지머리고기로 통하고, 심지어는 유고의 코소보 지역에서 이른바 인종 청소기로 쓰이는 총까지도 그 총대의 밑동을 꼭 개머리판이라고 일러야만 말이 통하는 것이다.

일찍이 국회의 5공 청문회장에서도 당시 야당의 한 중진의원이 전직 대통령을 두고 돌대가리 운운한 적도 있는 터에 이제 와서 새삼스레 사람이 격하되고 동물이 격상된 언어현실을 걱정하자는 것은 아니다.

옛날에도 개같이 벌어서 정승같이 산다느니, 소같이 벌어서 쥐같이 먹는다느니 하고 사람을 동물에 빗대어서 비아냥거린 말이 있지 않았던가. 뿐만 아니라 동물을 의인화하여 쥐를 서생원으로, 토끼를 토생원으로, 자라를 별주부로 격상시키기도 하고, 사람이 무서우면 호랑이로, 힘이 세면 황소로, 미련하면 곰으로, 욕심이 많으면 돼지로, 교활하면 여우로, 행실이 말이 아니면 개로 격하시키고 또 그러면 그런가 보다 하고 귓등으로 들어넘기지 않았던가.

하물며 쥐의 세포를 추출하여 사람의 뇌에 이식하고, 쥐의 생식기관에 넣어 성숙시킨 정자를 다시 사람의 몸으로 옮겨와 임신을 하는 시대에 이르러서야 서생원 정도의 의인화는 뭐 격상이랄 것도 없는 판이 아닌지 모를 일이다.

그러고 보면 말이 말도 안 되는 말로 격하되고 추락하는 판은 바로 우리의 선거판이 아닌가 싶기도 하다. 최근의 국회의원 보궐선거 꼴을 보면 문맹자를 위해 선거벽보에 지금의 아라비아 숫자 기호 대신 막대기를 그려넣고, 유세장 단상에서는 손가락을 펴 보이며 '기호 몇 번 아무개' 아닌 '작대기 몇 개 아무개'를 외치고, 단하에서는 유권자에게 식권을 뿌리면서 '먹고 보자 아무개 찍고 보자 아무개' 하고 먹자판 구호를 전파시켰던 문맹시대의 선거판에서 그다지 발전한 것이 없이, 후보자를 봉으로 보고 선거판을 잔치판으로 여기는 유권자 의식이 여전한 모양이다. 동별로 조직된 향우회도 좋고 통별로 조직된 산악회도 좋고 반별로 조직된 계모임도 좋지만, 그들에게 '삐딱한 사람'으로 보였던 사람들이 수십 년 만에 이룩한 민주화운동은 '공짜라면 양잿물도 먹는다'고 했던 보릿고개 시대의 선거판을 재현하자는 것이 아니었다.

문민정부가 외친 역사 바로세우기나 국민의 정부가 제2의 건국 추진위원회를 통해 기본을 바로 세우자고 외치는 것도 말을 말이 되도록 올바르게 하자는 말과 다른 말이 아닐 것이다. 말은 생물이라 말이야말로 늘 환경보호가 필요하다.

(1999. 4)

속담과 인생

여러 학자들의 학설을 한마디로 줄이면 말은 곧 인간이다. 박이문 시인이 정리한 바를 여기에 옮기면 인간은 "언어를 구사하는 한에서 동물로서의 인간에서 인간적인 인간으로 변신하고, 자연적 존재로서의 인간은 문화적 인간으로 탈바꿈한다"는 것이다. 인간의 기본적인 인간 노릇은 주어진 생로병사의 길을 가는 것이다. 따라서 말의 기본적인 말 노릇 역시 생기고 낡아지고 오염되고 소멸하는 길에서 벗어나지 못하는 것이라고 할 수 있다.

그러나 사람이 그렇듯이 말의 존재 또한 한결같은 것은 아니다. 말에도 다 근본이 있어서 표준어 순화어 전문용어 등과 같이 사람들이 공을 들여 캐고 갈고 닦고 바로잡아서 제도적으로 가꾸어진 말이 있는가 하면, 현장에서 일하는 사람들 사이에서 저절로 생겨나 현장 나름의 질서에 얹히어 쓰이다가 제풀에 소멸하는 야생형의 거친 말도 있는 것이다. 그리고 야생형의 거친 말 가운데 그 대표적인 말이 바로 속담이라고 할 수 있을 것이다.

속담은 제도권에서 해방된 말인 만큼 명이 덧없이 짧은 것도 있고 맥없이 긴 것도 있다. 뜻이나 쓰임새도 예나 이제나 부질없이 통꼼짝을 않는 것이 있는 반면에 속절없이 늘 왔다갔다하는 것도 있다. 이를테면 '말만 잘하면 천냥 빚도 가린다'는 말은 명이 썩 긴 편에 속한다. 그 동안 5대 재벌이니 30대 기업이니 하고 국민은 다 자기네가 밥 먹여온 것처럼 흰소리를 쳤던 이들이 막상 구조조정을 하라 하니 비로소 빚 많은 순서가 대재벌 대기업의 순위였음을 밝히면서 뒤로 나자빠져, 국가로 하여금 국민의 혈세로 갚아주도록 함으로써 말만 잘하면 천냥 빚이 아니라 몇십 조냥의 빚도 쉽게 가리는 것을 지금 한창 본보이고 있지 아니한가. 이는 '말 잘하고 징역 가랴'는 말과 함께 어제도 통하고 오늘도 통하고 내일도 통할 것이 틀림없는 장수만세 속담인 것이다.

'남을 물에 넣으려면 제가 먼저 물에 들어가야 한다'는 속담을 생각하면서 경기 북부지방의 물난리를 보면 명이 퍽 짧은 말이었음을 이내 실감할 수가 있다. 수많은 주민이 가진 것을 몽땅 물에 넣고 몸만 간신히 살아난 신세가 되었지만 자기를 뽑아준 그 주민들을 물에 넣으려고 자치단체장을 비롯하여 기초의회 의원이나 광역의회 의원들이 먼저 물에 들어갔다는 증거는 없었다. 어떤 이는 연천 문산 동두천 등의 지명에 내천자가 들거나 물수변이 들어간 글자가 들어 있듯이 본래가 물고장이라서 해마다 물난리를 면치 못하는 모양이라고 했지만, 지명으로 말하면 늘 냇물을 굽어보게 마련인 고개와 언덕배기(坡, 原)의 고을 파주, 원주마저 장마에 꼭 물천지를 이루고 마는 걸 보면 그것도 다 헛소리에 불과하다.

오히려 그 고장에서 내로라 해왔던 자치단체의 책임 있는 이들이 수방 대책이라면 혹 '손끝에 물도 튀긴다'는 말을 점잖게 지킨 것이 아닌가 싶을 따름이다. 그렇지 않다면 수백여 주민이 들고일어나 얼굴이라도 비쳐보라고 시위를 해쌓도 내전 보살처럼 모르쇠로 버티면서 세월이 약이란 말만 되뇌고 있겠는가. 그러니 '비 온 뒤에 땅이 굳어진다'는 말도 명을 다한 지가 오래임을 아울러서 알 수 있다. 말인즉 풍파가 있은 후에 일이 더 단단해진다는 말이지만 그래서 해마다 연례행사로 맞는 물난리였더란 말인가. 수해 복구비나 수재 의연금을 가로채거나 떼어먹는 자들이 '죄는 지은 데로 가고 물은 곬으로 흐른다'는 속담이 살아 있음을 보여주지 못하는 한 '가물 끝은 있어도 장마 끝은 없다'는 속담마저 장마 끝은 공돈이 있다는 말로 바뀌고 이어서 비 온 뒤에 땅이 물러진다는 반증만 확인시킬 것이다.

'술 취한 사람 사촌 집 사준다'는 속담이 있다. 세상에 술이라는 물건이 있는 동안에는 제아무리 고주망태가 되도록 취하더라도 속절없이 왔다갔다할 말은 아닌 듯하다. 나는 새도 떨어뜨린다던 검찰 고위 간부가 폭탄주 몇 잔에 사촌에게 집을 사주기보다 자기가 먼저 큰집에 들어간 사례를 보면 그렇다는 것이다. '혀 아래 도끼 들었다'는 속담도 있지만 '믿는 나무에 곰이 핀다'는 속담을 잊고 출입 기자들에게 '술이 사람을 먹는' 소리를 했다가 '아는 도끼에 발등 찍힌' 셈이 된 거였다.

시골에서는 막걸리를 빚어서 술집이나 말술을 시키는 집에 배달해주는 양조장을 술도가라고 하지만 도시에서는 술이나 간장 도매상을 술도가니 장도가니 하는 것이 보통이다. 그런지라 아침부터 저녁까지 어수선하게 붐비기로 말하면 목 좋은 주막집쯤은 댈 것도 아닌 곳이 또한 이 도가(都家)이기도 하니 진작에 '눈치가 빠르기는 도갓집 강아지'라는 속담이 나와서 널리 돌아다녔을 것은 누가 보더라도 당연한 일이었을 것이다. 하지만 눈치가 빠르기는 도갓집 강아지에 못지않은 것이 주막집 강아지였다. 따라서 어디가 어떻더라도 여간해서 '불탄 강아지 앓는 소리'는 하지 않았다. 골목강아지가 들으면 깔보는 탓에 자칫하면 사람들에게 '사나운 개 콧등 아물 틈이 없다'는 싫은 소리나 듣기가 십상이기 때문이었다.

그런데도 이 나라에서 제일 높은 자리에 앉았다가 일어난 사람들이 눈치도 없이 강아지 논쟁을 벌여 웃음을 산 적이 있다. '되면 더 되고 싶다'지만 더 되고 싶은 것이 있어서가 아니라 '술 덤벙 물 덤벙'으로 실없이 '남 떡 먹는데 팥고물 떨어지는 걱정을 한' 것이 시비가 됐던 것이다.

떡을 만지다 보면 손에 고물이 묻게 마련이라는 진리 중의 진리를 설파한 이가 있으니 세상에 무서운 것이라곤 오로지 대통령 하나밖에 없었던 전직 중앙정보부장이었다. 높은 자리에 있을 때 부지런히 챙긴 것이 떡고물이었다는 말이 나돌자 갑자기 오른 것이 떡값이었다. 고물값도 덩달아서 올랐다. '떡 다 건지는 며느리 없다'고 했듯이, 서울시의 어느 6급짜리 공무원이 백억 원대의 재산을 쌓게 된 것도 고물값이 그만큼 높았던 덕이었다. 속담에 '먹은 죄는 없다'고 했지만 '떡도 먹어본 사람이 먹는다' 말이 맞는 말이고 보면 먹은 죄가 없는 것도 아니었다. 그러나 그의 경우에는 먹어서 죄가 아니라 먹기가 '누워서 떡 먹기'라고 혼자서 너무 오래 걸터듬어 먹다가 들킨 것이 죄로 간 꼴이었다. '사람 팔자 시간 문제'라고도 하고 '사람 한평생이 물레바퀴 돌듯 한다'고도 한다. 이런 속담들은 명도 길고 뜻도 변하지 않아야 속담이 속담 노릇을 제대로 한다고 할 수 있을 것이다.

(1999. 8)

개장과 개집

접때 작곡가 한 분이 "닭장이나 개장을 잘 짓는다고 해서 건축가라고 하지 않는다"고 쓴 글을 보다 보니 문득 개장이란 말이 여간 새삼스럽게 들리지 않았다. 개장의 뜻은 두 가지로 개를 기르기 위하여 개한테 지어준 집이 그 하나요, 개고기를 고아서 끓인 개장국의 줄임말이 그 둘인데, 요즘에는 개장을 개집으로 부르고, 개장국은 개고기를 꺼리는 이들을 위하여 쇠고기나 닭고기로 개장국 비슷하게 끓여 먹으며 육개장이니 닭개장이니 하고 부르는 것과 달리 보신탕 지양탕 건강탕 사철탕 영양탕 따위로 사람마다 헷갈리게 이르는 통에 실없이 새삼스럽게 들린 거였다.

닭집은 닭을 치는 닭장이 아니라 닭이나 닭고기를 요리해 파는 집이며, 말집은 말을 두는 마구간이 아니라 말이나 말 대신 나귀 및 노새를 치거나 부리거나 하여 사는 마부네 집을 이르는 말이거니와, 개장을 개집으로 부르는 것은 아주 근래의 일인 것이다. 개장수란 어원도 근래에 생긴 말이다. 본디 개를 잡는 일을 업으로 하는 사람은 있어도 개나 개고기를 사고 파는 풍속은 없었으므로 개백장이란 말은 있어도 개장수란 말은 없었는데, 말은 곧 인간이 만드는 지라 개나 개고기를 사고 파는 사람이 생기면서 개장수란 말도 더불어 생긴 것이었다.

개는 원래 집이 따로 없이 밤에는 헛간이나 대문간이나 마루밑 처마밑에서 한둔을 하고 낮에는 뜰방이나 마당에서 늘어져 있기 마련이더니, 더러 주막집 강아지처럼 버르장머리가 없는 놈도 없지 않아서 어떤 놈은 슬며시 부뚜막에 오르기도 하고 어떤 놈은 아궁이 앞에서 자다가 털을 구워먹어서 '점잖은 개가 부뚜막에 오른다'느니 '불에 덴 강아지 앓는 소리'라느니 하고 사람으로 하여금 탄식을 자아내게 하기도 했던 것이다.

예전부터 살림에 규모가 있는 집은 외양간 마구간 외에도 바깥에 우릿간이 있었다. 말뚝을 둘러 박듯이 울짱(木柵)을 친 돼지우리 염소우리를 비롯하여 대오리나 갈대로 채를 엮어 만든 어리에 가두어 기른 햇병아리가 약병아리로 바뀔 무렵에 싸리며 겨릅대며 수수깡 같은 바자로 울타리처럼 둘러 닭 오리 거위 등을 먹이는 시설이 바로 우릿간이었다.

그러나 같은 간이라고 해도 외양간이나 마구간은 집의 칸살로 쳐주는 수가 있어도 우릿간은 칸살의 축에 들지 못하는 것이 보통이었다. 대개 외양간이나 마구간같이 간자가 든 축사는 울안에 있고 돼지우리같이 울짱이나 바자로 얽은 축사는 울 밖에 있는 등 위치부터가 다르기도 하지만, 그보다도 외양간과 마구간은 비록 성주(成造)나 터주(地神)보다는 낮더라도 가신(家神)으로서 당당히 반열에 올라 있는 구신(廐神, 馬夫神)이 있어서 고사를 지낼 때마다 떡을 받고, 입춘에는 '소는 하루품으로 논밭 1백 이랑을 갈고, 말은 하룻길에 1천 리를 달리라(牛耕百畝 馬行千里)'는 마소의 건강을 비는 입춘서가 붙는 데에서도 '간'과 '우리' 사이는 기와집과 판잣집의 차이가 있는 셈이다.

우리는 또 위리(圍籬)와도 음이 비슷하다. 위리는 죄를 입은 이가 귀양살이를 하는 집에 가시울타리를 쳐서 가두는 조치를 말하고 우리는 짐승을 가두어 먹이는 장치의 이름이니, 그 조치와 장치의 유사성을 견주어보면 서로 비슷한 데에서 오는 느낌인즉 예사로울 수가 없다는 것이다. 한때 나라의 군주로서 천하를 다 가졌던 연산군도 어느덧 운이 다하매 옹색한 섬으로 귀양가서 가시나무의 우두머리 격인 탱자나무 울타리에 갇혀서 산 적이 있다. 그를 수발하러 따라간 궁녀들이 걸핏하면 볼멘소리로 "영감은 나라에 죄를 얻었기로 갇혀 산다지만 우리는 무슨 죄로 이렇듯이 늘 갇혀 산단 말이오" 하고 지청구와 구박하기를 서슴지 않았다는 기록도 있다.

닭장 새장 토끼장 등의 장(欌)은 흔히 옷장이나 찬장이나 신발장 따위를 연상시키듯이 크기도 그만한 데다 모양 또한 보잘것이 없어 우리보다도 격이 낮을 뿐더러, 음은 같으나 목장 마장처럼 마소를 놓아 먹이는 장(場)하고도 겨룰 수가 없을 정도의 규모임은 다들 아는 일이었다. 그러나 이제는 그것도 옛일이 된 지 오래였다. 야생의 메추라기가 새장으로 귀화한 뒤 갑자기 사육 열풍을 일으켜 여러 사람을 거리에 나앉게 한 50년대 이래 꿩과 청둥오리와 자고새가 가축으로 귀화하고 칠면조가 번지더니, 근년에는 판로조차 없는 타조까지 잔뜩 들여와서 우리와 새장의 규모가 대형화하기에 이른 탓이었다. 뿐만 아니라 꽃사슴이 들어오고 멧돼지의 일부가 가축으로 편입하는 바람에 종래의 외양간과 마구간은 명함도 못 내밀게 되었다. 세상이 그만큼 변한 것이었다.

그리고 그 중에서도 크게 변한 것은 개팔자였다. 토종개는 여전히 개장 신세를 면치 못하지만 어떤 놈들은 수십 평짜리 아파트에 살면서 주인의 뜨거운 보호 아래 수십만 평짜리 올림픽공원이나 아시아선수촌공원을 뒷간으로 쓰고 있으니 그 아니 상팔자인가.

　세계적인 조각가들의 야외 전시장으로도 이름 높은 올림픽공원 등의 빼어난 공원에 시도 때도 없이 싸돌아다니는 개들은, 대개 개 임자가 개를 거느리고 산보를 하여 제 주인을 받들기에 한눈 한번 을 팔 새 없는 개 같은 개들이 아니라, 개가 주인을 거느리고 운동 을 하여 개 임자가 받자받자하며 정성스레 따라다니는 개 같지 않 은 개들이다. 그렇지만 개 임자들은 개를 위하는 데에는 개가 저리 가게 위하면서도 개의 배설물을 처리하기 위한 채비는 전혀 없이 다들 빈손으로 따라다닌다. 개의 배설물을 개 임자가 책임지라는 말은 '쇠귀에 경 읽기'가 아니라 '개귀에 마태복음 읽기'인지, 개 임 자다운 개 임자는 개 같은 개를 보기만큼이나 귀한 것이다. 그렇다 면 이제는 개장이 옳네 개집이 옳네보다 개들이 개판으로 운동을 할 수 있도록 개 임자끼리 개공원을 따로 마련하도록 권하는 것이 어 떨까 싶기도 하다. 농촌에서도 아무나 소나 돼지를 치지는 않는다. 진정으로 가축을 위하는 사람만이 이웃간에 폐가 되지 않도록 가축 의 배설물을 책임질 마음과 능력이 있는 집에서만 치는 것이다.

(1999. 9)

흥부네 음식타령

엊그제 해가 바뀌었다. 그러나 여전히 서녘으로 헌 해가 떨어지고 동녘에서 새 해가 떠오른 일과적인 자연순환과는 많이 다른 데가 있었다. 흔히 1백년을 1세기로 마물러서 일러온 그 세기가 드디어 '세기 교체'를 한 것이었다.

그러나 세기 교체를 해도 헌 세기는 아주 사라지는 것이 아니다. 헌 세기는 역사로 머물면서 훈수를 한다. 그런즉 구세기의 훈수는 신세기에 있어서 다시 없는 재산이다.

재산은 대물림을 하는 것이 보통이지만 있다고 하여 있는 대로 상속하기는 쉬운 일이 아니다. 내동 멀쩡하던 것이 사라지는 줄도 모르게 사라진 뒤에야 사라진 것을 깨닫는 수도 적지 않기 때문이다. 또 그 값어치를 돈으로 따질 수 없는 것일수록 그렇게 되기가 십상이다.

이를테면 무형문화재이기도 하고 유형문화재이기도 한 언어도 상속이 제대로 이루어지지 않는 재산 가운데 하나라 할 수 있다. 서울 사투리를 비롯하여 어디에나 있고 어디서나 썼던 사투리가 지금은 아무 데서도 들어보기 수월찮게 된 것이 그 좋은 예가 아닌가. 사투리만 드물어진 것이 아니다. 사물의 이름 또한 그 사물과 함께 종무소식인 것이 한두 가지가 아닌 것이다.

사라진 것이라고 하여 죄다 아쉽다거나 아름다웠다는 것은 물론 아니다. 그 가운데는 근대화와 산업화에 치여서 진작에 문을 닫아 대가 끊긴 것도 있고 쓸모를 잃은 것도 있어, 누가 누구를 탓하랴 싶은 것이 수두룩한 때문이다. 그러므로 다들 없이 살았던 시대에 요긴하게 쓰인 물건일수록 순서도 없이 사라진 것은 어디로 보거나 당연한 노릇이었다.

먹을감 중에서는 한국전쟁 이래로 여러 목구멍에 거미줄이 치지 않게 해준 '꿀꿀이죽'이 통일벼에 쫓겨 사라졌다. 꿀꿀이는 돼지의 딴이름이니 미군부대에서 나온 음식 찌꺼기를 한솥에 넣고 끓인 '돼지먹이 죽'이라는 뜻으로, 주려 죽기 직전에 처한 사람들에게 구황(救荒)을 톡톡히 해낸 음식이었다. 지금은 그 후신 격으로 쇠고기도 아무나 못 먹던 시절에 미군부대에서 유효기간이 넘어 내버리거나 쉬쉬하며 빼돌린 쇠고기로 끓여 팔기 시작한 '부대찌개'라는 국적 불명의 음식이 신세대 사이에서 인기를 누리고 있지만.

하고한날 푸성귀만 먹어서 소증(素症)에 걸린 사람들이 기름기가 그리워서 게걸스레 먹었던 뒷골목 포장마차의 '수구레 두루치기'도 사라졌다. 다들 셈평이 펴이고 뱃가죽에 기름기가 흐르게 되어 사라진 것이 아니었다. 수구레는 애시당초 방부 처리된 공업용 수입 쇠가죽에서 발라낸 준가죽이라 하도 질겨터져서 씹으면 씹히는 시늉이나 해달라고 화공약품으로 양념하여 팔다가 걸리는 통에 줄행랑을 친 거였다. 그런데 그로부터 10여 년도 안 되어 농촌에서까지 '돼지고기 두루치기'를 '돼지나물'이라고 손가락질하게 되었으니, 나물인지 여물인지 모를 건건이로 밥을 먹다가 일찌감치 하직한 사람들만 원통하게 된 셈이었다.

애옥살림의 문패 격인 그런 '흥부네 음식'만 사라진 것도 아니다. 없이 사는 설움이 북받칠 때마다 상스러운 욕설 삼아 내뱉았던 '쌍팔년(雙八年)'이란 말도 들어보기 어렵게 되었다. 쌍팔년은 본래 가물이 심해서 난리(6·25)에 난리가 겹친 꼴로 굶기를 먹듯이 했던 1955년을 헐뜯은 말이었다. 그 해가 단기로는 4288년이었던 것이다. 서기는 5·16 이후에나 썼으니 물론 서기로는 몇 년인지도 몰랐던 시절의 일이다.

1988년에 치른 서울 올림픽을 덮어놓고 반대한다고 떠든 이들이 있었다. 이유도 뚜렷하지 않았다. 나는 반대를 반대한 편이었는데 내 반대에 반대했던 한 시인이 그 후에 세상을 원망하는 시를 지어 발표한 것을 보니 쌍팔년이 어느덧 시어로 격상되어 있었다. 뜻을 새겨보니 서울 올림픽을 치른 1988년을 두고 헐뜯은 말이었다. 1988년도 쌍팔년이기는 하나 대뜸 세대 차이를 느끼게 하는 쌍팔년이었다.

아무튼 세기 교체를 하면서 '보릿고개'란 말과 함께 상속하지 않아 다행스런 구차한 말들이었다.

(2000. 1)

나는 늘 남의 책이 커 보인다

문학은 읽는 재미와 느끼는 즐거움과
생각하게 하는 보람과 깨닫는 기쁨을 준다.

문학은 아름다운 것이다.

문학은 외로움과 쓰라림과 허전함을 다독거리고
서글픔과 고달픔과 애달픔을 쓰다듬어준다.

문학은 따뜻한 것이다.

문학은 몸가짐과 뜻가짐과 마음가짐을 좋도록 거들고

북돋고 다질러주며, 바로잡도록 이르집어주고 고르잡아준다.

문학은 거룩한 것이다.

이런 것들은 물론 보이지 않게 이루어진다.

신은 본래가 보이지 않는 존재이다.

일용의 양식

꿈은 무릇 인생의 내용이다. 생시와 꿈결 사이에 실현 가능성이 없지 않은 이상적인 소망과, 실현 가능성이 있지 않은 공상적인 소망의 양면성을 아울러 지닌 녹록치 않은 인생의 내용이다. 녹록하지 않다는 것은 무엇인가. 소신자의 꿈은 자신감으로써 실현 가능성을 확신하게 하고, 맹신자의 꿈은 배신감으로써 실현 불가능성을 확인하게 하기 때문이다. 그러나 배신감으로 실현 불가능성을 확인케 한 경우에도 꿈이 자기의 의지를 배신한 것인지, 자기의 의지가 꿈을 배신한 것인지 흠을 가리기로 하면 모호할 수도 있다. 소신과 맹신의 경계가 모호한 것처럼.

꿈은 자기 실현의 현장화를 이룰 때에만 의미가 있는 세계이며 그 인생의 내용일 수가 있다.

그렇다면 나의 꿈은 무엇이었던가. 또 나의 꿈은 이루어진 셈인가 허물어진 셈인가. 그리고 이렇게 꿈을 말하면서 스스로 되돌아볼 자격은 있는 것인가.

근년에 '꿈도 야무지다'란 말이 유행하고 있지만 나에게도 꿈은 여러 가지로 있었다. 맨처음의 꿈은 화가가 되는 것이었다. 초등학교 시절의 일이었다. 그림 솜씨가 있는 것을 누가 인정해준 것도 아니었다. 이를테면 학예회 같은 것을 할 때 전시장에 가보면 내가 보기에도 내 그림이 가장 잘 그린 것 같았을 뿐이었다. 그러나 도지사 상이니 교육감 상이니 군수 상이니 하는 것은 졸업을 할 때까지 한 번도 타본 적이 없었다. '상'자가 붙은 것은 으레 사친회의 임원이나 교사들의 후생에 항상 무엇인가를 이바지하는 읍내 유지의 자녀들이 정해놓고 타가기 마련이었으니까. 나는 그런 것들이 영 같잖아서 재학중에나 졸업을 한 뒤에나 당시의 교사들을 한 번도 선생으로 생각한 적이 없었다.

나는 화가가 되는 꿈을 일찌감치 버렸다. 상을 타보지 못해서가 아니었다. 그림에 쓰이는 것을 제대로 댈 만큼 여유 있는 집의 자식이 아닌 탓이었다.

두번째의 꿈은 영화감독이 되는 것이었다. 밥도 못 먹던 시절에 떡보다도 좋아했던 것이 활동사진 구경이라, 변사가 붙어다닌 무성영화에서부터 '총천연색 시네마스코프'까지, 장터에 들어온 영화는 그냥 보내면 큰일나는 줄 알았지만 그러나 영화를 보았기로 무엇을 느껴서 감독이 되고 싶었던 것은 아니었다.

극장 대용의 면공관(面公館)에서 의자도 없이 흙바닥에 가마니때기를 깔고 앉아서 본 통속영화 〈별아 내 가슴에〉의 김지미에게 반하여 영화감독의 꿈을 품었던 것이다. 1958년의 김지미는 소위 '달덩이같이 복성스러운' 맏며느리감의 전통적인 한국 미인상에 모처럼 신선미를 제기한 신세대형 미인의 상징이었던 것이다. 하지만 영화감독의 꿈도 길지가 않았다. 몇 해가 지나 대학에 들어가서 연극영화과 학생들과 뒤섞이어 강의를 듣기도 했지만 한번 사위어버린 꿈은 되살아나지 않았다. 여전히 경제적인 뒷받침이 불가능한 탓이었다. 그 후 유수한 영화제작사인 한진흥업주식회사에 8년 동안이나 드나들며 출판부의 일을 거드는 한편 여러 영화감독을 만나기도 했으나 감독의 꿈은 다시 찾아오지 않았다. 이번에는 경제적인 여건에 앞서서 감독의 일이 무엇인가를 대강이나마 깨닫게 되자 자신감이 사라져버렸기 때문이었다.

생각해보면 화가가 되는 꿈은 소신에 따른 것이었고, 영화감독이 되는 꿈은 맹신에 의한 것이었으나, 내 의지가 먼저 휘어져서 스스로 꿈을 배신함으로써 꿈의 자기 실현 현장화에 처음부터 실패를 한 셈이었다.

세번째의 꿈은 작가가 되는 것이었다. 작가 지망의 꿈은 소신이나 맹신의 차원이 아니었다. 삶을 잇도록 해준 하루하루의 양식이었다. 첫머리에서 인생의 내용이라고 말한 것도 바로 그 까닭이었다. 이미 인생의 내용이라고 앞질러서 말했으니 작가에 이른 길, 즉 자기 실현의 현장화 작업을 이 자리에서 이루 다 늘어놓을 수는 없는 노릇이다. 그것은 이 자리가 아니라고 해도 마찬가지이다. 내 삶이 막을 내리지 않는 한 일용의 양식도 바닥을 드러내지 않아야 하기 때문이다. 꿈을 마감하지 않았는데 어떻게 꿈을 정리하고 인생을 정리할 수 있겠는가.

나는 작가가 된 뒤에도 작가로서의 꿈이 한두 가지가 아니었다. 꿈도 갈수록 늘어갔다. 해가 바뀔수록 생활비가 늘어가는 것과 같은 이치였다. 작가가 되자 이윽고 순수문학 잡지의 편집자가 되는 것이 꿈이었다. 그 꿈은 작가가 된 지 4년 만에 이루어졌다. 문단에 이름있는 문학상을 타는 것이 꿈이었다. 그 꿈도 이루어졌다. 순수문학 잡지와 출판사의 발행인이 되어 베스트 셀러를 간행하는 것이 꿈이었다. 그 꿈도 이루어졌다. 실천문학사의 발행인으로 공전의 베스트 셀러 시집 도종환의 《접시꽃 당신》을 간행한 것이 그것이었

다. 베스트 셀러 소설을 써보는 것도 꿈이었다. 그 꿈도 이루어졌
다. 졸작《매월당 김시습》이 그것이었다.

　그러나 아직껏 이루지 못한 꿈도 있다. 어쩌면 영원히 이루어지
지 않을지도 모를 일이 어언간에 수십 년째나 꿈으로만 남아 있는
것이다. 작가의 꿈이라면 작품다운 작품 하나 쓰는 것말고 무엇이
있겠는가. 그러므로 앞에서 주워댄 편집자, 문학상, 베스트 셀러 따
위는 다 부질없는 허욕에 지나지 않는다. 아니, 바른 대로 말해서
한결같이 허위의식이 빚어낸 덧잠 속의 개꿈이었는지도 모를 일이
다. 더도 말고 딱 한 편 작품다운 작품을 써보는 것, 나의 이 속절없
는 꿈이 이루어지지 않는다면 내 인생처럼 헛헛한 내용의 인생도
드물지 않을까 싶다.

(1997. 4)

문학의 거리는 어디인가

　　문화의 거리. 듣기만 해도 문화가 느껴지는 듯한 말이다. 또 이름만 들어도 자주 가서 거닐며 문화의 실체를 새롭게 여기거나 그 향기를 누려보고 싶은 거리일 것이다. 그러므로 웬만한 도시라면, 아니 어지간한 읍내만 되어도 으레 있을 만한 거리이며 마땅히 있어야 할 거리이기도 하다. 더군다나 문화민족의 문화국가와 문화시민의 문화도시를 운위해온 터수라면 있어도 진작에 있었어야 할 거리가 문화의 거리일 것이다.

　　그러나 정도 600년의 해를 이태 전에 맞이했던 도시가 서울이었고, 공식적인 문화의 거리조차 없이 정도 600주년 기념 서울 방문의 해를 떠들썩하게 치른 도시가 서울이었던 것이다.

　　그런데 그런 서울시가 무슨 바람이 불어 그러는지 느닷없이 문화의 거리를 정하겠다고 하는 모양이다. 만시지탄은 뒤로 하고 서울시민치고 아마 환영하지 않을 사람이 없을 것이다.

　　신문에 난 바에 의하면 서울시는 오는 8월 서울에서 열리는 세계극예술협회 서울 총회와 세계공연예술축제 및 2002년의 월드컵 축구대회 개최 등 큼직한 국제행사에 대비하여 문화도시의 인상을 높일 수 있도록 문화의 거리 지정을 추진하게 된 것이라고 한다. 서울이 된 지 600년이 넘고 특별시가 된 지도 50년이 내일 모레인 서울 시가 생전 처음 문화의 거리를 정한다는데 좋은 것이 좋다는 말처럼 좋으면 그만이지, 동기가 어떠면 어떻고 이유가 무엇이면 무슨 상관이겠는가. 그뿐인가. 경제학 교수와 경제부총리와 한국은행 총재를 지내어 '돈밖에 모를 듯'한 시장이 뜻밖에 문화에 무의식이 아닌 것만 해도 천만다행이니 문화의 거리야 가로로 긋거나 세로로 긋거나 시민은 오로지 박수나 쳐주면 되지 않겠는가.

그러나 박수를 치기 전에 한 가지 물어볼 것이 있다. 신문에 난 것을 보면 서울시는 대학로(2.2km) 일대를 '연극과 무용의 거리'로, 비원과 경복궁(1.9km) 사이를 '미술과 전통의 거리'로, 비원과 종로 3가(0.9km) 사이를 '영화와 국악의 거리'로 문화의 거리를 확정하여 이달중에 지정하고 '음악의 거리'는 뒤로 미루었다는 것이다. 그리고 이 문화의 거리는 그 이름에 걸맞은 상징조형물을 만들고 공공시설물을 정비한 다음에, 남산—경복궁—비원—대학로—동대문을 잇는 서울시 문화벨트 지역에 대한 문화환경 조성사업을 계획하고 있다는 것이다.

그러나 한 가지 물어보지 않을 수가 없다. 묻건대, 이 세상에 문학이 제외된 문화의 거리도 있을 수 있는 일인가?

지금과 같이 간다면 대답은 들어보나마나 '있다'고 할 수밖에 없게끔 되어 있다. 지금처럼 생색과 공치사에 뜻을 두고 전시효과에 치우쳐서 조형예술이나 공연예술 위주로 마음을 쓴다면 문학이야말로 문화의식에서 강제로 실종될 수밖에 없을 것이기 때문이다. 문학 외의 예술을 폄하하여 하는 말이 아니다. 관료주의적인 발상에 장탄식이 절로 나와서 하는 말이다.

서울의 정도 600년은 일제 침략기와 군사문화기를 제외하면 곧 문치(文治) 600년과 안팎을 이루는 말이기도 하다. 600년 동안 인문의 집산지였던 서울에 역사가 있고 처음으로 문화의 거리를 지정하면서 뚜렷한 이유도 없이 문학이 제외된 문화의 거리 지정 운운한다는 것은 있을 수가 없는 일이다.

누구는 장차 지정될 서울시 문화벨트 지역에 문학의 연고지가 없지 않으냐고 할는지도 모른다. 때문에 이 자리를 빌려서 말한다. 광화문 네거리에서 염상섭 동상이 있는 종묘공원까지 종로를 문학의 거리로 하면 된다. 이 길은 좌우에 교보문고 종로서적 영풍문고 등 대형 서점이 있어서 문인과 문학 애호가들의 발걸음이 끊이지 않는다. 그뿐만이 아니다. 최남선이 75년 전에 차렸던 출판사 동명사를 비롯하여, 60년대 이래 우리의 문학을 걸우고 가꾸고 이끌어온 각종 순수문예지 《월간문학》《문학사상》《한국문학》《심상》《창작과 비평》《문학과 지성》《세계의 문학》《실천문학》지 등이 다 이 일대에서 창간되어 오늘의 터를 잡았으며, 문인들이 민주화운동의 앞줄에 서서 오늘의 문민정부를 창출하는 데에 기여한 자유실천문인협의회가 탄생하고 활동했던 무대도 이 종로 일원이었던 것이다.

문인들은 지금도 여전히 종로에서 크고 작은 각종 모임을 가질 뿐 아니라 차와 술을 나누며 문학과 예술과 인생을 논하고 있다. 한마디로 말하여 50~60년대의 문인이 명동에서 문단 측면사를 이루었다면, 70~80년대 문단 격동기의 문학사적인 현장은 광화문 네거리에서 종묘공원 사이라는 것이다. 다시 말하거니와 문학의 거리는 종로이다. 서울시는 모름지기 느끼기 바란다.

(1997. 5)

《만인보》의 안팎

그저께(1997. 6. 19) 저녁에 열린 시집 《만인보》 출판기념회에서 답사를 통해 '시인은 세상의 친구'라고 선언한 시인의 세상 이름은 고은, 산문(山門)에 머무를 때의 법호는 일초(一超), 지금의 아호는 파옹(波翁)이다.

파옹이 스스로 일렀듯이 《만인보》는 저 하늘에 손님으로 가 있는 사람부터 이 땅에 손님으로 와 있는 사람까지 제목 그대로 뭇사람, 특히 우리나라에서 이러고 저러고 한 갑남을녀들을 시적으로 승화시킨 시집이다.

그러므로 《만인보》에서 시로 승화된 사람도 누가 뭐라거나 말거나 대통령이 되고 본 사람(이승만 윤보선 박정희 김영삼), 누가 뭐라거나 말거나 대통령이 되고 싶어 재수 삼수 사수를 하면서 지난해 다르고 올해 다르게 오르는 과외비로 걱정이 태산인 사람(김대중 김종필 진복기)이 있는가 하면 대통령이 통 부럽지 않은 사람(김수환) 등 서서 먹는 사람이 아랫도리에 가득한 마당에 냉수 한 모금을 먹어도 꼭 상석에 앉아서 먹는 사람이 수두룩하다.

그러나 시인과 함께 최루탄 눈물을 흘렸던 대통령은 출판기념회에 참석하지 않았다. 풀밭에서 낫질을 서두르다 보면 손가락을 베일 수도 있건마는 아마 쉽게 아물지 않은 탓인지도 모를 일이다. 엎어지면 코 닿을 데서 하는 잔치이건만 서울시장도 들여다보지 않았다. 문화의 거리를 만들되 문학의 거리가 빠진 문화의 거리를 만들 참이라니 당연한 일인지도 모를 일이다.

그러나 시인 파옹하고는 무관한 일이다. 힘있는 사람과의 근거리는 애시당초 파옹이 싫어한 터였다. 파옹은 문과(文科)에서 하지 않은 글이 없었고, 해서 이루지 못한 글이 없었고, 이루어서 값이 나가지 않은 글이 없었다. 그리하여 파옹은 그 자신이 곧 문부(文府)였다. 그러므로 그가 행수(行首)로 나섰을 때 나 같은 몽당붓도 감히 그 대오(隊伍)가 될 수 있었던 것이다.

그저께의 출판기념회 명칭은 '고은 만인보 70년대 사람들'이었다. 70년대란 대저 어떤 세월이고, 70년대 사람들이란 무릇 어떤 사람들인가. 곧장 말하면 70년대는 술 권하는 세월이요, 70년대 사람들이란 '만인보'에서 추려내 '백인보'를 따로 엮어도 될 만한 사람들이었다.

더 묻고 자시고 할 것 없이 세속적인 힘하고는 거리가 천리 바깥인 문인들이었다. 곧지 못하면 바르지 못한 법이다. 문인들은 그 술 권하는 세월 속에서도 비틀거린 사람이 드물었다.

파옹은 이 70년대를 툭하면 청진동 시대라고 말한다. 이를테면 그의 친정 쪽인 민음사(박맹호), 시집 쪽인 창작과 비평사(백낙청), 사돈 쪽인 문학과 지성사(김병익), 친구네 쪽인 세대사(이광훈), 아는 집 쪽인 한국문학사(김동리) 등이 모두 청진동 일대에 포진하고 있어서 밥값 걱정 · 술값 걱정 · 찻값 걱정 없이 북치고 장구치고 해도 되게끔 되어 있었기 때문이다.

그가 일컫는 70년대 사람들은 물론 문인만이 아니었다. 농부가

굶어죽었다는 말은 들었어도 얻어먹는 이가 굶어죽었다는 말은 못
들었듯이, 10여 년 세월을 오로지 민주화 투쟁력 하나로만 버틸 수
있었던 해직 기자·해직 교수·해직 노동자와 여러 성직자들, 그리
고 이름없고 얼굴없는 따라지 인생들도 역시 70년대 사람들이었다.
　사람마다 마음이 있는데 그것을 어떻게 이루 다 알아서 한 덩어
리로 싸잡을 수가 있었던가.
　곧은 나무만이 재목이 아니고 굽은 나무도 재목인 것이니, 그것
은 목수가 먹줄을 대는 데에 따라서 쓰임새가 나누어지는 까닭이
다. 그는 사람의 마음을 눈으로 보지 않고 마음으로 보는 타고난 목
수였다.
　《만인보》가 대미를 보려면 아직 먼 이유인즉 그 때문이다. 초청인
대표 김찬국 총장의 인사말, 김수환 추기경·김대중 총재·박형규
목사·이영희 교수 등이 축사를 하면서《만인보》를 현대판 '사기열
전'이니, 자비로운 불심(佛心)의 '살생부'니 하고 평론한 이유 또한
그 때문이었다.
　70년대 사람들 가운데에는 20여 년 사이에 딴전을 보다가 제자리
로 되돌아온 이(양성우)도 있지만, 예술원 회원이 된 이(이호철), 혜
초의 후예인 양 도를 구하려 천축국을 헤매고 다니는 이(송기원),
문화유산 답사파로 한몫 하는 이(유홍준), 기업가가 된 이(정태기),
옥수수를 걷으러 다니는 이(박용길 서경석), 강호에 돌아가 산림파
가 된 이(천승세 조세희 박태순 김정남 윤구병), 그날 사회를 본 사람
(최열)처럼 환경파로서 먹고 살 걱정보다도 먹고 난 쓰레기 걱정이
심각한 이(신경림 김지하), 풀이나 지푸라기로 만든 것들만 모아다
가 박물관을 차린 이(인병선), 국회에 데뷔하여 팔자를 고친 줄 알
았더니 전국구는 천국구, 지역구는 지옥구라고 구호를 고친 이, 데

뷔했다가 떨어져서 팔자가 사주만 못해진 이(이부영 이철 김근태 박석무 이재오 남재희 장영달 박계동 목요상 유인태 설훈 김동길 제정구 박범진 강신옥 김상현 이우재 김종완 이해찬 원혜영 임채정 이신범 김영환) 등 제각기 자기 색깔을 갈고 닦은 이가 부지기수였다.

문학평론가로서 《만인보》의 문학적 위상을 논한 최원식 교수는 이들 "70년대 사람들 사이에 만에 하나라도 타락이 있고, 갈등이 있고, 분열이 있다고 하면 다 같이 70년대 식으로 하나가 되어 다시금 21세기의 인간운동을 펼치는 일이야말로 《만인보》 출판의 의미가 있다"고 말했지만, 이렇듯 저마다 구색을 갖추어놓았으니 과연 주례사적인 희망사항으로 그치지 않을 수 있을는지 두고 볼 일이다.

70년대 청년문화의 별이었던 양희은 씨가 '아침이슬'과 파옹의 시에 가락을 붙인 '세노야'를 부를 때, 이선영 남정현 김우창 구중서 한승헌 백낙청 유안진 김주영 이근배 김치수 임헌영 김형영 손춘익 김홍신 박용수 안종관 정희성 이시영 임형택 노향림 김영무 오종우 김재홍 강만길 김중배 김성우 장윤환 김종철 김언호 성유보 최민화 여운 이석표 김학민 나병식 박영숙 이문영 이돈명 이우정 씨 등 이루 다 주워섬길 수 없는 70년대 사람들이 감회가 새삼스런 표정으로 경청하고 있었다.

조정래 김정환 김형수 이승철 박찬 윤지관 공지영 박남철 양문규 김영현 황광수 김사인 임규찬 박찬 이복웅 임재걸 이만재 임옥상 씨 등 파옹을 쳐다보면서 공부했던 후배들도 또한 70년대 사람들이었다. 장내를 가득 메우고 있는 이들 가운데 70년대 사람이 아닌 이는 단 하나, 초등학교 5학년짜리인 파옹의 유일한 딸내미뿐이었다.

김정한 문익환 지학순 황인철 조영래 조남기 씨는 세상을 달리하여 자리를 함께하지 못한 사람이었다. 그러나 세상이 변했는데도

못 온 사람이 있었다. 황석영 씨였다. 5, 6공을 청산하겠다는 문민
정부가 5, 6공으로부터 상속한 유산만큼은 청산하지 않고 있는 탓
이었다.

　파옹은 출판기념회 다음날 히말라야로 성지순례를 떠났다.《만인
보》를 통해 시로 승화될 사람은 히말라야에도 구석구석에 만년설
처럼 쌓여 있을 것이다. 어떻게 축하하지 않을 수 있으랴.

(1997. 6)

문학이란 무엇인가

문학이란 무엇인가. 이에 대한 대답은 수월하지가 않다. 이른바 문학을 하는 사람일수록 그럴는지도 모른다. 오히려 문학을 하지 않는 사람의 대답이 자못 수월할 수도 있을 정도로 간단치가 않기 때문이다. 이를테면 '문학은 사상이나 감정을 상상력에 의하여 언어로 표현하는 예술이다'라고 하는 대답은 문학의 외양에 대한 일반적인 정리에 불과한 것이다. 무엇 때문에 그렇다는 것인가. 문학을 하지 않는 사람은 문학에 대한 객관적인 정리가 수월한 반면에 정작 문학을 하는 사람은 저마다 자기 나름의 주장과 주의가 있으며, 그에 따라서 스스로 그 내용과 외양이 아울러 있게 하는 주체이기 때문이다.

문학을 하는 사람 곧 문인의 대답은 그래서 간단할 수가 없다. 문인이라고 하여 문학을 하게 된 동기나 문학을 하고 있는 뜻이 같으란 법도 없거니와 더러는 비슷하다고 하더라도 어디까지나 비슷할 따름이며 한결같을 수는 없는 노릇이기 때문이다. 이에 곁들여서 말한다면 그러므로 문학은 개성의 산물이며 문학의 생명은 개성에 있다는 주장이 성립되기도 하는 것이다.

일찍이 한국 현대문학의 문종(文宗)이라고 이를 수 있는 김동리

(金東里) 선생도 이루 지적했듯이 문인이 문학을 하는 이유에는 문학을 위하여, 예술을 위하여, 인생을 위하여, 생활을 위하여, 나아가서 사상을 위하여, 투쟁을 위하여 심지어는 통일을 위하여까지 여러 가지로 있을 수가 있다. 결국 무엇을 위하여 하는 일인 탓에 대답이 간단치가 않다고도 할 수 있는 셈이다.

다시 문학이란 무엇인가. 이에 대한 대답은 문인이 문학을 하는 이유 속에 들어 있다고 여겨도 무방하다. 문인이 하는 이유는 문학이 무엇이라는 근본적인 이유가 바탕이 됨으로써 비롯한 일이므로.

김동리 선생은 〈문학하는 것에 대한 사고(私考)〉(김동리 전집 7 《문학과 인간》, 민음사)라는 평론에서 다음과 같이 진술한다.

"높고 참된 의미에 있어서의 '문학하는 것'이란 무엇인가.

그것은 어떤 구경적(究竟的)인 생의 형식이 아니어서는 아니 된다고 나는 생각한다.

그러면 어떤 구경적인 생의 형식이란 무엇인가.

이 이야기는 먼저 모든 문학적 생산 혹은 창조는 생의 긍정을 전제하고 출발한다는 데서부터 시작해야 할 것이다. 왜 그러냐 하면 우리가 완전히 생을 부정하는 데서는 문학뿐 아니라 일체의 문화는 생산될 수 없기 때문이다. 가령 예수 그리스도나 쇼펜하우어같이 평생을 두고 생의 무의미를 설명한 사람이라고 해도 '생의 무의미의 설명' 그것으로써 그들의 생은 훌륭히 수행된 것이며, 생의 이상이나 생의 원칙을 부정했을지언정 생 그 자체를 그들이 거부한 것은 아니다. 그러므로 생의 원칙(혹은 이상)을 긍정하든지 부정하든지 그 사유하는 주체가 생을 포기하거나 혹은 정지하지 않은 이상 그들은 생을 긍정하는 것이며, 생의 원칙의 부정까지도, 생의 긍정의 한 표현이라 볼 수 있는 것이다.

이와 같이 모든 문학적 생산은 생이 현유(現有)하는 데서만 가능하다면 '문학하는 것'도 이 원칙에서 벗어날 수는 없을 것이다.

그러므로 문학하는 것은 먼저 '사는 것'이 아니어서는 아니 된다. 그러면 어떻게 사는 것이 '문학하는 것'인가."

동리 선생은 '사는 것'을 우선 (1)짐승들이 사는 것과 같은 넓은 의미의 모든 생명 현상을 제1단계적인 삶으로, (2)인류라는 동물이 영위하고 있는 가장 일반적인 형태의 삶을 제2단계적인 삶인 '직업적인 삶'으로 나눈 다음, 직업적인 삶이 생명 현상으로서의 삶보다도 한층 고차원적인 삶의 형태이기는 하지만, 이 직업적인 삶의 최고 이상은 공정한 질서나, 균등한 분배나, 편리한 직업이나, 충분한 휴식이나, 살 만큼 살고 가는 것 따위에서 그치는 것이 아니라고 말한다. 즉 그것으로 생의 의욕이 다하지 아니하는 사람들은 그 다음 단계의 삶, 즉 제3단계적 생의 방식으로서 인류가 가진 무한무궁에의 의욕적 결실인 신명을 찾게 된다는 것이다. 신명(神明)을 찾는다는 것은 곧 자아(自我) 속에서 천지(天地)의 분신(分身)을 발견하는 것이라고 한다.

선생의 소론을 다시 인용한다.

"우리는 한 사람씩 한 사람씩 천지 사이에 태어나 한 사람씩 한 사람씩 천지 사이에 살아지고 있다는 사실을 통하여, 적어도 우리와 천지 사이엔 떠날래야 떠날 수 없는 유기적 관련이 있다는 것과 이 '유기적 관련'에 관한 한 우리들에게는 공통된 운명이 부여되어 있다는 것을 발견하게 되는 것이다. 우리는 우리들에게 부여된 우리의 공통된 운명을 발견하고 이것의 전개에 지향하지 않으면 안 된다. 우리가 이 사실을 수행하지 않는 한 우리는 영원히 천지의 파편에 그칠 따름이요, 우리가 천지의 분신임을 체험할 수는 없는 것이며, 이 체험을 갖지 않는 한 우리의 생은 천지에 동화될 수 없기 때문이다. 그리고 우리는 우리에게 부여된 우리의 이 공통된 운명을 발견하고 이것의 타개에 노력하는 것, 이것이 곧 구경적 삶이라 부르며 또 문학하는 것이라 이르는 것이다. 왜 그러냐 하면 이것만이 우리의 삶을 구경적으로 완수할 수 있는 길이기 때문이다."

선생은 '문학하는 것은 구경적 생의 형식'이라는 말을 위와 같은 의미에서 생각할 때 문학하는 것과 종교적 수행의 관계를 "그 형식에 있어 종교는 찬송하고 기도하고 귀의하지만 문학은 사색하고 상상하고 창조(표현)하는 것이다. 그리고 그 내용에 있어 종교는 이미 발견되고 체현된 신에 대하여 복종하고 신앙하고 귀의하지만 문학에 있어서는 각자가 자기 자신 속에 혹은 자기 자신들을 통하여 영원히 새로운 신을 찾고 구하는 것"이므로 "우리는 첫째 사는 것이다. 모든 문학적 창조는 우리가 어떻게 하면 보다 더 참되게 높게 아름답게 깊게 살 수 있느냐 하는 데에 집중되어야 할 것"이라고 매듭짓는다.

문학은 무엇인가. 그에 대한 대답은 이상과 같다. 그러나 앞에서도 말했듯이 문학을 하는 사람은 저마다 그 나름의 주장과 주의가 있고 그것으로 내용과 외양을 꾸미는 주체이므로 사색하고 상상하고 표현하는 능력이나 기량이 같을 수가 없고, 어떻게 하면 인간의 삶이 더욱 참되고 높고 아름답고 깊어질 수 있는가에 대한 견해 또한 같을 수가 없으므로 당연히 한마디로 일매지어서 말하기가 수월하지 않다는 것이다.

우리가(혹은 문인이) "각자가 자기 자신 속에 혹은 자기 자신들을 통하여 영원히 새로운 신을 찾고 구하는 것"은 각자가 자기를, 나아가서 온 인류를 구원하기 위한 것이니, 문학은 인류에게 주어진 공통된 운명을 발견하고 타개하여 자기와 인류를 구원할 수 있는 그 무엇 또는 신이기도 한 셈이다.

그러면 어떤 것이 구원인가. 또 구원을 하되 어떤 모양으로 하는 것인가.

이에 대한 대답도 간단하지가 않을 것이다. 사람마다 생각이 다를 수 있는 것처럼 신에 대한 의식도 다를 수 있는 까닭이다.

그러나 다음에 열거하는 것들은 별로 차이가 없을 것이다.

문학은 읽는 재미와 느끼는 즐거움과 생각하게 하는 보람과 깨닫는 기쁨을 준다. 문학은 아름다운 것이다.

문학은 외로움과 쓰라림과 허전함을 다독거리고 서글픔과 고달픔과 애달픔을 쓰다듬어준다. 문학은 따뜻한 것이다.

문학은 몸가짐과 뜻가짐과 마음가짐을 좋도록 거들고 북돋고 다질러주며, 바로잡도록 이르집어주고 고르잡아준다. 문학은 거룩한 것이다.

이런 것들은 물론 보이지 않게 이루어진다. 신은 본래가 보이지 않는 존재이다.

(1998. 1)

조용히 살 수 없었던 시절

항간에서는 한때 '조용하게 살고 싶다'는 말이 유행한 적이 있다. 조용하게 살면 불리한 희극배우 이주일 씨의 말로, '못생겨서 죄송합니다'란 말과 함께 이씨의 출세작 가운데 하나였다.

나도 유행에 따라서 조용하게 살고 싶다는 말을 입에 달고 살았던 시절이 있었다. 시끄럽게 산 적도 없으면서 툭하면 조용하게 살고 싶다고 뒤떠들었던 것은 세상이 하 뒤숭숭하여 은연중에 겁을 먹고 있었기 때문이었다. 여러 말 할 것 없이 '옥살이까지 부전자전할 수는 없다'는 예방 심리와, '내가 잘못되면 떼거지가 난다'는 처자 보호 의식에서 남이 들어주었으면 하고 일부러 흘리고 다닌 말이었다. 말로만 그런 것이 아니라 실제로도 한창 조용히 살고 있었던 셈이다. 그런데 느닷없이 자유실천문인협의회 임원들의 호출을 받았다. 때는 '84년 6월 하순, 곳은 마포 큰길가의 '대교'라는 우중충한 다방이었다.

파옹(고은)이 호출한 이유를 설명하였다. 부채로 넘어가게 된 실천문학사를 인수하여 무크 《실천문학》지의 창간 목적인 민주화운동과 자금 조달을 새롭게 펼치되, 이른바 '김대중 내란음모 사건'에 얽혀 옥살이를 하고 나온 뒤 하는 일 없이 빈둥거리는 송기원에게도 일감을 마련해주자는 내용이었다. 다 좋다, 그런데 그런 수월찮은 일에 하필이면 내가 왜 동원되어야 한단 말인가. 나는 당연히 '조용히 살고 싶다'는 주문(呪文)과 함께 항의와 반발을 하지 않을 수가 없었다. 내가 '하필이면 내가 왜?' 하고 반발한 이유는 분명했다. 앞에서 말한 대로 옥살이와 떼거지 예방, 그리고 갈수록 민중을 성역화하는 민중지상주의, 무조건 통일소원주의, 소아병적인 민족주의, 반인민적으로 신격화된 김일성 인정주의, 민주화운동으로 위장한 정치적 출세주의, 투쟁을 가장한 경력 관리주의 등 좋은 말로 진보화했거나, 나중에 무슨 꼴을 보면서 살는지 모르게 변질된 각종 직업적인 운동권 인사들에 대한 혐오감과 경계심에서 우러난 반발이었던 것이다.

그러나 임원들도 무가내였다. 내가 꼭 발행인 역을 맡아야 한다는 거였다. 모든 일은 송기원이 하되 송을 발행인으로 하면, 첫째는 송이 삼십대라서 너무 젊다는 회원들의 부정적인 반응과, 앞에서 말한 '전과'로 하여 당국의 탄압이 예상된다는 것이었다. 쉽게 말하면 오십대의 파옹과 삼십대의 송 사이에 어중간한 사십대가 필요하며, 그 '어중간'은 나이 외에 의식 역시 보수도 아니고 진보도 아닌 듯하여, 운동권이나 조용히 살고 싶어하는 침묵권이나 모두가 그런가 보다 하고 눈감아줄 수 있고, 당국에서도 긴가민가하게 여겨 이렇게 하기도 그렇고 저렇게 하기도 그런 어리무던한 자, 좋게 말해서 두루춘풍이, 이르집어 말해서 반거들충이가 필요하다는 눈치였다.

하지만 나라고 하여 어떻게 당국의 요주의 인물이 아닐 수 있었겠는가. 나에게 신인 작품 심사를 맡겼다가 당국의 좋지 않은 소리를 들은 문예지만 해도 이미 둘이나 있었고, 나를 편집 고문이라는 명색으로 매달 생활비를 대어준 한진출판사 사장(한갑진)은 무려 8

년 동안이나 갖은 시달림을 받고 있지 않았던가. 내가 도서출판 실
천문학사의 발행인 노릇을 수락한 데에는 민주화운동이고 민중문
학운동이고보다 한진출판사를 해방시켜주고 싶은 생각이 더 앞섰
기 때문이었다는 것을 이 계제에 밝히고 싶기도 하다.

그리하여 '딱 1년간'이라는 조건으로 7월부터 김진홍, 박병서의
뒤를 이어서 발행인이 되었으나, 연말께부터 정기간행물 등록 준비
를 시작으로 일이 나날이 번거로워져 딱 1년이 연장을 거듭하여 햇
수로 6년을 헤아리기에 이르렀다.

계간 《실천문학》지의 정기간행물 등록은 이듬해 2월 6일에 이루
어졌다. 잡지는커녕 출판사 등록도 거부되어 허울뿐인 출판사도 간
판값이 삼사백만 원씩 하던 시절이었으니 정기간행물의 등록은 가
위 '기적'에 준하는 사건이었다. 등록증은 문화공보부의 매체국장
(성낙승)이 내주었으나 정기간행물 등록의 필요성을 깨닫고 호의적
으로 힘써준 이는 장관(이진희), 문예국장(김진무), 예술과장(김기
수), 예술계장 이상열(李相悅) 제씨였다. 기적에 준하는 사건이라면
그에는 반드시 막후에서 거간 노릇을 한 숨은 공신이 있게 마련이
다. 문공부와 실천문학사 사이의 대화 창구로 발벗고 나서서 쌍방
을 설득하고 대화를 조절하여 일이 되도록 한 훈일등 협찬공신은
고 염재만(廉在萬) 한진출판사 주간과 성기조(成耆兆) 예총 사무총
장이었다. 물론 물심양면으로 투자를 한 운영위원(이돈명 이호철 김
주영 이수인 안종관 오종우 김홍신 김동현 장홍주) 제씨와 두 막후 실력
자(백낙청 이시영) 및 편집위원(최원식 성완경 이건용 오종우 채희완 이
장호) 편집 고문(고은 박태순) 제씨의 음덕도 큰 힘이 되었다. 창간사
집필자는 최원식 교수, 초대 편집장은 이해찬 현교육부장관이었다.

창간호는 '85년 봄호였고 폐간호는 두 달 뒤에 나온 여름호였다.

잡지를 잘못 만들어 폐간을 당한 것이 아니었다. 장관이 딴사람(이원홍)으로 바뀌면서 문화공보부가 문화공포부로 바뀐 탓이었다. 또 다른 이유는 무크 《민중교육》의 발행이었다. 《실천문학》지의 등록 취소 행위는 '80년 국가보위비상대책위원회에서 만든 언론기본법 제24조 위반이었다. 나는 또 이 법에 따라서 문공부의 청문회에 응하였다. 언기법에 의한 정기간행물 등록 제1호도 계간 《실천문학》지였고, 등록 취소 제1호도 《실천문학》지였으며, 청문회 제1호 또한 실천문학사의 발행인이었던 것이다. 정확히 '실천문학지 사건'이 아닌 이 '민중교육지 사건'으로 인하여 실천문학사와 문단은 주간 송기원과 《민중교육》지의 집필진인 두 시인(김진경 윤재철)이 함께 '사법처리'되는 큰 피해를 입었다. 시인 고광헌(高光憲) 씨 등 다른 필자 20여 명의 교사들도 전원 파면되었다.

《실천문학》지의 등록 취소는 국회에서도 시끄러웠다. 신한민주당(조순형 이철 박실)과 한국국민당(김일윤) 소속의 의원들은 부당성을 부르짖고, 민주정의당(김형효) 소속 의원은 정당성을 외쳤다. 또 고 황인철(黃仁喆) 변호사를 비롯하여 여러 변호사(이돈명 홍성우 김동현)들이 《실천문학》지의 등록 취소에 대한 행정소송, 언기법에 대한 위헌 제청, 구속자에 대한 변론 등에 무료 수임을 하여 또 한 번 큰 폐를 끼치게 되었다. 문단에서도 많은 문인들(김규동 김병걸 고은 이호철 김상일 김주영 박태순 양성우 김홍신)이 팔뚝을 걷고 나서거나, 뒤에서 드러나지 않게 돕는(김동리 이병주 성기조 김병익 황명 이수인) 등 백방으로 구명운동을 했으나 등록 취소에 대한 취소는 끝내 이루어지지 않았다.

정부의 문화정책 일년대계(一年大計)의 누습에 따라 장관이 갈린 뒤 신임 장관(장관 이웅희, 문예국장 전영동, 예술과장 이석구, 예술계장

최진용)에게서 취소에 대한 취소 의지 표현이 나온 뒤에야 복간 준비 작업을 진행하였고, 장관이 한 번 더 갈린 뒤에야(장관 정한모, 문예국장 전영동, 예술과장 이길융, 예술계장 김수연) 복간을 할 수가 있었다. 이 와중에서 예술과 지성과 양심을 출판해온 창작과 비평사(김윤수), 문학과 지성사(김병익), 민음사(박맹호), 지식산업사(김경희), 열화당(이기웅), 까치사(박종만), 한길사(김언호), 한진출판사(한갑진) 등 한국의 대표적인 출판사들의 격려와 위로가 큰 힘이 되었음은 두말할 나위도 없다. 실천문학사가 신세를 진 인사는 이 밖에도 숱하게 있지만 지면이 허락치 않으니 나중으로 미룰 수밖에 없다. 조용히 살고 싶은 사람이 조용히 살 수가 없었던 시절도 어느덧 역사 속에 묻혀가고 있다.

(1998. 5)

할 이야기가 없는 이야기

하고 싶지도 않고 쓰고 싶지도 않은 이야기라서 고사하다가 편집 관계자의 청이 하도 끈질겨서 할수없이 쓴다.

하고 싶지도 않고 쓰고 싶지도 않은 것은 할 이야기도 없고 쓸 이야기도 없기 때문이다. 또 설혹 있다고 하더라도 이제 와서 생각난 듯이 주절거리기가 구차한 느낌도 든다.

읍내의 시가전 규모나마 전쟁의 목격자이고 피해자인데도 할 이야기가 없고 쓸 이야기가 없다고 하면 이상한 일이지만, '이상하게도 없다'는 것이 내가 생각하기에도 이상한 일이다.

무슨 이유인가. 이 글 저 글을 쓰면서 찔끔찔끔 써먹었기 때문인가. 아니면 그새 잊어버린 것인가. 저절로 잊혀지기 전에 어서 잊어버리려고 노력을 했기 때문인가. 어쩌면 어서 잊어버리려고 노력을 한 덕분에 할 이야기도 없고 쓸 이야기도 없게 된 것인지도 모를 일이다.

문득 생각나는 일이 있다. 70년대 초엽이었다. 종로에서 우연히 어떤 사람을 만났다. 향리에서 이웃간에 살다가 그는 군대에 가고 나는 서울로 올라오면서 헤어진 이래 피차간 풍편조차 없다가, 실로 10여 년 만에 길에서 생각지도 않게 마주친 반가운 이였다. 그는 손윗사람이었다. 그는 내가 다방이나 어디에 가서 앉았다가 가라는 말도 꺼내기 전에 대뜸 이 말부터 하였다.

"뭘 하든지 잘해라. 잘해서 나중에 원수 갚고 살아야지."

그 말을 듣는 순간 가슴이 섬뜩하였다. 그와 함께 다방이고 차고 다 집어치우고 어서 헤어져야 한다는 생각이 더 급했다. 나는 약속이 있다는 핑계와 나중에 전화를 하겠다는 말로 얼버무리면서 선걸음에 돌아서고 말았다.

그렇게 헤어진 뒤로 두 번 다시 만나고 싶지가 않아 이날토록 그에게 전화 한 번 하는 법이 없이 지낸 것을 보면, 할 이야기인들 남아 있을 리가 있으며 쓸 이야기인들 남아 있을 리가 있겠는가 싶기도 하다.

나는 가끔 우스개 삼아서 학생들에게 다음과 같은 말을 한다.

무슨 일로 혼이 나거나, 겁이 나거나, 춥거나, 몸이 안 좋아서 오한(惡寒)을 하거나, 한전(寒顫)이 나서 몸을 몹시 떠는 사람을 가리켜서 흔히 '사시나무 떨듯' 한다고들 한다. 그러면 사시나무가 과연 떨기는 떠는가. 사시나무가 떠는 것을 본 사람이 있으면 손을 들어 보라. 손을 드는 학생은 당연히 한 사람도 없다. 사시나무가 어떻게 생겼는지 안다는 학생도 없다.

무슨 일로 언짢거나, 비위가 상하거나, 낭패를 당하거나 하여 기분이 씁쓰름한 사람을 보면 일쑤 '소태 씹은' 표정이라고들 하고, 몸이 덜 좋거나 병이 나서 입맛이 쓴 것도 으레 '소태 같다'고들 한다. 그러면 소태나무가 과연 쓰기는 쓴가. 소태나무가 쓴 것을 씹어 본 사람이 있으면 손을 들어보라. 당연히 아무도 손을 들지 않는다. 소태나무가 어떻게 생겼는지 안다는 학생도 없다.

어떤 사내를 밉보고 홀대하여 이르거나, 짐짓 하찮게 여기고 내리깎아 말할 때 흔히 '기생 오라비 같다'고들 한다. 그렇다면 과연 기생 오라비를 보기는 보고들 하는 말인가. 본 사람이 있으면 손을 들어보라. 당연히 아무도 손을 들지 않는다. 기생의 기둥서방은 혹 봤을는지 몰라도 내 누이가 기생이오 하고 이마에 써붙이고 다니지 않는 한 기생 오라비를 어떻게 볼 수 있겠는가.

어떤 사내를 일부러 험하게 보거나, 흉을 잡거나, 흠을 내어 옮기고자 하면 쉽게 '소도둑놈 같다'고들 말한다. 그렇다면 과연 소도둑놈을 보기는 보았기에 그렇게들 말하는 것인가. 본 사람이 있으면 손을 들어보라. 역시 아무도 손을 들지 않는다. 보려고 하면 붙잡힌 뒤에 경찰서나 법정이나 감옥으로 찾아가서 면회 신청을 하면 못 볼 것도 없는 것이 바로 소도둑놈일 것이다. 다만 정성이 거기까지 뻗친 사람을 아직 보지 못하였을 뿐인 것이다.

어떤 사내를 꺾고 밟고 누르고 싶어도 저보다 한술 더 뜨는 위인 같아서 헐하게 치거나 얕잡아보기가 만만치 않을 때 쉽게 '조조 같은 놈'이라고들 말한다. 언제 조조를 보았다고 그렇게들 말하는 것인가. 물어보나마나 《삼국지》에서 보았노라고 자신 있게 말할 것이다. 대학을 나오고도 모를 수가 있는 이태백을 서너 살 때 "달아 달아 밝은 달아 이태백이 놀던 달아"에서 배웠노라고 자신 있게 말하듯이.

한 번도 본 적이 없고, 볼 수도 없고, 보게 되어 있지도 않은 것을 눈으로 본 듯이 마음놓고 말할 수 있는 것으로는, 이 밖에도 에비를 비롯하여 귀신이니 유령이니 도깨비니 곽쥐니 하여 수두룩하게 있을 것이다.

그래서 어쨌다는 것인가. 어쨌다는 것이 아니라, 남의 나라의 어법에는 판무식이므로 나는 다만 이것이 꼭 한국적인 어법만은 아니라고 하는 이가 있으면 하는 생각일 뿐인 것이다.

기록이 정확한지 어떤지는 모를 일이로되 참고로 본 책에는 3년짜리 전쟁 6·25에 한국군과 유엔군은 18만 명이 죽고, 인민군은 52만 명, 중공군은 90만 명이 죽었으며, 남한 쪽은 민간인 99만 명이 죽거나 다친 데다 8만 5000여 명이 북한으로 납치되어간 반면에, 북한 쪽은 주민의 네 명 중에 한 명꼴로 300만 명 이상이 남한으로 내려왔다고 한다.

베트남은 베트민의 8년짜리 독립전쟁과 베트콩의 14년짜리 통일전쟁을 합친 22년 전쟁에 120여 만 명이 죽고 300만 내지 400만 명이 다쳤다고 한다.(이상《동아세계대백과사전》)

3년간 260여 만 명 살상과 22년간 120여 만 명 살육. 한·월 두 민족 중에서 어느 쪽이 더 장한 민족인지 나는 알 수가 없다. 그러나 알 수 있는 것도 있다. 배우 최은희가 북한에 있을 때 김정일이 최은희에게 6·25를 자랑하면서 "그때 재미 좀 보았지" 운운했다는 말을 통하여, 김일성이 재미로 여겼던 것이 바로 그 260여 만 명의 살상과 8만 5000여 명의 납치였던 모양이라는 짐작이 그것이다.

나는 6·25를 치른 뒤에 딴판으로 변하였다. 그것을 생각나는 대로 적어보면 다음과 같다.

첫째는 제사가 많은 집 아이의 하나가 되었고, 결식 아동 가운데 하나가 되었다. 학교에서 사친회비를 감면받는 아이의 하나가 되었고, 면사무소에 가서 구호양곡을 타오는 아이의 하나가 되었다. 농번기 때마다 논밭에 매여서 무단결석을 하는 아이의 하나가 되었고, 노래나 운동이나 놀이를 싫어하는 아이의 하나가 되었다. 또 잘

참고 잘 지고 잘 견디고 잘 포기하고 잘 체념하는 아이가 되었고, 남의 입에 오르내리지 않게 하려고 남에게 칭찬을 들을 일도 하지 않고 나무람을 들을 일도 하지 않고, 어디를 가나 있어도 없는 듯하게 표가 안 나고 티가 안 나도록 아무 짓도 하지 않는 아이가 되었다. 춥고 배고프고 외롭고 쓸쓸한 것은 아무 책이나 닥치는대로 읽어서 잊었고, 그 모든 불행의 근본적인 원인은 전쟁을 벌인 김일성에게 있다는 것을 한 번도 의심한 적이 없는 아이가 되었다.

세월이 흘러 주변에 김일성을 김주석이라고 받쳐서 부르는 사람이 늘어가도 나는 놈자를 붙였으면 붙였지 주석이니 무엇이니 하고 공대로 부르는 호칭을 한 번도 입에 올린 적이 없다. 내가 어려서 흘린 눈물을 잊어본 적이 없기 때문이었다.

그러나 6 · 25를 치르는 동안에는 무슨 생각을 했었는지 아무것도 생각나는 것이 없다. 누가 누구와 싸우는 것을 보면 으레 누가 이길 것이라거나 누가 질 것이라고 점을 치는 것이 아이다운 관전 태도일 터인데도, 나는 국방군이 이긴다거나 인민군이 이긴다거나 하는 따위의 생각은 해본 것 같지가 않다. 아무 생각 없이 그저 남의 집 푸닥거리를 구경하듯이, 오로지 구경거리로서만 구경을 한 것이 고작이었던 것 같다.

인민군이 남진하는 모양을 보고 있노라면 지금부터 전쟁을 하려고 전쟁터로 가는 길이 아니라, 이것저것 짐을 싸서 어디로 이사를 가고 있는 것 같다는 느낌이 들었다. 그들이 모는 차는 코빼기가 잔뜩 우그러지거나 문짝이 떨어져나간 헌 짐차였다. 일본 사람들이 돌아갈 때 버리고 간 것을 서울 사람들이 주워서 부리다가 난리통에 내버리자 그것을 다시 주워서 타고 내려오는 것이 아닌가 싶었다. 그런 헌털뱅이 짐차도 드물었다. 해가 떨어지고 땅거미가 지기 시작하면서 신작로에 줄을 짓는 것은 말이나 나귀나 노새가 끄는 수레였다. 수레에는 여기저기에 붕대를 감은 부상병들이 누워 있거나 앉아 있는 틈틈이 대포도 보이고 기관총도 보였다. 시룻번이 허옇게 붙어 있는 떡시루도 보이고 마소에게 먹일 쌀겨나 보릿겨를 징발한 무명자루와 마대도 보였다. 인민군들은 줄을 지어서 걸어갔다. 그들의 대열 중에는 민간인도 적지 않게 끼여 있었다. 민간인들은 무엇인가를 지게에 잔뜩 지고 따라가고 있었다. 탄약상자나 무기를 길마처럼 지고 가는 소도 줄을 달고 있었다.

그들은 공습을 피하여 밤을 도와 내려가다가 날이 새면 길가의 산기슭이나 동네의 피난간 집을 차지하고 해가 질 때까지 쉬었다. 그들은 샘가에 모여서 벌거벗고 물을 끼얹거나 빨래를 하였다. 장롱의 이불잇으로 발싸개를 만들거나 붕대를 개비하는 축도 있었다.

나는 그들을 멀거니 바라보았다. 그리고 그러면서 생각했던 것도 겨우 아무것도 아닌 것들만 생각했던 것 같다. 이를테면 따발총의 탄창은 마치 꽹과리 두 개를 맞붙여서 만든 것 같다는 생각, 꼭 납종이(은박지)를 접어서 만든 것처럼 반짝거리면서 높이 나는 비행기는 호주기(濠洲機)라고 부르는 것보다 제트가 뭔지는 몰라도 제트기라고 부르는 것이 더 근사하겠다는 생각, 길가에 누워 있는 불발탄을 구경하면서, 삐식구(B-29)가 하늘 꼭대기에서 쏟아부을 때는 베개만씩하게 작아 보이더니 진짜는 새우젓독보다도 썩 크다는 따위의 시시한 생각이나 했던 것 같다.

공습으로 집집마다 방공호를 파는 것이 일이었을 즈음이었다. 밤중에 공습이 있었던 다음날 아침 신작로의 길갓집에 사는 새댁이 물을 길으러 와서 떠드는 소리를 들었다. 잠결에 천지가 개벽하는 소리에 놀라 무턱대고 신랑의 품으로 파고들었다가 비행기 소리가 멀어가는 기미에 슬며시 품에서 벗어나려는 순간 자기도 모르게 기절하는 소리를 지르지 않을 수가 없었다. 인두로 지지는 듯이 궁둥짝이 뜨거웠기 때문이었다. 신랑이 성냥을 그어보니 손바닥만한 파편조각이 새댁의 궁둥짝하고 반치쯤 떨어진 자리에 얌전히 놓여 있는 것이었다. 밝아서 보니 그 파편은 날아오면서 토방의 기둥을 톱으로 썰다가 만 듯이 절반쯤 자르고 나서 다시 문설주를 뚫는 바람에 제풀에 지쳐서, 새댁의 궁둥짝까지는 미처 이르지 못하고 미수에 그친 것이었다. 나도 남들처럼 그 집에 가서 파편 자국을 살펴보았다. 그러나 보면서 무슨 생각을 했던가는 알 수가 없다.

그로부터 2년이 지났다. 그 새댁의 신랑은 군대에서 살아온 몇 사람 안 되는 사람 중의 하나였다. 그는 자기가 육박전을 잘해서 살아온 셈이라고 말했다. 그의 말에 의하면 육박전은 노상 밤중에 중공군을 상대로 하기 마련이었다. 밤에는 보이지 않는 탓에 서로가 적군과 우군을 분간할 수가 없었다. 그래서 총검이나 개머리판을 휘둘러 상대방의 모자부터 벗긴 다음 왼손으로 상대방의 머리를 만져서 삭발을 확인한 뒤에야 무기를 사용했다는 거였다. 그 중공군의 상당수가 연변의 조선족이었다는 것은 '91년 백두산 가는 길에 연변의 조선족 안내원에게서 들은 이야기지만, 그 새댁의 신랑한테서 육박전에 대한 이야기를 들으면서 내가 무슨 생각을 했던가는 알 수가 없다.

하다가 보니 이런 일도 생각난다.

하루는 구십 노인 할아버지를 모시고 하얀 신작로를 가던 길이었다. 갑자기 하늘이 뒤집히는 소리와 함께 비행기가 나타났다. 제트기라고 부르는 것이 더 근사하겠다 싶던 호주기 두 대가 양쪽에서 일시에 들이닥친 것이었다. 호주기 두 대는 이윽고 바로 내 머리 위로 지나다니면서 어딘가를 향해 기총소사를 시작하였다. 신작로 가에는 가로수도 있고 전봇대도 있고 자갈 무더기도 있었다. 그러나 할아버지는 지팡이를 한 뼘도 내짚지 않고 신작로 한가운데에 그대로 쭈그리고 앉으면서 이렇게 이르셨다.

"피한다고 피해지겠느냐. 여기 앉거라."

나는 할아버지가 이르신 대로 할아버지 앞에 바짝 다가앉았다. 할아버지의 갓양태가 내 머리통을 가려주었다.

호주기는 정신이 하나 없게 기관총을 퍼부어대었다. 기총소사가 좀처럼 가라앉지 않자 할아버지가 물으셨다.

"두려우냐?"

"아뇨."

아니어서 아니라고 했는지, 할아버지께서 안심하시도록 아니라고 했는지, 어느 쪽이었는지는 생각나지 않는다. 어디를 가던 길이었는지도 생각나지 않는다.

생각나지 않는 것이 어디 이것뿐이겠는가. 할 이야기도 없고 쓸 이야기도 없다고 한 이유가 어디에 있는지도 그럭저럭 해명이 되었을 것이다.

(1998. 6)

줄반장 출신의 줄서기

어린 마음에 학교의 반장이나 부반장을 권력처럼 여겼던 적이 있다. 그러나 타고나기를 똘똘하지도 못하고 똑똑하지도 못하여 초등학교 때부터 공부에서나 운동에서나 등수에 들지 못하기가 일쑤였고, 어쩌다가 등수에 들더라도 으뜸과 버금은 으레 남의 차지여서 반장이나 부반장 자리는 언감생심 쳐다도 못 보기 마련이었다. 그렇지만 줄반장은 줄이 몇 줄이건 줄마다 하나는 있는 자리인지라 줄반장 자리 하나는 아무 노력 없이도 저절로 차례가 돌아오곤 하였다.

그리고 세월이 흘렀다. 그런데 내가 그 알량한 줄반장 출신이란 걸 어떻게 알았는지 나는 어느 줄이냐고 묻는 이를 지금도 심심치 않게 만나곤 한다. 줄은 참 길기도 하고 질기기도 하다는 생각이 든다.

되면 더 되고 싶어서 희번덕거리거나, 될 일도 안 되어서 두리번거리거나, 애시당초 될 일이 아니어서 끔벅거리는 이들만이 나더러 어느 줄이냐고 묻는 것이 아니다. 우스개로 묻는 이도 있고 지나가는 말로 묻는 이도 있다.

나는 대답이 쉽지가 않다. 줄만 해도 한 가닥이 아닌 탓이다. 줄서기를 잘해야 하는 줄(列)도 있고, 줄을 잘 놓아야 하는 줄(緣)도 있고, 줄이 잘 닿아야 하는 줄(線)도 있고, 줄타기를 잘해야 하는 줄(繩)도 있는 것이 아닌가. 그네들은 그 가운데에서 어느 줄을 물었던 것일까. 나는 또 내 줄을 헷갈리지 않고 제대로 알고나 있었던 것인가.

이 줄반장 출신의 줄서기는 번번이 서툴다. 그래서 두루 미안할 뿐만 아니라 스스로 답답하고 따분하기도 하지만 생각처럼 얼른 고쳐지지 않는다. 이를테면 이런 경우에 더욱 서툴러서 탈이다.

날씨는 아직도 한여름이지만 며칠 안 있으면 한가위이니 말 그대로 한가을이다. 한가을의 농촌 풍경은 보기 좋지 않은 것이 없다. 논밭에 어우러진 '인위 자연'조차 '무위 자연'의 정조를 자아내는 듯하여 보기가 좋다. 하지만 농약을 뿌리는 모습까지 아울러서 보기가 좋은 것은 아니다. 특히 논두렁이며 밭둑의 풀이 꼴이나 퇴비로 자라지 않고 제초제 등쌀에 벌겋게 타죽은 모습을 보면 끔찍스럽지 않을 수가 없다. 농약을 쓰지 않으면 먹을 수가 없다(거둘 것이 없다)고 주장하는 경제농민의 줄과, 무농약과 유기농업에 의한 환경농산물만이 사람도 살리고 환경도 살린다고 하는 환경농민의 줄 사이에서 나는 내 줄을 못 찾고 마냥 헤매기가 보통이다.

농촌이 시들해지면서 산지기 노릇도 묘지기 노릇도 서로 마다하여 벌초하는 이가 따로 있지 않게 된 터에, 적으면 식구끼리 많으면 일가 사람들끼리 풀을 베어 조상의 무덤을 깨끗이 하러 다니는 모습은 해마다 봐도 보기가 좋다. 하지만 벌초는 반드시 추석 전에 하는 것이 예의요 원칙이라는 고정관념까지 그럴듯한 것은 아니다. 산마다 수풀이 복원되어 늘어난 독사나 말벌에 목숨의 위험마저 무릅쓰는 전통원리주의자들의 줄과, 추석은 추석대로 쇠되 독사와 말벌이 들어가고 가을걷이도 대강 추어낸 뒤에 여유 있게 벌초를 하는 실용주의자들의 줄 사이에서 왔다갔다하는 꼴이야말로 딱한 노릇이 아닐 수가 없다.

올해는 넉넉한 일조량과 늦더위로 농촌은 풍년을 예약했지만 어촌은 적조가 널리 일어서 흉년을 면하기가 어려운 형편이라고 한다. 한마디로 농어촌이니 농어민이니 해왔지만 농촌과 어촌은 본디 한 줄이 아니었으니 나는 어느 줄로 기우는 것이 제대로 기우는 것일까. 농촌도 어촌도 아닌 동네에서 생선횟집을 하는 이가 어느날 나에게 따지듯이 말했다. 해마다 여름이 되면 언론에서 꼭 비브리오 패혈증에 대한 경고와 예방책을 전하되 꼭꼭 하는 말이 '어패류'를 날것으로 먹지 말라는 것이었다. 그 병균은 늘 굴 조개 소라 낙지 등 연체동물 즉 패류에서 번지는데, 먹기 전에 떨떠름하고 먹고 나서 껄쩍지근하도록 왜 생선까지 싸잡아서 '어패류'로 이름지어 애매한 생선횟집에 상처를 입히곤 하는가. 그것이 부당하다면 당신같이 글을 쓰는 사람이라도 나서서 바로잡아야 할 것이 아닌가. 그런데도 나는 여름이 다 가서야 이 말을 하고 있다. 어류 쪽에 줄설 기회를 놓친 탓이었다.

줄이 여러 가닥이라서 줄서기에 서툰 것인가. 모르겠다.

(1999. 9)

구세기 작가

새천년에 즈음하였으니 나 나름으로 생각이 없을 수가 없다. 그러나 그것을 남다른 것으로 여길 건덕지는 없다. 지금껏 그래왔듯이 때로는 대세에 따르고 때로는 사사로운 주장에 스스로 얽매일 것이 뻔하기 때문이다.

나는 우선 내 자리가 무대에 있지 않고 객석에 있으리라는 것을 벌써부터 잘 알고 있다. 따라서 전자문학류(電子文學類, 사이버 문학)하고는 거리가 멀기 십상이고, 더불어 사이버 자본주의와도 종전처럼 무관한 채 그냥 그대로 지내게 될 것이 분명하다.

그러므로 문단에서도 쳐주지를 않아서 고작해야 식객의 자리밖에는 차례가 오지 않을 것이다. 이를테면 사실상 현역일지라도 현실상 퇴역의 대우밖에는 받지 못하리라는 것이다. 서글픈 일이지만 그러나 그런대로 현실을 받아들여야 옳을 일이기도 하다. 뜨는 해는 이윽고 중천에 이르러 뜨거운 것이 마땅하고 기운 해는 저절로 기슭에 이르러서 식는 것이 마땅한 것이다. 이것이 이른바 자연친화적인 정신이며 환경친화적인 모습이 아니겠는가.

이대로 갈 리도 없고 이대로 가서도 아니 될 일이지만, 그러나 앞으로 얼마 동안은 관료주의의 또 다른 이름이 자기 만능주의라는 생각에도 변동이 없을 것 같다. 새천년의 벽두부터 순수예술을 경제적인 논리로 포장하려고 드는 세력이 기승을 부리고 있으니 당연하지 않겠는가. 무릇 세월이 바뀌고 세대가 바뀌면 문학도 바뀌기 마련이지만 문학의 본질이 바뀐 적은 없다. 또 문학의 가치를 경제 논리로 따진 적도 없다. 따라서 갑자기 '벤처문학'이 나타나서 판을 치는 상황은 상상도 할 수가 없다. 현실적으로 '돈벌이가 되는 문학'이 없는 것은 아니다. 하지만 그것은 어디까지나 '문자행위에 속하는 사업'의 일부일 뿐이며 문학의 본모습은 아닌 것이다.

일찍이 고갱이나 고흐나 피카소가 돈벌이로 그림을 그렸다면 모를 일이다. 모차르트나 슈베르트가 돈벌이 삼아 음악을 낳았다면 또 모를 일이다. 그러나 그렇지가 않다. 도스토예프스키가 그 많은 작품을 쓴 것은 돈 때문이 아니라 빚 때문이라고 생각하는 것이 문학을 모독하지 않는 일이요 문인을 모욕하지 않는 일이었다. 아무리 IMF를 팔고 새천년을 팔더라도 순수예술가들에게 예술도 돈벌이가 되는 예술로 나아가야 한다는 훈수 아닌 훈수는 관료주의의 말기적인 발작이라고 하지 않을 수가 없다.

우리 문단만큼 세대교체가 무상한 곳도 드물 것이다. 그것도 늘 작위적인 세대 구분에 불과한 거였다. 다들 그리 여기다시피 소위 70년대 작가니 80년대 작가니 하면서 10년 단위로 그어온 획일적인 구분이 도대체 무슨 의미가 있었던 것인가. 그렇다고 하더라도 나는 이제부터 '구세기(舊世紀) 작가'라는 도매금에서 벗어나기는 이미 다 틀린 셈이다. 애오라지 분수를 지키되 객석의 한구석에 식객처럼 앉아서 신세기 작가들의 활약을 흐뭇하게 바라보며 박수를 칠 일엔 박수를 치고 탄성을 금치 못할 일엔 탄성을 금치 않을 것이다.

그것인즉 문학의 본질에 탕이 나지 않게 하는 일이며 문학의 모습에 녹이 슬지 않도록 하는 작가적인 태도일 것이다. 그러므로 21세기 역시 남의 것일 수는 없다. 다만 바뀐 자리에 조용히 머물 따름.

(1999. 11)

20세기 송사

　20세기는 지금 이 지상에 머물고 있는 모든 사람들에게 있어서 위대하다. 그 이유는 오직 하나다. 모든 사람이 저마다 이 세상에 왔고 그리하여 지금 이렇게 살고 있기 때문에 위대한 것이다.

　그런데 이 20세기가 바야흐로 저물어가고 있다. 새로운 세기 그리고 새로운 천년이 바짝 다가와 다음 순서에 대기하고 있는 까닭이다. 20세기와의 작별은 모든 사람에게 있어서 모처럼 하나가 된 운명이다. 그러므로 20세기와의 이별은 모름지기 경건하고 엄숙해야 할 것이다. 또한 앞으로도 두고두고 문득문득 만날 역사 속의 자화상이므로 마땅히 각자에게 아름답게 기억돼야 할 터이다.

　그러나 20세기가 위대한 것은 오로지 이 세상에 와서 이렇게 머물고 있는 사람들의 존재와 삶의 의미로 하여 위대한 것만은 아니다. 일찍이 이 세상에 왔다가 진작 돌아간 사람들의 자취와 숨결이 아직도 여전히 남아 있는 탓으로 인하여 위대하다고 할 수 있는 것이다.

　20세기는 우리나라의 근대문학 백년사이기도 하다. 갖은 우여곡절이 사슬로 이어진 20세기라지만 우리의 근대문학사는 불운보다 행운이 우위에 있는 것이 사실이다. 무슨 이유인가. 별자리가 뚜렷한 기라성이 연년세세 이 나라에 와서 값진 유산을 넉넉하게 상속시키고 떠났기 때문이다.

1900년 20세기 벽두에 온 큰별은 김동인과 현진건이었다. 이듬해에는 박종화 심훈 최서해가 오고, 1902년은 김소월과 채만식이, 1903년은 김팔봉과 이은상과 정지용이, 다음해에는 박화성 이육사 이태준이 왔으며, 1905년 김광섭, 1906년의 이주홍에 이어서 1908년에는 김유정 김정한 유치환과 임화가, 1909년엔 박태원 신석초 오영수가 왔다. 또 1910년에는 이상과 모윤숙이 오고, 1911년엔 노천명 박영준 안수길 이원수가 오고, 1912년엔 최정희, 1913년에는 김동리와 김현승이 왔다. 그리고 1915년의 강소천에서 1934년의 김관식 사이에는 박목월 박남수 손소희 윤동주 이영도 한무숙 조지훈 김수영 선우휘 박용래 신동엽 박재삼 등이 차례로 왔던 것이다.

그들은 우리에게 무엇이었던가. "죽는 날까지/하늘을 우러러/한점 부끄럼이 없기를/잎새에 이는 바람에도/나는 괴로워했다"고 제목 없는 시로 고백한 그 선배는 우리에게 무엇이었던가.

또 "우리는 여지껏 희생하지 않은 오늘의 문학자들에 관해서/너무나 많이 고민해왔다/김동인, 박승희 같은 이들처럼 사재를 털어놓고/문화에 헌신하지 않았다/김유정처럼 그 밖의 위대한 선배들처럼 거지짓을 하면서/소설에 골몰한 사람도 없다……/그러나 덤뼁출판사의 20원짜리나 20원 이하의 고료를 받고 일하는/14원이나 13원이나 12원짜리 번역일을 하는/불쌍한 나나 내 부근의 친구들을 생각할 때/이 죽은 순교자들을 어떻게 생각해야 하나/우리의 주위에 너무나 많은 순교자들의 이 발견을/지금 나는 하고 있다"고 분노한 그 선배는 우리에게 무엇이었던가.

그리고 하늘의 어느 별을 바라보며 "이렇게 정다운/너 하나 나

하나는/어디서 무엇이 되어/다시 만나랴" 하고 탄식한 그 선배는
또 우리에게 무엇이었던가. 그들은, 그 '위대한 선배들'은 여러 말
할 것 없이 바로 빛이요 힘이었다. 꿈의 실체요 영혼의 순례지였으
며 장엄한 성역이었다.

그러한 선배들이라 하여 한결같이 고상한 초상만 보여준 것은 물
론 아니었다. 그들 가운데에는 이데올로기의 허망한 나팔수로 나섰
다가 설 자리를 잃어 마침내 몸과 글을 망친 이도 있고, 이날토록
그 후계자가 나오지 않을 만큼 생애의 절반을 남다른 기행으로 소
비한 이도 있었다. "니코틴이 내 횟배 앓는 뱃속으로 스미면 머리
속에 의례히 백지가 준비되는 법이오. 그 위에다 나는 위트와 패러
독스를 바둑 포석처럼 늘어놓소" 하면서 삶을 역설적으로 풀어가
며 살고 간 이도 있고, 늙도록 무례한 권위주의에 맞서서 온갖 구박
을 받아가며 싸우다가 떠나는 날에야 현직 대통령의 정중한 추도사
를 뒤로 하고 저승길에 오른 이도 있었다.

무릇 인간을 소우주라고 일러왔다. 인간에게는 명암이 있다. 대
우주에 음양이 있으니 소우주에 명암이 있는 것은 마치 하나가 있
어서 둘이 있고 둘이 있어서 셋이 있는 서수의 안팎과 같다. 그러므
로 후배들은 선배들의 뜻과 삶에 서슴없이 동의하였다. 베스트 셀
러란 말도 없었던 시절이라 인기작가라는 말도 생기기 전이었지만,
문예지의 송년호나 신년호에 늘 권말부록으로 실리던 문인주소록
을 다 뒤져도 전화번호가 몇 군데밖에 없었던 변두리 시민들이었지
만, 대개 먹고도 배고프고 입고도 헐벗었던 후배들은 선배 아닌 그
'순교자'들의 모습을 저만치에서 우러르며 아름답게 여겨 기꺼이
그 뒤를 따르기로 각오를 다짐하였으니, 후배들에게는 그러한 각오
자체가 긍지요 행복이었던 것이다.

그 행복은 오늘도 유효하고 내일도 유효할 것이다. 스스로 솟는 샘은 본디 보이지 않게 저장된 수원이 차고 넘친 나머지가 솟는 것인지라 비록 메마른 토양일지언정 황폐를 두고 볼 성질은 또 아닌 것이다. 오늘날 우리 문인들이 받는 사회적인 대우는 근본적으로 문학에 대한 모욕이 아닐 수 없다. 그러나 그릇된 모욕은 무엇의 그릇된 이해나 그 나름의 무식이 빚은 실수이기가 쉬울진대 20세기에 못다한 명예회복을 다음 세기에 기약할지라도 늦다고 할 것이 없다.

대저 세월이 바뀌면 인간이 바뀌고 인간이 바뀌면 세상이 바뀐다. 그러므로 새로운 것은 모두가 그 전의 것들이 바뀐 것이니 하물며 묵은 천년이 새로운 천년으로 바뀐 다음의 일을 말할 것이랴. 그럼에도 불구하고 인간의 영혼까지 바뀐다는 것은 상상조차도 저어할 일이다. 짐짓 윤회전생설에 생각이 미친다고 해도 해와 달이 동산에서 서산으로 윤회를 되풀이하되 언제 보나 해는 해요 달은 달인 것과 무엇이 다르겠는가. 설사 어딘가 다른 데가 있다 한들 예컨대 모든 것이 신의 작품이라고 해도 그 모든 신의 작품이 곧 신이 아닌 것과 무엇이 얼마나 다를 것인가.

21세기에 새롭게 오는 문인들에게도 인간에 대한 애정과 신뢰와 희망이라는 문학의 또 다른 이름만큼은 결코 바뀌지 않을 것이다. 오히려 값이 없어지다시피 한 인간의 위신에 대하여 분노하고 그로써 분발하여 문학의 훼손된 명예회복을 인간회복이라는 과제를 푸는 것으로써 이룩하게 될 것으로 기대한다. 아울러서 자고 나면 등장하는 새로운 물질에 대하여 거리를 두도록 기대한다. 간단히 말하여 감옥이 감옥인 것은 흙과 나무로부터 격리된 공간에서 비롯된 것이니, 해방이 해방일 수 있는 것은 자연이 자연일 수 있기

때문임을 잊지 않도록 기대한다. 요즈음 쓰는 자연친화적 운운하
는 말이야말로 통 자연스럽지 않은 수사(修辭)로 기억하고, 그리하
여 전자문학이 지닌 생리적인 부박성에 대하여 늘 경계하는 자세
를 기대한다.

  21세기는 문화의 세기가 될 것이라고 장담하는 이가 있다. 부디
그렇게 되기를 기대한다. 그러나 우리에게는 20세기야말로 '문학
의 세기'였다. 20세기여, 그대는 정녕 위대하였도다.

(1999. 11)

무대책 하팔자

　새해를 맞이하면서 마음속에 아무것도 두지 않고 빈 마음으로 맞는 사람은 아마 매우 드물 것이다. 지극히 덕이 높은 지인(至人)이나 어질고 슬기로운 현인(賢人)이 아니라면 다 그 나름의 소망이 없지 않을 것이며 또 소망이 이루어지기를 바랄 것이다. 인간적인 모습이야말로 그런 것이 아니겠는가.

　소망은 누구나 자기가 만든다. 그러므로 그 결과와의 만남도 결과가 저절로 다가오기를 기다리는 것이 아니라 스스로 다가가는 데에서 이루어진다. 따라서 모든 소망은 모든 가능성의 바탕이라고 할 수 있다. 어떤 소망은 또 덧없이 백일몽으로 그치는 수도 있다. 그렇지만 그것을 빌미잡아 애시당초 그 소망의 가능성에 의심스러운 데가 있었다고 깎아내리는 것도 쉬운 일은 아니다. 비록 헛수고에 그쳤지만 그 소망의 가치마저 허물어진 것은 아니기 때문이다.

　새해에 회원이 수백 명에 달하는 '문학노동자' 단체에서 책임이 큰 임원이 된 탓에 나도 소망하는 바가 작은 편이 아니다. 나야말로 십대에는 고작 교실의 줄반장을 넘지 못하고 이십대에는 토목공사장의 십장 노릇도 딱 부러지게 못한 물렁쇠였다. 그러니 이번에 맡은 자리가 너무 과분하여 답답한 속사정은 굳이 긴 말이 필요치 않은 일이다. 더구나 문학노동자에 대한 사회적인 대우는 퍽 인색한 편이다. 아무리 물렁쇠가 답답한 분외의 일을 맡았기로서니 그 개선에 대한 의지가 왜 흐릴 수 있으며 그 소망이 왜 작을 수 있겠는가.

문학노동은 얼른 말해서 글을 읽는 노동이며 쓰는 노동이라고 할 수 있다. 하지만 읽는 일이나 쓰는 일이나 그것이 곧 생업일진대 그 고달프고 애달픈 사정은 여기서 구차스럽게 늘어놓을 거리가 아니다. 문화선진국에서도 문인들이 다른 직업인에 비해 질병이 많고 명이 짧다는 것은 이미 의학적 과학적으로 증명되고 또 널리 알려진 일이다. 하물며 돈벌이가 통 안 된다는 구실만으로 순수문학을 있어도 그만이고 없어도 그만인 것으로 여기는 한국의 문학인들일 것이랴.

그러므로 한국의 문인들은 '당연하게도' 노후 대책은 고사하고 당면 대책도 없다. 많거나 적거나 고정 수입이 있을 리가 없으니 상여금이 없고, 퇴직금이 없으니 위로금도 없고 연금도 없다. 무자식 상팔자가 아니라 무대책 하팔자인 셈이다. 도대체 순수문학이 돈벌이 잘되는 나라가 이 지구상에 있기는 있는 것인가. 예술계의 극빈자 서열은 1순위 연극인, 2순위 미술인, 3순위 문학인이라는 설도 있다. 부디 낭설이기를 바란다.

나는 순수문학인 및 순수예술인에 대한 생활보호를 국가에서 맡아야 한다고 주장한다. 문화 예술인들까지 국민의 세금을 축내자는 것이 아니다. 선진국형의 보호장치를 마련하라는 것이다. 정치는 삼류인지 모르지만 문학은 삼류가 아니기 때문에 우리 문학인들은 이를 떳떳이 요구할 자격이 있는 것이다.

(2000. 1)

길을 아는 운전사

이흔복 시인의 이 시집《땅끝에 서면 몬드리안의 바다가 보인다》를 읽으니 한때는 몬드리안의 추상주의보다 더 추상적으로 얼비쳤던 글들, 즉 청련거사 이백이 "무릇 하늘과 땅은 만물의 여인숙이요, 흐르는 세월은 영원한 나그네라. 덧없는 삶은 꿈과 같으니 즐거움을 누린들 얼마 동안이랴. 옛사람이 촛불을 밝혀 밤에 놀던 것도 다 까닭이 있었다. 하물며 따스한 봄이 나를 아지랑이 낀 경치로 부르고, 조물주는 나에게 문장을 빌려주었음에랴" 운운한 〈춘야연도리원서〉의 땅과, 동파거사 소식이 "물은 이렇듯이 흘러가지만 일찍이 다 흘러가버리지 않았고, 찼다가 이지러지는 달은 저렇듯이 변하지만 종내 모조리 없어지거나 자라나지 못하는 것이다. 대개 그 변함에 있어서는 천지도 일찍이 한 순간이 그대로일 수가 없었고, 그 변치 않음에 있어서는 자연과 내가 다함이 없을 터이니 또 무엇을 부러워하리오" 운운한 〈적벽부〉의 물이 먼저 보이는 것 같았다.

따라서 그것이 무슨 이유인가 하는 것은 정해진 순서였다. 이윽고 나름껏 가늠해본다는 것이 "땅은 짐승을 위하여 풀을 내는 것이 아니되 짐승은 풀을 먹고, 사람을 위하여 개를 낳는 것이 아니되 사람은 개를 잡아 먹는다"는 식으로 풀이한 사람도 있는, 노자가 말한

바 천지(자연)는 인간처럼 어질지가 않은 탓에 인간의 운명에 대하여 관여하지 않으며, 모든 것을 그냥 그대로 자연에 맡긴다는 천지불인론(天地不仁論)이었다. 그렇다면 이흔복 시인도 진작 그렇게 느꼈거나 터득하고 있었던 것일까. 그랬을 것이라고 생각한다. 그것도 없이 시를 지었을 리는 없을 터이기 때문이다. 시를 알면 모든 것을 알게 된다고 한 것은 공자의 시론이 아니었던가.

그러나 내가 이런 것을 써서 이흔복 시인의 시집 끝에다 발을 다는 것은 무엇을 알아서 이러는 것이 아니다. 나는 그의 됨됨이나 시가 이룩한 성과에 대하여 아는 것이 적다. 더 적극적으로 말하면 그를 익히 알 수 있을 만큼 사람이나 시나 상종할 기회가 적었던 것이다. 그것도 순전히 내 탓이었다.

나는 문단의 선후배나 내 또래의 동업자들에게 되도록이면 무던한 화상으로 보이기를 내심 바라온 터였다. 그렇게 둥그스름하게 보여서 무엇을 어쩌자는 것이 아니라, 여느 때 인상이 괜찮아 보여야 급할 때 아쉬운 소리를 하기가 수나롭다는, 잡지쟁이로서의 '필자 관리용의 표정 관리' 차원에서라도 물러 보이는 것이 낫다고 여겨서 나름껏 부드러운 시늉을 해왔던 것이다. 그렇지만 실례도 적지 않았다. 몸이 성치가 않아 마음만 같지 못하면 으레 대인관계에서 그런 실례를 저지르기 마련이었다. 그 중에서도 특히 이흔복 이승하 두 시인에게 한 실례는 지금껏 잊히지가 않을 정도였다.

두 시인을 소개한 이는 실천문학사의 편집장이었던 김사인 씨였다. 시기는 달라도 장소는 같았다. 내가 발행인 노릇을 하던 실천문학사 사무실이었다. 소개사도 같았다. 둘 다 촉망하여 마땅한 신인이라는 거였다. 나는 두 번 다 소개사가 그치기 바쁘게 돌아앉고 말았다. 나는 이미 여러 차례 글로 썼듯이 속병을 오래 앓았는데 이

실천문학사의 발행인 시절, 그 가운데서도 두 시인을 소개받을 무렵이 병세도 깊을 대로 깊어지고 통증도 심할 대로 심해져서 잠을 자도 미간에 내천자를 새기며 자고, 매사가 귀찮고 성가시지 않은 일이 없을 뿐더러 누구를 만나도 탐탁치가 않고 마뜩치가 않았던지라, 이 두 시인에 대한 초면 실례도 예외가 아니었던 것이다.

몸이 깨어난 뒤에도 그 일이 떠오르면 여간만 후회스럽지가 않았다. 그래서 다시 만나면 그때는 사정이 이만저만해서 부지불식간에 그리 됐노라고 발명과 사과를 하고자 해도 둘 다 통 만날 수가 없으니 딱한 노릇이었다. 오다가다 길에서 마주치는 일조차도 없었다. 하기야 그들은 줄을 찾아 이리 기웃 저리 기웃 하는 뜨내기가 아니었고, 나는 잡답이 싫어서 향리에 눌러 있기를 꾀하고 있었으니 서로가 꿩 구워 먹은 소식으로 지낼 수밖에 없기도 한 일이었다.

내가 그때의 일을 그들에게 정중하게 사과한 것은 그로부터 십유삼사 년이나 세월이 흐른 뒤였다. 이흔복 시인은 이종주 시인이 다리를 놓아주어서 작년('97년) 봄에, 이승하 시인은 한 잡지사의 행사장에 하객으로 갔다가 생각지도 않게 만나 누년 묵은 체증을 올봄에야 비로소 푼 셈이니, 그들이나 내나 참 어지간한 위인들이란 생각이 아니 들 수가 없었다.

이흔복 시인은 한 출판사의 편집 책임자로 있어서 요새는 되려 누구보다도 자주 만난 편이다. 하지만 그에 대하여 잘 모르고 있기는 예나 이제나 별로 다를 것이 없다. 자고로 시인들은 시끄러운 편이다. 귀글을 쓰는 탓에 못다한 말이 있어 그런지 하여간에 줄글을 쓰는 축보다 말이 많은 것이다. 그렇지가 않았다면 예전부터 시인을 왜 하필이면 소인(騷人)이라고들 일렀겠는가. 그에 비추어보면 그는 시인이 아니다. 언제 보아도 당최 말이 없는 데다가 이 쪽이 먼저 답답하여 말을 시켜도 묻는 말에나 동그라미 아니면 가위표 식으로 예 아니오가 고작이니 명 짧은 사람은 숨 넘어가기가 십상 좋게 생긴 것이다.

그러므로 그에 대하여 내가 아는 것은 주운 이삭을 찧어 움쌀 얹어 먹는 폭으로 그저 단편적인 것들뿐이다. 들은 바에 의하면 그는 속칭 묻혀 있기 좋은 땅(生居地鎭川 死居地龍仁)으로 일러온 용인 고을에서 다른 것은 몰라도 집안의 뼈대는 꼭 따지고 넘어가며 열 딸보다 한 아들을 더 쳐주는 집안의 맏아들이 되어, 물 좋고 쌀 좋고 삼 좋기로 이름난 여주와 이천을 마당으로 하여 자라고, 서울에 있는 대학에 다니면 죄다 서울대학에 다니는 줄로 아는 동네의 유일한 서울 유학생으로 어깨를 재가며 경기대학교에서 김명인 교수를 스승으로 모시고 시업을 닦았다. 그러나 동네에서 밥술이나 먹는 집 자식들이 읍내 출입에 맛들이면 흔히 엉덩이에 뿔부터 나서 부모가 품삯으로 모은 돈 찻삯으로 바닥내면서 학교는 노는 재미로 다니고 공부는 거짓말하는 재미로 시늉하듯이, 그도 청소년 시절엔 먼저 배운 것이 술이요 아울러서 배운 것은 장난질이어서, 그의 어르신네는 그가 대학에서 장학금을 탔던 사실까지도 장가가서 자식을 남매나 둔 지금껏 미덥지가 않아 긴가민가하는 눈치라고 한다.

그가 어렸을 때 커서 되고 싶은 유일한 희망은 자동차 운전사였다. 그것도 물방개 같은 품위 있는 차가 아니라 흙도 좋고 돌도 좋고 되는 대로 싣고 자갈길 진창길을 안 가리고 촌길에 털털거리고 다니는 짐차 운전사였다. 그의 어르신네가 경영하는 인삼밭에 두를 울타릿감과 말뚝이며 대나무 등을 나르던 짐차를 얻어 타는 데에 재미가 들린 탓이었다. 그 바람에 그는 다른 시인들보다 일찍 차를 구하여 몰면서 취미도 음반 수집이나 음악 감상을 졸업하고 운전으로 바뀌었다. 그는 운전 자체를 즐기는 운전사인지라 운전을 썩 잘하는 편이다. 그의 차가 늘 승차감이 좋은 것도 차가 고급이라서가 아니라 운전이 고등이기 때문인 것이다. 생각건대 운전 자체가 좋아서 길을 나선 사람에게는 어떤 후미지고 안침진 길도 음악적인 흐름 하나는 꼭 보장하는 것이 아닌가 싶을 만큼 그의 운전은 매양 매끄럽고 유연하였다. 그는 늘 앞지르기를 자제하였고, 앞에 가는 차하고는 일정한 거리를 지키는 데에 힘썼으며, 굽은탱이를 돌 적에는 눈에 보이지 않게 굽이를 펴면서 도는 것이 장기였다.

이 시집의 시어 가운데에 유난히 '길'이 많은 이유가 어디에 있었는가도 이로써 짐작이 갈 것이다. 시어에 길이 많이 나오니 그 길의 끝간 데로서 해남의 '땅끝'을 비롯하여 여러 지명이 나오는 것은 당연한 일이다. 땅끝 계통만 해도 노화도 소록도 완도 진도 등이 나오고 한수 계통으로는 남한강 북한강 임진강 여강 양수리가 나오고 있다. 이런 지명들은 물론 그가 모는 차의 마지막 주차장이 아니다. 산이나 강이나 섬은 길의 끝이 아니다. 그의 길은 시작도 없고 끝도 없는 길이다. 그의 길들은 '길 밖에서 길을 보면 길 아닌 길이 없'으면서도 '길과 길 사이에서 잠시 길을 잃'는 길이거나, '나의 어처구니없는 실종을 확인'하는 길이며, 또 "나는 길 위에 길을 버려놓은 채/오오래 길을 걷고 있노라면/…… /길 위에 길이 묻히고/…… /길 어디에서도 길은 멀다"(〈멀리 끝없는 길 위에〉)고 토로했듯이 '잇닿은 길일수록 아득히 멀'기만 한 길이다.

이런 길은 무슨 길인가. 짐작하건대 그 대답은 노자에 있지 않을까. 노자는 "맞이해도 그 머리를 볼 수 없고 쫓아도 그 뒤를 볼 수 없는(迎之不見其首 隨之不見其後)" 것이 길(道)이라고 한다. 길은 어디든지 통하지 않는 데가 없는 것의 이름으로서 길이며, 그래서 사람은 땅의 법칙을 본받고, 땅은 하늘의 법칙을 본받고, 하늘은 길의 법칙을 본받고, 길은 자연의 법칙을 본받는다(人法地 地法天 天法道 道法自然)고 한다.

"꿈같은 생 꿈처럼 살고 싶었던 꿈을 꾸는 꿈속에서 우리는 이미 서른을 넘어 늙어가고 있었다. 어느 내일도 오래도록 걸어야 하는 길 위에 다시 서면 너와 함께 동행하여 길과 길 사이에서 잠시 길을 잃고 내 듬뿍 한 잔 권하노니 자, 넘치는 잔을 받아라!"

이는 〈다시 충정로에서〉의 마지막 부분이거니와 그는 일찍이 노장(老莊)의 그 길을 운전해온 기미가 역연하다. 그의 운전 매너가 고급한 수준에 이른 이유도 아울러서 해명이 된 셈이 아닐까. 노장의 길이건 고급한 운전 매너건 그가 지나온 시대와 그 풍속에 비추어보면 썩 어울려 보이지 않는 구석도 없는 것이 아니다. 그는 속칭 '시인공화국' 시대의 한복판이었던 '86년 무크지 《민의(民意)》를 통해 문단에 발을 들인 뒤로 그 이듬해에 생긴 민족문학작가회의 청년문학분과위원회의 간사가 되어 가는 데마다 비분강개의 열탕과 고담준론의 끓탕 속을 부지런히 휘젓고 다닌 경력도 있다.

하지만 그가 운전한 길가에는 고함과 함성을 누그리는 산 강 섬 꽃 꿈 술 등 들꽃류의 시어들이 줄지어 제 그림자와 함께 피어 있다. 제아무리 사통팔달한 한길이라고 해도 운전사의 마음에 아니 들면 러시 아워의 혼잡한 길에 지나지 않을 것이다. 썩 어울려 보이지 않는다고 말한 대목이다. 물론 그가 딴길을 운전했다는 말도 아니다. 그는 다만 러시 아워가 거리끼어 길을 에둘러서 운전을 했으리라는 것이다. 그래서 "진실로 진실로 우리의 아름다움은/바람에

죽고 사는 물결이 아니라/잠시도 잠들 수 없는/양수리 강가/바람
처럼 흔들리는/깊은 어둠 속을 떨며/살아가는 우리의 진실이 아니
겠느냐"고 눈물지었을지도 모를 일이다.

　한 권의 시집은 진실을 종합한 새로운 발견이어야 한다고 믿는
다. 그러므로 이 시집은 시인 이흔복과 그가 공들여서 운전하는 이
유, 그가 잘 다닌 길에 대하여 새로운 발견이기를 기대한다. 남의
책에 섣불리 발을 다는 짓은 자칫 밑그림에 개칠하는 우를 범하기
가 십상이다. 그러기에 무가내고 사양을 했으면 좋았으련만 그러나
어쩌다가 그의 범상치 않은 운전 솜씨를 눈여겨본 탓에 이렇듯 어
수룩한 너스레만 부질없이 늘어놓게 되었을 따름이다.

(1998. 10)

서시의 사내들은 다 잘났다

　읽고 촌평을 해달라고 보낸 책을 받아보니 작자도 초면부지인 데다가 제목도 허삼관이라는 사내가 피를 팔아서 살아간다는 이야기고 보니 지지리도 가난한 사람들의 이야기가 뻔하여 책을 열어볼 맛이 대번에 싹 가셨다. 그러나 이미 촌평을 약속한 터이니 책을 열어보지 않을 수도 없는 노릇이었다. 마지못해서 겉장을 열어보고 또 열어본 김에 겉장의 날개에 있는 작가의 사진과 약력을 보았다. 읽어볼 구실을 찾기 위한 궁여지책이었다. 작자 여화(余華)는 항저우 출신이었다. 그러니 이야기가 어쩌면 항저우 일대를 무대로 하여 펼쳐질는지도 모를 일이 아닌가. 말 같지 않은 소리지만 작가의 고향이 항저우라는 데에서 겨우 읽어볼 구실을 찾은 셈이었다.

　관광객이 항저우를 찾는 이유가 '천상천당 지하소항(天上天堂 地下蘇杭)'으로 이름난 경승에 있다는 것은 다들 아는 일이다. 또 나도 그래서 가보고 싶어했던 축의 하나였다. 쑤저우(蘇州)는 타이후(太湖)를 낀 수국(水國)이라서 가볼 만한 데였고, 항저우(杭州)는 볼거리라면 첫손가락을 꼽는 시후(西湖)에 당나라의 백거이가 고을살이를 하면서 쌓은 백제(白堤)와, 송나라의 소동파가 고을살이를 하면서 쌓은 소제(蘇堤)가 있어서 시보다는 해설을 더 정신차려 읽는 사람들이 가보고 와서 가봤다고 하기에 알맞은 곳이었다.

하지만 나는 항저우가 이《허삼관 매혈기》의 작가 여화의 고향이라기보다는 생김새가 아무렇지도 않게 생긴 조선의 여느 여자들까지 죄다 동시(東施)로 불리게 만든 월나라의 미녀 서시(西施)의 고향이자, 말이 되는 말인지 안 되는 말인지는 몰라도 진나라 시황제가 천하 순행길에 거리귀신이 되니 동행했던 500여 명의 궁녀들이 앞갱기 끊어진 짚세기짝 신세가 되어 아방궁으로 돌아가지 못하고 항저우에 주저앉아 생산을 시작하매, 어미를 빼다박은 놈들이 쏟아져나와 대를 이은즉 지금도 중국의 미녀라 하면 열에 예닐곱이 항저우 출신이란 말에 기울어서 한 번 더 가봤으면 했던 곳이었다. 그 항저우 일대를 무대로 한 소설이라면 천하의 색향(色鄕)답게 이야기도 역시 푸짐하고 재미있을 것이 이닌가. 그런 은근한 기대가 바로 이《허삼관 매혈기》를 읽게 된 이유의 전부라고 해도 과언이 아니라는 이야기이다.

이 소설에 나오는 인물들은 인격적으로 문제가 있는 우리나라의 일부 도살업자들이 소를 잡을 때 물을 잔뜩 먹여 잡아 근수를 늘려 먹듯이, 피를 팔기 전에 오줌보가 터져 죽도록 물을 마셔야만 피가 묽어지고, 묽어진 만큼 피가 많아진다고 믿는 한결같이 무지몽매한 무지렁이들이다. 그러면서도 그들은 내가 했던 그 '은근한 기대'에 어깃장을 지르기는커녕 오히려 한술 더 떠서 기대 이상의 재미를, 그것도 초장부터 시작해서 볼장 다 본 끝장에 이르기까지 한시도 가만히 안 있고 울렸다 웃겼다 한다. 게다가 틈틈이 탄식을 자아낸다. 우리나라는 땅바닥이 손바닥만하여 이런 소설은 나올래도 나올 수가 없다는 탄식을. 역사소설이라면 또 혹 모를 일이다. 그러나 이 소설은 소위 마오 쩌둥의 대약진운동과 인민공사와 문화혁명운동

등 덩 샤오핑이 말한 천하대란(天下大亂) 속에, 새끼들에게 얼굴이 비치는 죽을 먹이면서 '움직이지 마라 배 꺼진다'는 말을 입에 달고 살았던 보통 인민의 40년 질곡을 그린 중국의 현대소설이다.

이 소설에 등장하는 인물들 가운데 생사공장의 노동자 허삼관과 꽈배기집의 딸로 얼굴이 반반하여 '꽈배기 서시'란 별명을 얻은 허삼관의 아내 허옥란은 주연이고, 깁스한 다리의 통증을 참아가면서 허삼관하고 일을 저지른 유부녀 임분방 및 허옥란의 과거의 남자로 덩치 큰 두견이나 뻐꾸기가 작고 가냘픈 산솔새의 둥지에 탁란(托卵)하여 새끼를 키우듯이, 허삼관이 속깨나 썩어가며 등골이 빠지게 한 하소용은 조연이다.

이 허가와 하가는 어 해서 다르고 아 해서 다르듯이 됨됨이가 애시당초 달라서 이 소설의 희극적 비극적 활극적인 요소의 원천이 되기도 한다. 이 희비극 내지 활극의 원천은 허가가 대표적인 잘가파, 하가가 대표적인 막가파, 그 밖의 인물들이 보여주는 덜가파 등 인물의 성격 창조 외에, 한 번 팔고 받는 핏값 35원이 막일꾼의 여섯 달치 품삯과 같아서 허름한 노동자 계급의 청년이 결혼을 하거나 내 집을 장만하려면 으레 피를 팔 수밖에 없는, 소위 노동자 천국의 오죽잖은 생활환경도 한몫을 하지 않은 것이 아니었다. 허삼관을 비롯하여 그들은 말한다. 피를 파는 일은 힘을 파는 일이다. 사람의 힘은 두 종류가 있다. 하나는 살에서 나오는 힘이고 하나는 피에서 나오는 힘이다. 밥 먹고 잠자고 놀러 다니거나 하는 힘은 살에서 나오고, 논밭에서 일을 하거나 백여 근쯤 되는 짐을 지고 하는 힘은 피에서 나오는 것이라고.

그러나 희비극과 활극의 원천은 어디까지나 허삼관의 출중한 인격이다. 그는 농부들의 말대로 사람 몸 속의 피는 우물의 물처럼 퍼

내지 않으면 많아지지 않으며, 우물은 매일 퍼내도 늘 같은 양의 물이 있는 이치를 믿고 처음으로 피를 판 다음, 공장에 다니면서 땀으로 번 돈과 달리 피를 흘려서 번 돈은 함부로 쓸 수가 없기에 허옥란과의 혼인 비용으로 쓰지만 그 혼인이 빌미가 되어 그는 헐수할수없이 열두 번이나 피를 팔게 되는 셈이다. 그리고 그 중에서도 병든 의붓아들의 입원비를 대기 위해 짐배를 얻어 타고 병원으로 가는 동안 죽었다가 깨어나면서까지 사흘거리 나흘거리로 여섯 차례나 목숨을 걸고 피를 파는 이 무지렁이 거인(巨人)의 풍모야말로 인격 수양의 완성으로서 독자를 압도하는 것이다.

이런 작품이 중국에서 나올 수 있는 것은 오로지 공씨(孔氏)를 떠받들어 그렇고 그렇게만 살지 않고 제자백가와 백가쟁명과 백화제방으로 잡종이 순종보다 낫도록 참아준 대륙적인 풍토 때문이 아닌가 싶기도 하다.

옛날의 서시와 그 사내는 역사 속에서 불행했지만 오늘의 '꽈배기 서시'와 그 사내 허삼관은 소설 속에서 행복하다. 다시 중국에 갈 계제가 있으면 그 허름한 노동자 식당에 가서 허삼관이 피를 판 뒤에 매번 사먹은 볶은 돼지간 한 접시와 황주 두 냥어치를 꼭 사먹어보고 싶다.

(여화의 장편소설 《허삼관 매혈기》를 읽고, 1999. 4)

산악문학의 시작

그의 얼굴을 자주 보거나 드물게 보거나 상관없이, 그가 집에 있거나 산에 있거나 상관없이, 내가 누구 못지않게 좋아하고 좋아하다 못해 사뭇 존경하기를 서슴지 않는 동업자 하나가 있으니 곧 박인식 형이다. 그는 자타가 공인하는 산악 박사이자 자장면 박사지만 나는 그의 산행에 일행이 되어보기는커녕 자장면 한 그릇을 함께 먹어본 일도 없다. 그러므로 그를 두고 동업자 운운한 것은 다만 둘 다 직업이 작가라는 말일 뿐이라고 얼른 밝히지 않을 수가 없다. 나는 유독 그에 대하여 이 정도로 조심스러운 터이다.

나는 그의 회심의 역작인 《백두대간》 제1·2권을 읽기 직전에 우연히 이영주 교수 등 소장 학자들이 이룩한 《두보 초기 시 역해》를 읽었고, 그 가운데서도 특히 〈고도호 총마의 노래(高都護驄馬行)〉라는 작품을 되풀이하여 읽었다. 문득 박인식 형의 초상을 떠올리게 하는 시였기 때문이었다. 해설을 보면 고도호의 도호는 고구려 출신의 당나라 장수 고선지 장군이 서역의 변경을 경영하면서 이름을 떨칠 무렵의 직책인 안서부도호(安西副都護)의 약칭이며, 총마는 몸이 푸르고 흰털이 무늬진 부루말로 한번에 만리 길을 달리되 핏빛의 땀을 흘리는 천마(天馬)의 종자이자, 한 고조의 천하통일에

다리가 됐던 한혈마(汗血馬)와 낫고 못하고를 가릴 수가 없는 칭하이(淸海) 지역의 아랍말이라고 한다.

이 고선지의 애마를 읊은 시 가운데 "발목은 짧고 발굽은 높아 쇠를 밟고 있는 듯(腕促蹄高如踏鐵), 교하에서 발길질로 몇 번이나 얼음을 깨었던가(交河幾蹴曾氷裂) 오색 꽃무늬 몸에 오색구름 일고(五花散作雲滿身) 바야흐로 만리에 피땀이 흐름을 보리라(萬里方看汗流血) 장안의 장정들 감히 타지 못하니(長安壯兒不敢騎) 달리면서 번개 잡는 사실 세상이 다 안다(走過掣電傾城知)"고 한 구절인즉 읽으면서 이내 박형의 모습을 떠올리기에 십상이었던 것이다. 고선지 장군은 텐산 산맥 안팎으로 오늘날 무슨 스탄 무슨 스탄 하고 국호에 스탄이 들어간 나라들을 쓸어 조용하게 한 뒤에 티베트와 사라센 제국이 동맹을 맺고 움직이자 행영절도사(行營節度使)로 뽑혀 1만 군사를 이끌고 파미르 고원을 넘어 사라센 제국과 짜고 덤빈 72개 국의 산하를 말달리며 몽땅 무릎을 꿇렸던 기린아가 아니었던가.

고선지 장군은 시성 두보가 몸소 찾아보고 노래를 하지 않을 수가 없었을 정도로 근사한 얼룩빼기 청마의 힘을 입어 텐산 산맥 쿤룬 산맥 카라코람 산맥을 넘었지만, 박형은 히말라야 산맥의 안나푸르나를 비롯하여 알프스 산맥 로키 산맥을 죄다 한 달 육장에 다섯 장 동안은 하루에 한두 끼씩 꼭 자장면을 먹은 근력으로 오르고 넘고 하여 '가루것은 말짱 헛것'이라고 한 옛말을 진짜 옛말로 돌려 놓았으니 그 아니 장한 사나이인가.

그는 지도책에 짙은 밤색으로 나타낸 산이라면 우리 백두대간이건 육대주에 솟은 남의 무슨 대간이건 한두 번씩 올라보지 않은 산이 없는 산악인이지만 그냥 산악인으로서 내로라 하고 말지 않는다는 것이 그의 진면목이다. 산 좋고 물 좋고 정자 좋은 데 없다는 옛

말이 있거니와 그는 그 옛말까지도 옛말로 돌려놓은 장본인이다. 산행을 하되 힘이 좋아 높은 산 등반에 주저앉은 적이 없고, 뜻이 좋아 낮은 산 등반에 남 좋으라고 삼(蔘)을 심고 다니지 않은 적이 없고, 글이 좋아 산이 있어서 살아가는 사람들의 이야기를 소설로 아니 쓴 적이 없었으니, 산 좋고 물 좋고 글이 좋아서 내가 늘 조심스러워하는 이가 곧 박형인 것이다.

산이 있어서 산인이 되어 글로 남고 말로 남은 이는 수양산의 백이 숙제 형제부터 개자추와 장자방을 거쳐 가야산의 최고운이며 금오산의 김매월당까지 거의가 산에서 신화(神化)하여 지금껏 글이 되고 노래가 되고 그림이 되는 이가 수도 없는 것이다. 10년 전 평양의 문예출판사란 데서 낸 것을 유홍준 교수가 구하여 복사해준 《금강산 한시집》이란 시집을 보니 최고운부터 개화 이전까지 금강산에 다니면서 시를 지어서 책에 남긴 인물만 해도 282명이나 되었다. 금강산과 함께 삼신산으로 알려져 진나라 시황제가 불로초와 불사약이 있을 줄로 알았던 방장산(方丈山, 지리산) 영주산(瀛洲山, 한라산)에 다니면서 지은 노래와 글은 또 얼마나 많을 것인가.

그러나 옛사람들의 것은 김매월당의 《금오신화》 외엔 대개가 음풍영월이거나 구절마다 감탄사가 빠지지 않은 기행문에 그쳤을 따름이니, 삼면이 바다로 된 나라이면서도 옳은 해양문학이 드물었듯이, 국토의 태반이 산악으로 된 나라이면서도 옳은 산악문학은 없었다고 해도 과언이 아닌 것이다.

그런데 드디어 박형이 이렇게 시작하고 있다. 히말라야 산맥 기슭의 호텔에서 산소 부족증을 무릅쓰고 600장짜리 소설 한 편을 하룻밤 사이에 탈고했던 그 절륜한 정력으로, 그 하룻밤 사이에 완성한 600장짜리 소설을 짝없이 무식한 현지의 양상군자에게 도둑맞아 다시는 복원이 불가능한 깊은 상처를 아물리고, 마침내 다시금 힘 좋고 뜻 좋고 글 좋은 이 소설을 통하여 본격적인 산악문학을 개창(開創)하고 있는 것이다.

이 작품에서 저마다 몫을 하고 있는 인물들은 '건강해지기 위해 산에 다니려고 기를 쓰는' 흔한 사람들이 아니라 '산에 다니기 위해 건강해지려고 기를 쓰는' 드문 사람들이며, 그러므로 애정까지도 '산사람들의 사랑은 산사랑을 잇는 자일 파트너에서 또 다른 자일 파트너로 넘어가는 것'임을 실천으로 증명하는 사람들이며, 죽음 또한 '산에서의 죽음은 종말이 아니라 영원한 불멸의 선택'이라는 사명감이 투철한 사람들이다. 또 주인공 최성규는 도봉산의 선인봉에서 돌잔치 사진을 찍힌 인물이다. '산놈의 계집은 범도 안 물어 간다'는 속담도 있지만 이 작품에 등장하는 여성들도 한결같이 임꺽정이의 겨레붙이가 아닌가 싶게 드세고도 굳세다. 이 작품이 앞으로 어떻게 전개될 것인가를 가늠하기에 흥미를 더하는 구도이기도 하다.

박형의 소설은 청산리 벽계수처럼 시원시원하게 흐르는 속도감 있는 문장과 함께 토종문화제 농심마니 대표를 역임한 이력이 말하듯 푼더분한 산골 냄새와 유장하고도 걸쩍한 입담이 장기인데, 내설악의 용대리 사람들이 오소리를 잡고 곰사냥을 해먹는 다음과 같은 장면이 그러한 예라고 할 수 있다.

"광목자루와 낫과 감자 그리고 곡괭이를 가지고 내설악의 곰 굴이나 대승령의 오소리 굴로 올라가는 것이었다. 그렇게 찾아간 오소리 굴 앞에서 불을 피워 감자를 구워 먹는 동안 선생님 욕을 실컷 하고 있으면 참다 못한 오소리가 울면서 튀어나왔다. 그러면 오소리 든 광목자루를 메고서 설악의 어스름 속에 용대리 집으로 돌아오곤 했다.……요리가 뭔지 아는 중국에서는 곰의 발바닥으로 일찍이 이 세상 최고의 중화요리를 만들어냈다. 곰발바닥의 맛은 그러나 곰의 등심이나 꼬리 그리고 제비추리나 차돌배기에 비하면 그야말로 발바닥에 지나지 않는다는 것을 용대리의 사냥꾼들은 누구나 알고 있었다.

곰고기는 버릴 게 하나도 없었다. 먹다 남은 곰고기 중에 한 부위를 집어서 개한테 주기 위해 버려야 할 때 그들은 발바닥 맛인 곰발바닥을 개밥통에 던져버렸다. 그 곰발바닥을 먹는 멍멍이들이 그것도 곰맛이라고 꼬리치며 좋아하는 것을 볼 때마다 용대리의 곰사냥꾼들은 곰발바닥을 못 먹어서 안달을 내는 중국 사람의 팔자가 용대리 개 팔자보다 못하구나 하는 측은지심에 사로잡히기도 했다."

만약에 홍벽초가 아직 살아 있다면 한번 만나보았으면 하고 먼저 날 잡아서 기별을 해올 법도 하지 않겠는가.

무릇 우리의 옛 문인들은 스스로 호를 지을 적에 끝자는 으레 산(山) 천(川) 계(溪) 곡(谷) 석(石) 암(巖) 봉(峰)자 중에서 고르기를 좋아하였다. 산을 믿고 산을 따르고 산을 우러르지 않았으면 그럴 리가 없는 일이었다. 하필 문인들뿐이었겠는가. 산은 사람을 식민(植民)하고 사람은 산을 식지(食地)로 여긴 역사로 하여 오늘도 하고많은 사람들이 산을 찾고 있는 것이 아닐 것인가. 고산은 야산을 내려다보며 분봉(分封)하지 않고 야산은 고산을 우러르며 사대(事大)하지 않을 것이다. 그리고 그것을 누구보다도 잘 알고 있는 작가가 박인식 형이다. 이 작품에 기대가 큰 이유는 그만큼 충분한 것이다.

(박인식의 장편소설 《백두대간》을 읽고, 1999. 4)

살 따라 찢어진 부채

무릇 학자나 문인이 학문적인 업적이나 문학적인 실적을 나름껏 쌓은 뒤에 바야흐로 때가 되어 한 권의 책으로 엮는 일은 마치 애써 갈고 힘써 가꾼 작물이 때맞추어 꽃이 피고 열매가 맺듯이 흔히 있는 일이지만, 그러면서도 누가 보더라도 보기가 좋은 것은 그것이 바로 그 사람의 실물화한 영혼이기 때문일 것이다.

국어국문학계의 중진이며 강단비평과 현장비평을 겸전하여 평단에서도 이름이 높은 싸리재 김광길 교수께서 그 동안 발표한 시 수필 평론 논문 가운데에서 읽기에 덜 부담스러운 쪽으로 가리고 추려 《김광길의 이 생각 저 생각》이란 제목으로 이 한 권의 책에 아우르니 이 또한 누가 보더라도 보기에 흐뭇할 것은 두말할 나위가 없는 일이다.

그러나 이 책은 그냥 '흔히 있는 일'의 하나로 나오기보다 또 다른 뜻으로 남다른 멋을 더하고 있는 까닭에 그 더욱 보기가 좋은 것이다. 그는 화갑을 맞으며 스스로 느끼는 바가 있어서 문집을 펴내는 것이 아니라 그의 화갑을 한마음으로 기리고 기뻐하는 김문(金門)에 화답하여 효제(孝悌)의 정표로서 출판을 택하였기에 그저 옆에서 보기에도 아름다운 것이다.

옛말에 '가유명사 삼십년부지(家有名士 三十年不知)'라는 격언이
있다. 사람은 흔히 가까운 데에 있는 사람을 모르고 지내기가 쉽다
는 말이다. 하물며 만난 지가 일천한 처지에 이 아름답고 경사스러
운 행사에 감히 몇 줄의 발문으로서 군더더기 노릇을 할 수 있는 일
이겠는가.

그러나 나는 김교수가 선대부인(先大夫人)의 십주기 기일을 당하
여 사모곡으로 읊은 〈어머니〉의 일절만 되읽어도 김교수의 측면에
대한 밑그림을 대강은 그릴 수가 있다.

"낡은 돗자리 위에서
살 따라 찢어진 부채로
막내아들에게 덤비는
놈들을 쫓아주시던
그 옛날이 한없이
그리워집니다.

지금 귓전에서
귀찮게 구는 이놈들이
그때 그 모기라면
물어뜯기고도 싶습니다."

'살 따라 찢어진 부채'는 즉물적인 낡음이 아니라 부채는 낡아도
제 모습을 잃지 않는 부챗살처럼 나이에 따라 낡거나 흠집이 가지
않은 동심의 건재를 뜻할 뿐더러, 나이를 잊고 젊게 사는 망년지질
(忘年之質)의 대인적인 품격의 상징이기도 한 것이다.

김교수는 외모와 거동은 장년이요, 음성과 노래는 청년이며, 간결하고 소박한 성품은 소년이다. 큰 산은 얼핏 다녀오더라도 기슭과 중턱과 마루와 골짜기에 춘하추동 사계절이 공존하고 있음을 알 수 있다. 그는 산마루의 바위와 같은 무게가 있고, 중턱의 석간수와 같은 시원함이 있고, 기슭의 숲과 같은 포용력이 있고, 숲속의 버섯과 같은 은은한 향기가 있다. 어떤 건의나 무슨 의논을 해도 그의 대답은 늘 선선하다. 망설이거나 머뭇거리거나 속셈을 하는 기미가 없으며 그가 누구에게 무엇을 청할 때도 그의 대답만큼이나 거침이 없다. 그런가 하면 남을 헤아리는 여유와 남의 반응을 수용할 여백도 누구 못지않게 넉넉하다. 그와 같은 품격은 "시를 쓴다는 것은 시인이 인식된 존재에 대한 탈은폐의 신비적 과정이다. 즉 존재 속에 내재된 본질을 드러내는 행위이다. 시인은 이러한 행위를 함에 있어 인식된 대상을 마음 깊은 곳에서 용해시키기 위해 무한한 사색과 고통을 극복한 후 그 터널에서 빠져나와, 직관과 사색을 통해, 누에가 입에서 실을 토해내듯 꾸밈없이 맑고 깨끗한 시를 발아시킨다"와 같이 시를 논하는 평문을 통해서도 엿볼 수가 있다.

옛사람은 형제들이 무고하고, 하늘을 우러러 떳떳하고, 제자를 얻어 기르는 이 세 가지를 가리켜 군자삼락(君子三樂)이라고 일렀다. 비록 옆에서 지켜본 동안은 길지 않지만 이 군자삼락의 청복(淸福)이야말로 곧 김교수의 것임을 익히 알고 있었기에 주제넘음을 무릅쓰고 속절없이 발문을 다는 것이다.

(김광길 교수의 《김광길의 이 생각 저 생각》을 읽고, 1999. 4)

나는 늘 남의 책이 커 보인다

항간에서 하는 말에 애들은 열두 번 변한다는 말이 있다. 철이 들 때까지 너그러운 이해와 관용이 있으라는 결말일 것이다. 그런데 나는 매사에 늦되는 편이어서 아잇적에는 늘 그렇고 그렇다가 오히려 나잇살이나 먹어서 변하되 열두 번까지는 아니더라도 여러 차례나 변한 셈이었다. 따라서 앞으로 더 이상 변하지 말라는 보장도 없다. 변한다는 것은 내면적인 방황의 선택이다. 때문에 나는 철이 났는지 덜 났는지 아직도 스스로 장담할 수가 없다.

책을 읽는 이면 으레 있기 마련인 난독 시대를 나는 중학생 때에 보냈는데 그 무렵의 내 안목에 우리나라 작가에는 이광수만한 이가 없었고 나는 특히 〈흙〉을 제일로 쳤다. 그리고 빈농 맹한갑의 어머니가 뚝배기 대신 호박잎에 된장찌개를 끓이는 것이 "된장에 있던 구더기가 뜨거운 것을 피해서 잎사귀의 가장자리로 기어나기 때문"이라는 데에 이르면 번번이 가슴이 떨리곤 했다. 나도 이광수가 〈흙〉을 쓴 나이가 되면 이 정도는 쓸 수 있다는 자신감으로 설레는 가슴을 누를 수가 없었기 때문이었다. 그러구러 이광수가 〈흙〉을 쓴 나이를 넘긴 지도 20년이 다 돼가건만 쓰기는커녕 그 비슷한 것도 시늉하지 못하고 있다. 그러나 어려서의 시건방은 늙어서의 주책보다 낫다고 생각한다.

문단의 말석이 된 뒤에는 《논어》를 좋아했다. 역사에 대한 민중주의가 풍미함에 따라 그렇다면 선비정신은? 하는 의문과 함께, 역사를 이끈 수레바퀴는 외짝이 아니라는 생각에서 더 그랬는지도 몰랐다. 내가 쓴 어떤 잡문에선가는 공자를 굳이 공부자(孔夫子)로 썼을 만큼이나 잔뜩 기울었던 적도 있었다. 그러나 오래지 않아서 시들거리기 시작했다. 김일성 부자가 가장 많이 재미를 본 이현령 비현령 식의 충효주의를 비롯하여 때아닌 구태의연과 악풍 폐습까지 미풍양속과 온고지신과 전통문화라는 미명으로 떠받드는 모양이나, 어제가 옛날 같은 세상인데도 의식의 저변에 또아리를 틀고 있는 유행(儒行)의 잔재에서 자유롭지 못해 부대껴가며 사는 사람들의 모습 때문이었다. 지킬 것보다 버릴 것이 더 많은 유산 상속은 재산이 아니라 재앙이라고 생각한 것이다.

요즘에는 김경일의 《공자가 죽어야 나라가 산다》를 읽고 백만 원군을 만난 듯한 기분이었다. 전편의 논지에 전적으로 동의할 만한 책은 아니지만 늙어가는 머리를 젊게 하는 처방으로 가뭄에 단비 같은 신선함이 있었다. 마음이 자유롭지 못하면 의식이 자유롭지 못하고 의식이 자유롭지 못하면 상상력이 자유롭지가 못하다. 작가에게는 그것이 곧 중풍이 아니겠는가. 나는 늘 남의 책이 커 보인다. 그래서 글을 쓴다.

(1999. 5)

방이 있게 해준 책

나는 게으른 작가의 하나지만, 게으른 작가답지 않게 출판계의 과람한 지우(知遇)를 입어 연차적으로 전집을 간행하게 된 데다가, 그 절반 가량은 이미 서점에 나와 있기도 하다. 문학 독자층이 그다지 두텁지 않은 풍토에 견주어 나는 여전히 행운아에 속하는 셈이다.

행운은 물론 만들래서 만들어지는 것이 아니며 거의가 저절로 이루어지거나 우연히 찾아오는 경우가 보통일 것이다. 그리고 나로 말하면 그 단적인 예가 바로 졸작《매월당 김시습》(문이당)인 셈이다.

이 소설은 한창 쓰다가 스승의 병환으로 여러 달씩 덮어두었던 것을 합해 햇수로 2년 가까이나 매달리는 등, 나 나름으로는 모처럼 쓴다고 하면서 쓴 소설이었다. 그러므로 문학적인 성취도는 둘째치고 나로서는 어느 소설보다도 덧정이 날 수밖에 없는 물건이었다. 더구나 이 소설을 쓸 동안은《소설 동의보감》을 비롯하여 수십 종의 '소설 무엇무엇'들이 판을 치던 때였다. 따라서 이 소설 역시 상업주의 소설로 업신여김을 당하기가 십상 좋은 상황이었다. 나는 무엇보다도 야담적인 삽화가 일절 섞이지 않도록 정신을 바짝 차렸다. 누구는 또 소설을 쓰더라도 이왕이면 '소설 무엇무엇'들처럼 '전 3권' 혹은 '전 5권'으로 늘려 써서 이런 계제에 돈도 좀 만져보라고 충동질까지 하였지만 그 또한 귀담아들을 말이 아니었다.

내가 이 소설을 구상한 것은 '80년 5·18 직후의 일이었다. 매월당 김시습의 삶이 나이 어린 용(단종)의 눈물과 문인들의 눈물이 함께 흘렀던 조선조의 '5공'이라 할 세조 연간부터 새로 시작되었기 때문이었다. 나는 이 매월당의 생애를 좋아하였고, 인물과 시대가 왜곡되지 않도록 공을 있는 대로 들였다.

책이 나오자 도하 10개의 일간지가 저마다 널찍널찍하게 조명을 해주었다. 이윽고 꿈에도 생각지 않은 베스트 셀러에 오르고 나 또한 생전 처음 행운아로 불리게 되었다. 이 책은 여러 면에서 나에게 '일생 일책(一生一冊)'이 될 것이 분명하다. 이 책은 특히 나로 하여금 작가가 된 지 27년 만에 최초로 '내 방' 즉 서재를 갖추도록 해주었다. 그래서 이 책 역시 '소설 무엇무엇'의 하나려니 하고 덥석 사셨던 분들에 대해서는 지금도 미안해하고 있지만.

(1998. 3)

책 뒤에 다는 말

시간을 아무 데서나 만나본 일이 있습니까? 아마 없을 것입니다. 왜냐하면 시간은 늘 밖에 나오지 않고 저의 집에만 있기 때문입니다.

시간의 집은 시계입니다. 그래서 시간을 만나려면 으레 시계를 들여다보아야 만날 수가 있습니다.

시계를 보면 시간은 잠깐 동안도 서 있을 때가 없습니다. 시간은 늘 오고 있거나 가고 있습니다. 그것뿐만이 아닙니다. 오는 것을 오지 못하게 하거나 가는 것을 가지 못하게 할 수도 없습니다. 건드리면 시계가 죽거나 고장나기 때문입니다.

시계가 죽거나 고장나면 시계를 잘 아는 기술자에게 가서 고쳐야 합니다. 그런데 이 책을 지은 안학수 님은 아주 훌륭한 시계 기술자입니다. 이 책에 담은 시를 읽고 새겨보면, 안학수 님은 특별한 기술이 있는 분입니다. 고장난 시계를 고치거나 죽은 시계를 살리는 기술만 지닌 것이 아닙니다. 오는 시간이나 가는 시간을 오지 못하게도 하고, 가지 못하게도 하는 기술자입니다.

또 일흔 살이나 여든 살쯤 되신 노인네의 시간을, 일곱 살이나 여덟 살쯤 먹은 어린이의 시간으로 바꾸어 드리기도 하고, 서른 살이나 마흔 살쯤 되신 어른의 시간을 세 살이나 네 살쯤 된 아기의 시간으로 고쳐 드리기도 하는 기술자인 것입니다.

　이와 같은 시계 기술은 아무에게나 있는 것이 아닙니다. 시계가 하는 말을 알아듣는 사람만이 이런 기술을 가질 수가 있는 것입니다. 이 책에 실려 있는 〈시계 소리〉라는 시를 다시 읽어보세요. 시계가 시계 임자에게 공부를 하라고 할 때는 "책, 책, 책……" 하고 말하고, 일찍 잠자도록 하고 싶을 때는 "자락, 자락, 자락……"이라고 말하고, 늦잠을 자서 학교에 지각을 할 듯하면 "지각, 지각, 지각……"이라고 말해왔다는 사실을 비로소 깨달을 것입니다.

　어린이를 위하여 시를 짓는 안학수 님은 어린이를 사랑하는 마음이 가득한 분입니다. 그래서 어린이의 마음씨와 젤 많이 닮은 온갖 자연을 사랑합니다. 나중에 태어날 어린이들이 자연을 즐겁게 누릴 수 있도록, 모든 자연이 그냥 있게 그냥 두자고, 이 책에서 산과 들과 바다를 자꾸 노래한 까닭도 다 그 때문입니다. 아름다운 시는 사람의 마음과, 자연의 이치와, 세상의 모습을 더욱 따뜻하고 아름답게 씻어주는 큰 힘이 있으니까요.

(1997. 5)

나의 기죽기 작전

벌써 여러 해 전의 일이다. 어지간히 어수선한 어느 망년회 자리에서 저만치에 떨어져 앉아 있던 점잖은 문인 한 분이 제자에게 무슨 질문을 받고는 "그것은 저 기가 센 사내에게 물어봐" 하는 소리가 들렸다. 누구를 지목하여 한 말인가 싶어서 얼핏 돌아다보니 눈치가 나를 두고 한 말이 분명하였다.

나는 뜻밖의 말에 속으로 당황하지 않을 수가 없었다. 내가 과연 그랬을까 하고 자문해보았지만 스스로 사실 여부를 가릴 일이 아니었다. 그래서 집에 돌아와 아내에게 물으니 그분의 말에도 일리가 있는 것 같다는 것이었다.

그렇다면 새로운 걱정거리가 생긴 셈이었다. 집안 식구 중에서 누군가의 기가 별쭝맞게 세면 다른 식구들은 그 기세에 치여서 기를 펴지 못하고 지내기가 십상일 것이라고 여겨왔기 때문이었다. 그런데다 며칠 뒤 새해부터는 맏아이가 고3이 되고, 그 이듬해에는 둘째 아이가 또 고3이 될 판이었다. 한창 기가 나야 할 아이들 앞에서 이미 쉰줄을 넘어선 아비가 기고만장까지는 아니더라도 실없이 기만 살아서 아이들에게 과연 무슨 득이 될 것인가 싶었던 것이다.

나는 아이들에게 "이 세상에서 가장 행복한 사람은 자기가 하고 싶은 일을 하면서 사는 사람"이라고 늘 일러왔다. 우리 아이들이 저 가고 싶은 대학에 가서 배우고 싶은 것을 배우고 하고 싶은 일을 하면서 살게 해주는 방법은 무엇일까. 거기까지는 몰라도 첫째는 기가 죽지 않도록 배려하는 일이 아닐까 싶었다. 그렇다면 답은 간단했다. 내가 스스로 기가 죽어서 사는 일이었다.

그로부터 몇 달이 지났다. 하루는 누가 와서 어떤 문학상을 주면 받겠느냐고 넌지시 떠보는 것이었다. 나는 펄쩍 뛰며 후배작가를 추천하여 받도록 했다. 몇 달 뒤 맏아이가 가고 싶어한 대학에 들어갔다. 다시 해가 바뀌었다. 가을이 되자 또 누가 와서 어떤 문학상을 줄 테니 받으라고 했다. 나는 깜짝 놀라서 다른 후배를 추천하여 받게 했다. 몇 달 뒤 둘째 아이가 가고 싶어했던 대학에 들어갔다. 나의 '기죽기 작전'이 마침내 소기의 성과를 낸 셈인지도 몰랐다.

또 해가 바뀌어 문화의 달이 되니 새로 생긴 어떤 문학상의 첫 수상자가 되어 달라고 전화로 조르는 이가 있었다. 나는 다시금 사양했다. 나의 기죽기 작전이 끝나지 않았기 때문이었다. 지금의 내 기죽기 작전은 자식들을 위해서 하고 있는 것이 아니다. 나는 나를 알고 있는 것이다. 애시당초 기세등등해서 살 건덕지가 하나도 없었다는 것을.

(2000. 1)

금수강산과 초원의 나라

검고 뻣뻣한
머리털에 가끔가다가
말상도 있지만

거의가 채반상이나 주걱상의 너브데데한
얼굴에 낮은 코와 째진 눈 하며,

앞으로 솟았거나 옆으로 난봉난 광대뼈가
대대로 내림한
우리의 자화상이 아니었던가……

타고난 것이 유목업자의 후손이요
자라며 배운 것이 초원을 말달렸던
상무정신이었으니

그 돌쇠적인 저돌성을 양보하면
무엇으로 내로라 했을 것인가.

금강산 기행

첫 뱃길 승선을 기다리며

살다 보니 이런 일도 다 있다는 감격은 오히려 단순한 감동에 지나지 않을지도 모를 일이다. 그렇지만 그래도 한 번 기어이 물어보고 싶다. 늘 남부러운 일이 태반이라 남부럽지 않은 일은 생전 가도 으레 남의 일로만 여겨가며 살 줄 알았다가 이렇게 바로 내일 아침이면 금강산에 닿는다는 금강호로 해로에 오르게 되었으니, 이상타 대관절 어느 위력이 조화를 부렸기에 이토록이나 큰 은고를 입는 것인가. 하다 못해 노는 입에 염불을 한 적도 없고 아는 조상이 현몽을 했던 적도 없이 이렇듯이 생각지도 않은 영광을 누리니 실로 알 수 없는 노릇이 따로 있지가 않다.

그러나 금강산은 근처에도 가보기 전부터 여민 가슴이 열리고 묵은 마음이 씻기는 듯하다. 아무리 그렇기로서니 일찍이 식구들과 떨어지거나 터전을 남긴 채 내려와 되짚어 돌아갈 길이 촉도난(蜀道難)보다 더하여 반백 년 쌓인 회포를 다만 귀성객의 처지로 안고 가는 실향민들의 감회에야 감히 견줄 수 있을까마는, 사람이란 누구나 제 나름이요 그 나름도 나름나름일진대, 나야말로 다 그만두고 오직 수학여행길에 오르는 동심으로 돌아가 그저 뻐기고 그저 으스대고 싶은 속마음 하나는 누를 길이 바이 없다.

금강산은 예로부터 천하에 다시 없이 너른 땅을 자랑했던 중국 사람까지도 고려에 태어나 금강산이나 한 번 눈으로 봤으면 했을 만큼 만방에 그 이름을 드날린 산이니, 만인이 그 이름을 대대로 회자하되 그 역사가 천년토록 풍화하지 않고 빛나기에 지금껏 민족의 산으로 받들고 있는 터이다.

이 금강산을 달리 문화의 산이라고 이르는 사람도 있다. 무수한 시인이 이 산을 노래하여 자기의 이름에 빛을 더하고 허다한 묵객이 이 산을 그림으로 옮겨 자기의 이름에 소문을 더하였다고 하여 하는 말이었다. 나는 외람되게도 문필을 업으로 삼은 자이다. 비록 선인들의 행적에는 미치지 못할망정 한 가지 붓끝이 무디다 하여 물러선다면 스스로 때를 놓친 한을 떠넘길 데가 없다.

관광은 어디를 가나 떠나기 전에 미리 공부를 하는 것이 상식이다. 하물며 이름만 들어도 만리 타국의 처녀지와 다름없는 금강산일 것인가. 그러나 하고많은 글과 그림과 사진을 펼쳐도 머리에 남는 것이 적었다. 이제부터 보이면 보이는 대로 느끼면 느끼는 대로 모두가 새로운 공부일 터이니 그대로 쓰고 그대로 그리면 아니 되겠는가. 이것은 한갓 우둔한 자의 변명이 아니라 출발을 앞두고 가슴이 뒤설레어 안절부절못하는 자의 실제 상황인 것이다.

금강산은 저마다 볼 탓이요 느낄 탓이며, 그릴 탓이요 말할 탓이며, 이름할 탓이라는 말도 있다. 일만이천 봉은 나이를 먹어갈수록 높은 데는 더 높아지고 깊은 데는 더 깊어진 채 마음에 환상으로 담겨 있었다. 이제부터 가서 실상 일만이천 봉을 담는다면 내 마음의 금강산은 몇만 몇천 봉으로 늘 것인가. 헛된 욕심은 삼가기로 한다.

다만 금강산 그늘이 관동 팔십 리라 했으니 바라건대 그 덕이 내게
미친 바 있어 되도록이면 좀더 곱게 살아가고 싶다.

구룡연

금강호가 고동 소리를 힘껏 울린 것은 18일 오후 5시 45분이었
다. 갑판에 나와 때를 기다리던 889명의 승객은 일제히 환호성을
질렀다. 금강호의 첫 출항이 뜻하는 자기 나름의 역사성과 꿈의 실
현을 자축하며 모두들 가슴이 벅찬 표정이었다.

배가 움직이기 시작하자 승객들은 입을 다물었다. 감격에 겨워
말이 안 나오거나 이번에 동행하지 못한 사람들을 생각하며 말을
삼가거나 하여 잠깐 틈새가 생긴 것 같았다.

왜 아니 그렇겠는가. 나 같은 이남 토박이도 보는 사람마다 '좋겠
다'고 하는 인사를 수도 없이 들었는데, 하물며 혈육과 고향을 두고
와 고통과 향수에 찌들다 지레 늙은 실향민들이야 말해 무엇하겠
는가.

4박 5일짜리 선상생활의 첫 공식 행사이기도 한 저녁 식사시간이
되자 다들 먹성스럽게 양껏 드는데, 어느 자리고 없이 한결같이 들
뜬 표정으로 왁자지껄한 것이 갈데없는 잔치판이었다. 말이야 바른
말이지 오늘이 어떤 날인데 오늘 같은 날 식탁문화를 찾을까 보냐.
그런대로 넘어가게 그냥 눈감아 달라는 분위기였다.

텔레비전에서는 파도가 높을 것이라고 누누이 이르며 걱정했지
만 배는 덩칫값을 하느라고 자못 유유하였다. 배는 새벽 2시 45분
에 군사분계선을 넘어 더 이상은 물밑에 걸림돌이 없음을 여봐란

듯이 증명하였다.

어느덧 북한 사람이 배에 올라와 환영 인사말에 이어 밖에 대고 함부로 사진을 찍지 말라는 주의 방송을 했다. 그러자 지금 우리가 어디에 와 있는가를 비로소 실감하게 되었다.

이윽고 햇살이 퍼지면서 북한 사람들이 '별금강'으로 부른다는 장전항 뒷산이 바짝 다가왔다. 저 산 저 땅을 만나보기 위해 수십 년을 두고 뭇사람이 한결같이 대화와 교류를 주장해온 것이 아니었던가.

장전항은 항구라기보다 갯가에 전을 벌인 포구같이 조용한 느낌을 주는 시멘트 색조의 단색항(單色港)이었다.

갑판에서 좀더 자세히 보려고 복도를 지나가는데 어느 방에선가 느닷없이 '어머니'를 길게 부르며 목을 놓고 우는 소리가 새어나왔다. 필경 창 밖으로 다가온 장전항을 내다보며 울부짖는 어느 실향민의 통곡일 터라 지나가던 사람들까지 눈시울을 훔쳤다.

10시 10분. 이 일이 있게 한 정주영 현대 명예회장을 선두로 드디어 북한 땅에 첫발을 내딛기 시작했다.

바로 내 앞에서 아내와 나란히 내린 임동호(62세) 씨는 내리자마자 무릎을 꿇고 엎드려 땅바닥에 입을 맞추었다. 장전항에서 한 50리 떨어진 통천 출신인데 52년 만에 하는 귀성 인사를 땅에 대한 애정 표시로 요약한 셈이었다. 소감을 물으니 "땅이 따뜻한 느낌이네요" 한다. 고향 땅과 하나가 된 것을 확인하고, 이렇게 다시 올 수 있게 해준 데 대한 감사의 뜻으로 입을 맞췄으니 따뜻한 느낌이야말로 당연한 것이 아닐까 싶었다.

임씨는 누나와 동생이 지금도 고향에 살고 있음을 진작에 알았다면서 "내가 이렇게 가까이 와 있으니 엊저녁 꿈에 내가 보였을 것"

이라고 혼잣말처럼 중얼거리며 손수건을 찾았다.

반별로 구룡연 길 만물상 길 해금강 길로 나뉘어 수십 대의 버스
가 금강산을 찾아나섰다.

나는 구룡연으로 가는 버스에 몸을 실었다. 버스는 남녘 사람과
북녘 사람의 거리를 좁히지 못하도록 3미터 높이의 철조망을 좌우
로 쳐놓은 신설 포장도로를 따라 온정리로 향했다. 가면서 보니 정
장을 한 소년병들이 산기슭이나 논두렁에 말뚝처럼 박혀 있는 것이
자주 눈에 띄었다. 철조망만으로는 안심이 안 되어 마을 안길 어귀
마다 주민 통제용으로 병력을 풀어놓은 것이었다.

온정리의 대표적인 건물 중 하나인 '김정숙려관'을 지나니 굵고
곧게 자랐다 하여 미인송으로 부른다는 평균수령 200년의 소나무
숲이 좌우로 펼쳐졌다. 그 가운데로 한국전쟁 때 다 타버린 신계사
터를 얼핏 지나 구룡연 주차장에 닿았다.

서울에서 '금강산 영하 20도' 운운했던 말이 무색하게 구름 한 점
없는 영상의 푹한 날씨였다. 잔뜩 끼어입은 방한복이 마냥 주체스
러울 뿐이었다.

주차장 건너편의 북한 귀빈 전용식당 목란관 앞에 이르니 언제
어떻게 할지 모르게 성이 난 맹수 얼굴의 산줄기가 잘못 건드리면
큰일날 표정으로 하늘을 절반이나 차지하고 있었다. 금강산의 주봉
인 비로봉에서 남북으로 흐른 세존봉 채하봉 옥녀봉의 권위주의에
정면으로 부딪친 것이었다. 바위마다 이제부터 우리 일행에 대하여
일일이 검문 검색을 하겠다는 듯한 기세로 보인다.

이를 두고 만년토록 천기(天機)를 지켜온 신비의 성곽이라고 하
면 너무 토속적인 안목이 될 것이다. 또 크나 작으나 면면이 예술적
이라고 하면 조물주가 수수만 년 동안 풍운조화를 부려 이룩한 공

을 왜곡할 소지가 많으니 감히 품평을 할 수 없는 미적 개념 이상의 그 어떤 것이었다.

그러므로 나이가 됐어도 미처 졸업하지 못한 속물의식 탓에 부질없는 사심으로 세상을 가볍게 여기고 살아온 허름한 인생은 아예 발도 디밀지 말라는 뜻으로 새기고 같잖은 마음을 여미는 것이 차라리 금강산 출입 면허증을 따는 지름길인지도 모를 일이었다.

금강산의 쪽문 격인 금강문은 한 사람씩 나아가 다만 고개를 숙이고 허리를 굽혀야만 통과할 수 있는 비좁은 바위 틈새였다. 금강문 옥룡관(金剛門 玉龍關)이라고 새겨놓은 글자 그대로 옥류동을 거쳐 구룡연에 이르는 길이다. 이 구룡연 길은 물 소리에 마음의 티끌이 말짱 씻기는 듯한 느낌 외에 딴생각이 끼여들 자리를 주지 않는다. 한편으로는 이미 여기까지 왔으니 반신선은 되지 않았겠느냐는 되다만 자부심에 가슴이 트이기도 한다. 더욱이 바로 눈앞에 옥류동이 펼쳐져 있지 않은가. 옥류동은 58미터짜리 누운바위와 누가 부르고 재촉하여 그리 급한지 모르게 옥류담으로 뛰어드는 물살로 사람을 홀리게 한다. 오십 후반의 내 세월이 저렇듯 덧없거니 싶어 넋을 놓다가 불현듯 정신을 가다듬는다. 이태백은 여기도 와보지 않았으면서 도대체 어디를 보고 '이 세상이 아니라(別有天地非人間)'고 〈산중문답〉에서 읊었는지 당최 알 수가 없다. 또 김삿갓이 금강산에 와서 "나는 청산으로 가고 있는데, 녹수야 너는 어이 나오고 있느냐(我向靑山去 綠水爾何來)"고 탄식한 데가 혹 여기 아닌가 싶다. 여기거나 저기거나 거기가 거기고 보니, 기고 아니고를 따지는 것은 시를 모르는 자의 헛된 수작에 불과할 뿐이라는 자각이 뒤따르기도 한다.

세상에 다시 없을 계곡미에 혹해 시간을 잊고 가다 보면 웅장한 물 소리와 더불어 구룡연에 이른다. 구룡폭포의 폭음은 금강산의 심장이 뛰는 소리가 아닐까 싶고, 그 물줄기는 금강산에 혈기를 대는 대동맥의 흐름이 아닐까 싶은 것이었다.

얼마를 더 보고 있어도 물리지 않을 것 같은 구룡연에서 속절없이 발길을 되돌릴 수밖에 없는 것이 인간사였다. 하산은 이 세상이 아닌 곳에서 다시 이 세상으로 돌아오는 일이었다.

주차장에 이르러 오늘 하루 무엇 무엇을 보았던가 하고 스스로 물으니 얼른 이렇다 하고 내놓을 것이 없다. 그림 속에 들어가서 놀다가 어느새 그림 밖의 여백으로 나온지라 마치 옥의 티처럼 초라할 따름이다. 그리하여 하릴없이 남의 말에 귀를 기울여본다.

아무리 어렵다 해도 풍악산 개골산 봉래산 하고 이름이 바뀔 때마다 한 번씩 최소한 네 번은 다녀가야만 어떤 산인지 알 터이라 내년 봄에 다시 오기를 다짐하는 이가 가장 많은 것 같았다. 실향민 가운데 또 어떻게 돌아서느냐고, 고향을 두 번 등지는 것 같아 차마 오지 못한 이가 많은데 다음에는 꼭 동행하겠다는 이가 그 버금가는 것 같았다.

볼 것은 금강산 바윗덩어리보다 많고 세월은 옥류동의 물살보다 빠른데, 낮이 짧은 계절이라 이맘 때는 '금강산도 식후경'보다 '금강산은 식전경'으로 부지런해야 하겠다는 반응이 세번째로 많았다.

나는 그 동안 남한의 유수한 산들을 들먹이며 이 산은 이렇고 저산은 저렇고 하여 어느 산이 첫째, 어느 산이 둘째 운운했던 불찰을 뉘우치며 없었던 일로 하였다. 금강산을 보기 전에 산을 말했던 것은 금강산에 대한 예의가 아니었기 때문이다.

만물상

만물상을 보러 가는 길은 망상정의 뒷길로 접어드는 것이 시작이다. 버스가 108개의 굽이를 돌고 돌 때 문득 떠오르는 의문이 있었으니, 그것은 이렇게 숨가쁘게 올라가봤자 어차피 《정감록》에서 궁궁을을(弓弓乙乙)이라고 말한 바 십승지지를 찾아가는 것도 아닌데 무엇 때문에 이처럼 마음이 먼저 설치는가 하는 것이었다.

그러나 막상 만물상 길로 접어드니 생각 밖으로 길이 잘 닦여 있어서 여유가 생기고, 그 바람에 씨가 바위에 떨어지매 그냥 앉은 자리에서 뿌리를 내리고 종내 바위를 누르면서 아름드리가 되고 고목이 되어 이날토록 세상을 누리는 소나무 참나무의 장한 모습까지 덤으로 챙기니 그 더욱 다행이었다.

아아, 저 하늘 좀 보라는 소리가 사뭇 요란하여 핑계 김에 다리도 좀 쉬어갈 겸 하늘을 우러르니 저것은 또 무슨 색깔이기에 저런 색깔의 하늘도 다 있었더란 말인가. 이제 보니 금강산은 하늘도 하늘이 아니었다. 이런 중생의 눈에 비친 하늘은 하늘이 아니라 완전한 관능이었다.

하기야 처음 보는 것으로 치면 하늘색만도 아니었다. 구룡연으로 가는 길에 느낀 것을 이 만물상으로 가는 길에 거듭 느끼는 터이지만, 금강산은 일테면 산도 산이 아니요 물도 물이 아니었다. 산은 산이 아니라 수만 수천 봉이 봉마다 갈고 닦은 보석이요, 물도 물이 아니라 수만 바위가 수만 바위를 저마다 눌러 자아낸 보물이었다. 그러니 그래서 어쨌다는 것인가. 물론 대답이 수월할 리가 없다. 그래서 억지로 말을 지어보니 이런 보석과 보물을 이렇게 두고도 마음이 가난한 자는 필경 복이 없을 것임을 알라는 것이었다. 실로 누추하고 비루하기가 중생 중에서도 구제불능의 소갈머리였다. 딱하다, 내 안목은 어이하여 이다지도 속되더란 말인가.

가다가 불쑥 만난 것은 어느 화가의 금강산도를 본 것이 인연이라 보느니 처음이면서도 구면인 양 반가운 삼선암이었다. 금강산은 봉마다 얼굴이 다르고 그렇게 다른 만큼 전설이 터무니없이 푸짐한 것이 또한 금강산다움의 하나요 열이니, 삼선암의 전설도 마땅히 터무니없이 그럴듯한 것이었다.

그렇기로서니 만나는 바위마다 그 전설을 되뇌다가 편한 길도 더디게 갈 것이랴. 그렇다고 해서 삼선암의 의붓아우처럼 건너편에 되똑하게 서서 사람의 눈길을 머물게 하는 큰 바위까지 모르쇠를 댈 것은 없는 일이었다. 옛날에 네 신선이 바둑을 두는데 그 중의 한 신선이 자꾸 훈수를 두는 통에 세 신선의 미움을 사서 따로 나가 살게 된 독선암이라는 것이었다. 아무려나 내 생각에도 능히 그럴 일이었다. 바둑은 본래가 신선놀음인 데다가 신선이 아니더라도 일쑤 도끼자루가 썩는 줄 모르는 놀음이거늘, 하물며 생전 바둑과 남남인 나무꾼도 저마저 모르게 신선이 되기 알맞은 금강산에서 신선끼리 바둑놀음에 훈수라니 그 금강산의 신선들 역시 신선은 신선이 아니었던 모양이다.

삼선암 옆댕이의 고갯마루에는 귀면암이 있었다. 생긴 것이 보통은 넘는다고 그런 이름이 붙었으려니와 도대체 이 금강산에서, 더욱이 이 만물상 동네에서 얼굴이 보통인 바위가 하나라도 있다면 그게 어느 바위인지 답이 따라야 할 것이 아니겠는가.

절부암이라는 쌍바위가 길가에 있었다. 절부암의 전설에 의하면 또 시답잖은 대목에서 신선이 나온다. 금강산의 신선들은 장히 풍류적이었다. 전설을 꾸며낸 위인이 본래 바람 잘 날이 없는 풍류아

였기 때문인지도 모를 일이다. 바위마다 물형석이요 전설이 따르니 금강산에서 바위 이름을 새겨듣거나 이루 기억하는 사람은 늘 한가하게 지내며 머리를 비워두어 닥치는대로 쓸어담을 수 있는 자리가 어지간히 있었던 사람들일 것이다.

절부암은 절벽을 오르기에 겁이 나거나 더는 뒷심이 딸려서 흔히 주저앉는 반환점의 등록상표였다. 절부암을 떠나서 망장천에 이르면 대개가 하늘문이라고 해야 알아듣는 통로가 보인다. 하늘문은 그 위에 더는 오를 만한 데가 없다는 뜻이기도 하다. 이제부터 그리로 가려면 잠깐 앉아서 기운을 추스려야 한다. 돌아앉아서 고개를 있는 대로 들고 보니 비바람 눈바람 안개바람 서릿바람 들이 조물주를 거들어서 나 같은 인간은 백년을 쳐다보아도 모를 것 같은 물건들을 만들어 늘어놓은 것이 만물상을 들여다보는 것처럼 어지럽다. 저기가 어디냐고 아무한테나 물어도 짜고 하는 대답처럼 천녀봉과 세지봉의 꼭대기라고 한다.

바위틈에서 근검 절약을 간판으로 내건 관청처럼 주는지 마는지 하게 내주는 물을 한 모금 얻어 마시니 기운이 나는 것도 같다. 그래서 두 동업자(박범신 이문열)의 얼굴도 보이고 준동업자(유홍준)의 넉살과 익살도 귀에 들어오고 한다. 북한의 여성 안내원을 붙들고 마음에 있는 말 없는 말 되는 대로 늘어놓는 품이 또 시키지 않은 일을 저지를 모양이다. 나도 그 틈에 끼여들어서 이 나이가 되도록 나 스스로 30년 팬을 자처해온 김지미 씨 앞에서도 아직껏 못 해본 짓을 하기로 한다.

"동포들을 만나니 정말 반갑습니다. 또 오십시오. 주체 87.(1998. 11. 21) 류정금."

북한의 여성 안내원 류정금 씨가 내 수첩에 예쁜 글씨로 해준 '싸인'이다.

　나는 용기를 내어 하늘문으로 이은 사닥다리를 기어오르기 시작한다. 전설에 불을 한 모금 마시면 기운이 뻗쳐 짚고 올라온 지팡이도 잊고 간다는 샘이라 하여 망장천(忘杖泉)이라 한다니, 그 물 한 모금의 힘인지 그 여성 안내원이 해준 싸인의 힘인지, 둘 다 긴 것도 같고 아닌 것도 같다.

　나는 생각보다 수월하게 하늘문을 지나 오봉산의 정상인 천선대에 이른다. 금강산이 몽땅 내 눈 아래에 있는 듯한 시건방진 생각이 끼여든다. 나는 얼른 고개를 저어 올라오고 남은 힘을 죄다 모아 내버린다. 이제 힘이 들 데가 없어서가 아니다. 나는 터럭끝만큼도 내로라 할 주제가 아님을 잘 알고 있는 것이다.

　바닥이 좁아서 더 어릿거리고 있을 수가 없는지라 바위 구석에 없는 듯이 앉아서 섞갈리는 생각을 주섬거려본다.

　사람들은 흔히 사람의 눈은 다 같다고들 한다. 이치가 있는 말인 듯도 하나 과연 그럴 것인지 미심쩍은 데가 있는 듯도 하다.

　그야 어느 쪽이든지 한 가지 분명한 것은 이 천선대라는 정상에 올랐다고 해도 저도 인간이라면 감히 금강산을 '정복'했노라는 말만은 차마 못하리라는 것이었다. 산에 오른 것을 정복이라는 말로 나타내는 사람은 흔히 밑바닥에서 나이를 먹었거나 남의 아랫도리로 밥을 먹은 위인들이기 때문인데, 금강산호의 금강산 탐승객 가운데에는 그런 사람이 하나도 없는 것으로 보였던 것이다.

　다음은 금강산을 일만이천 봉이라고 줄잡아서 말한 이가 대체 어떤 인물인가 하는 것이었다. 누군지 알 수도 없으려니와 안다고 한들 또 무슨 소용이랴. 어차피 책임질 일이 아닐진대 나는 늘잡아서 십만이천 봉이라고 고쳐 말하기로 한다.

또 있다. 아득한 고렷적 이야기지만 고려의 시인 최해는 이르기를 "옛날에는 공(空)을 배우지 않는 자라도 그 가운데에 깃들여 살면서 돌아오기를 잊는다" 운운하였다. 그러나 나는 보이지 않는 데는 보지 못했기에 모를 일이로되 보이는 데는 죄다 신선들이나 깃들여 머물 곳이지 인간이 자리를 잡을 데는 한 구석도 없다는 것이었다. 그러므로 북한 주민이 붙박이로 살지 않고 산을 비워두는 것도 다 그 나름의 이유가 있을 것 같다는 것이다.

나는 남으로 돌아가지만 이미 길눈이 생겼으니 다시 찾아오는 거야 무엇이 어렵겠는가. 금강산이 나로 하여금 뜻을 가꾸도록 하는 이유를 나는 조리 있게 설명할 능력이 없다. 그러므로 도리 없이 남의 나라 사람들의 표현을 번안하여 이렇게 말하고자 한다.

이 금강산 하나만 봐도 조물주는 우리 한반도 출신이 틀림없는 것 같다. 조물주도 더러는 자고 쉴 때가 있을 법하다. 다만 50년 가까이나 잠에 빠져 아직 깨어나지 않았을 뿐이리라.

누가 믿거나 말거나 오기 전전날부터 가는 날이 다 밝도록 잠이 안 와서 못 잔 사람들을 싣고, 금강호는 또 다음날 새벽을 향해 파도를 헤치며 나아갈 것이다.

해금강

금강산에 와서 이틀째를 맞았다. 전날 밤 동업자(文人)끼리 선상의 주점에 모여 흥분을 달래다가 새벽에 붙인 눈을 새벽에 떴다. 그러나 일정이 해금강 관광이라 발걸음이 가볍다. 숨가쁘게 오르내릴 일이 없는 갯가이기 때문이다.

버스도 푹한 날씨에 파랗게 웃자란 보리밭을 좌우에 끼고 천천히
달리더니 반 시간이 좀 넘었나 하여 일행을 부려놓는다. 사방에 보
이는 산이 죄다 50~60년대에 머문 민둥산이되 오직 해금강 일대
에만 나무가 남아서 경관을 더해주고 있다. 해금강은 바윗덩이에서
솔이 자라나 솔밭을 이룬 입석을 비롯하여 나무가 있기도 하고 없
기도 한 몇 개의 돌섬으로 짜인 관광지였다. 북한에서는 해금강을
보지 않는다면 금강의 미를 못다 보는 바다의 금강이라고 흰소리를
하지만, 내가 보기에도 동해안에 자주 가본 사람들에게는 여간해서
먹혀들지가 않을 정도로 그렇고 그런 갯가일 뿐이었다. 북한에서
하는 말처럼 작은 배를 이리저리 저어가며 바다에서 건너다봐야 제
대로 보이는 탓이었다.

뿐만 아니라 옛날의 해금강 관광길을 복원한 다음이라야 동해안
에 다녀본 남한 관광객들이 시들하게 여기지 않을 터였다. 즉 신라
때 네 사람의 화랑이 놀다 간 것이 네 신선이 놀고 간 이야기로 바
뀌고, 옛날 어느 외국의 장수들이 천하절경에 반하여 떠날 줄을 모
르다가 사흘 동안이나 호수가에서 울고서야 발길을 돌렸다는 전설
의 호수 영랑호(永郎湖)와, 관동팔경의 첫째라는 통천의 총석정이
앞으로 해금강 관광길에 들어가야만 비로소 바다의 금강이라는 해
금강의 체면이 서게 되리라는 것이다. 그것도 지금처럼 걷는 관광
이 아니라 소형 유람선에 나누어 타고 이리저리 배를 부려가며 하
는 관광이라야 할 것이다.

이 일은 북한이나 현대나 똑같이 고민하고 해결해야 할 당면 과
제 같았다. 영랑호나 총석정이나 군사시설이 문제겠지만 해안선은
곧 국경일진대 세상에 어느 나라 해안선인들 군사시설이 없는 해안
선이 있단 말인가. 군사시설은 으레 그런 것이려니 하고 관광상품

만 관광하면 그만이 아니겠는가.

해금강 근처에도 대밭이 있었다. 따라서 산천에도 팔자가 있다는 내 지론을 또 확인한다. 장전항의 장전(長箭)은 글자 그대로 화살대를 뜻한다. 장전항은 본래 영진만이라고 불렀던 곳인데 그 언저리에 화살대가 많다 하여 장전으로 바뀐 것이었다. 고려조에서 고을에 단련사(團練使)니 방어사(防禦使)니 하는 무관 벼슬을 앉히고 조선조 역시 세조 때부터 도호부로 승격시켜 진(鎭)을 설치했던 것도 다 국방의 요충지였던 까닭이었다. 지금의 화살대도 방위산업의 하나로 나라에서 가꾸었던 화살대의 후손인 셈이다. 겨우내 강추위가 엄습하고 사철 간기 있는 갯바람에 부대끼며 자란 대가 화살감으로는 십상으로 야무질 테니까. 하여 거룻배 장전 1·2호가 차례로 탐승객을 나르는 곳도 전에 수군이 주둔했던 오리진의 옛터였던 것이다. 산천도 한번 군항이 되면 영원한 군항이 되는 모양이니 이제라고 왜 팔자타령이 아니 나올 수 있겠는가.

무슨 팔자가 그런지 어렵사리 고향 땅에 찾아왔으면서도 남아 있는 형제들이 아직껏 자기를 기다리고 있는 꿈에도 그리던 저의 집, 그것도 바로 눈앞에 있는 저의 집을 못 가보고 대명천지 벌건 대낮에 이만치 떨어진 갯바위 위에 제수를 진설하고 학생부군과 비유인에게 제사를 올리는 불효가 있으니 장전읍 입석리 출신으로 거제도 포로수용소를 거쳐 정착한 이창식(67세) 옹과 두 살 터울의 아우 영식 씨, 또 이씨와 내종간인 홍용찬(54세)·익찬(52세) 씨 형제가 그들이다. 제수를 보니 밤 대추에 곶감은 삼색 실과려니와 초콜릿과 비스킷이 편과 적을 대신하니 50성상의 격세지감이 상에 오른 셈이었다. 때아닌 제사에 곡이 길고 구경하던 일행까지 감 놓아라 배 놓아라 하기 전에 곡부터 따라 하니 슬프다, 남의 설움이 내 설움이 되어 함께 우는 제사는 대체 어느 때에나 그치려는가. 상을 물리고 어울려 운 사람들과 음복을 마친 뒤에도 제정신이 아닌 사람처럼 고향타령이 늘어지는 가운데 일행의 발걸음은 삼일포로 향한다.

이제는 어찌타 이리 되었더냐는 장탄식도 그만들 하자. 갈 길이 먼 나그네는 날도 일찍 저무는 터라 못다한 말은 이따가 긴긴 겨울 밤으로 미룰 일이다.

삼일포는 해금강에서 돌아드는 시오리 길에 있는 산도 높지 않고 있는 물도 깊지가 않다. 문화유산 기행문학가 유홍준 씨가 금강산 탐승의 더없이 평온하고 맑고 훌륭한 후식(後食)이 삼일포라더니, 와본즉 그 말이 참말인지라 머리에 파뿌리를 인 노인네까지 평온하고 맑은 얼굴로 웃고들 있는데, 소양강 처녀를 쓴 반야월 씨가 낙동강 처녀를 쓴 월견초 씨이듯, 삼일포로 옮겨와 웃는 이들이 아까 해금강에 모여서 울던 그 사람들이다.

남한에도 수많은 인공호수가 있으나 거의가 다목적이어서 규모는 바다 같아도 경관 하나는 말하는 자체가 말이 안 되는 형편이지만, 삼일포는 바다나 다름없는 규모임에도 경관이 관동팔경의 하나라 수백 년 동안 시제(詩題)로 팔리고도 이렇게 남았으니, 갸륵하고도 어여쁠사 어찌 찬하지 않고 배길 수가 있으랴.

산천도 한번 경관이 되고 나면 반드시 그에 얽히고 설킨 인간사가 따르기 마련이니 금강산과 봉래 양사언 공의 일화는 그 모범이 되고도 남음이 있는 경우라고 하겠다.

공은 봉래 외에도 완구 창해 해객 등 공이 금강산 소속임을 밝히는 호를 셋이나 가진 진정한 금강산인이었다. 공은 금강산이 속한 회양군수를 비롯하여 무려 여덟 고을을 돌면서 고을살이를 살았거니와, 평창군수 강릉부사 함흥부사 철원군수 안변군수 등 영전을 하거나 좌천을 가거나 금강산 그늘에서 한 번도 벗어난 적이 없었다.

공은 안평대군 · 한석봉 · 김구와 더불어 조선 전기의 4대 명필로 특히 초서와 큰글씨의 종장(宗匠)으로서 금강산의 기세에 맞추어 쓴 공의 필적이 내금강 만폭동의 바위에 '봉래풍악 원화동천(蓬萊 楓嶽 元化洞天)'이란 금석문으로 남아 있어서 늘 금강산의 내력과 나란히 읽힌 것은 공이 살아 생전부터도 당연한 일로 쳤던 일이다.

무릇 영명한 영혼은 자고로 유명을 달리한 뒤에도 천년토록 이승에 남아서 호흡이 여전한 법이거니와 공의 영혼이 과연 그러하였다. 공의 드높은 이름은 시로 살아 있고 글씨로 살아 있고 금강산으로 살아 있은즉 내가 여기서 한 말이 공연한 허풍만은 아님을 다음과 같이 덧붙이고자 한다.

"태산이 높다 하되 하늘 아래 뫼이로다
오르고 또 오르면 못 오를 리 없건마는
사람이 제 아니 오르고 뫼만 높다 하더라."

공은 당년에도 세상에서 일컫던 금강산인이었다. 그렇다면 공이 읊은 태산은 어디인가. 어떤 이는 혹 중국의 태산을 끌어대지만 공이 하필 중국의 태산을 가져올 이유가 없고 보니 공의 태산은 곧 금강산이 아닐 수가 없는 것이다.

사람들은 실로 50년 동안이나 제 아니 오르고 뫼만 높다고 탄식하기를 멈추지 않았던 것이 아닌가.

그러나 보라. 금강호 밤배를 타고 처음으로 건너온 금강산 탐승객 제1진이 한 패는 구룡연 길로, 한 패는 만물상 길로, 한 패는 해금강 길로 나뉘어서 줄을 지어 장쾌히 오르고 있지 아니한가. 그 영

명한 영혼은 진작부터 첫눈이 마치 만년설처럼 내린 금강산 제일봉
인 비로봉을 거닐면서, 마침내 사람들이 저마다 제 아니 높다 하고
오르고 또 오르는 모습을 어여뻐 여기시어 하나같이 탈없이 내려가
기를 진정코 굽어 살피실 터이다.

　아아, 금강산은 모름지기 이렇게 와서 이렇게 오르는 것이 마땅
한 일이었던 것이다. 오르는 사람들이 먼저 금강산을 찬하고 이어
서 아산 정공(峨山 鄭公, 정주영)을 반드시 찬하는 것도 애시당초
뫼만 높다고 빌미대지 않았던 그 높은 기상과 경륜에 옷깃을 여미
는 바이니 봉래 양공이시여, 아산 정공에게도 부디 큰 상이 내려지
이다.

(1998. 11)

금강산 기행 후기

금강산을 구경하고 오니 만나는 사람마다 금강산이 어떻더냐고
물었다. 나는 그때마다 이태백이 시 〈산중문답〉에서 '그저 웃을 뿐
(笑而不答心自閒)'이라고 한 것처럼 소리 없이 웃는 것으로 대답을
삼았다. 또 정말 좋더냐, 말 그대로 과연 금강산이더냐 하고 되묻는
이에게는 말로 어떻다고 하는 것은 내 능력 밖의 일이니 몸소 가보
라는 뜻으로 손을 내젓는 수밖에 다른 수가 없었다.

금강산뿐이겠는가. 백두산 설악산 지리산도 그렇고 압록강 두만
강 낙동강도 그렇다. 이름난 산천일수록 가보지 않으면 늘 못 가보
는 곳처럼 여겨지고 또 글을 읽거나 말을 듣고 하는 가늠과, 그림이
나 영상물로 보고 느끼는 정도로 그친 채 나름껏 혹은 늘잡고 혹은
줄잡고 하여 접어둔다면 마치 필통 속의 잣대로 산천을 측량하는
만용과 짝이 되어 그 산천의 모습을 크게 그르치고 잘못 알기가 십
상인 것이다.

인간은 기상이 뛰어나거나 경개가 빼어나거나 위엄이 우뚝한 산
천을 만나면 대번에 기가 질리고 주눅이 들어 자기의 존재가 무엇
보다도 하찮고 오죽잖은 사실부터 깨닫기 마련이다. 그러므로 제아
무리 필묘설묘(筆妙舌妙)한 쟁이라고 해도 정말 타고난 자가 아니

면 이루 필설로 형용할 뜻을 선뜻 드러낼 수가 없는 것이다.

접때 금강산 구경길에 나섰던 내가 바로 그 짝이었다. 나는 한국 경제신문사의 주선으로 첫 뱃길의 금강호에 올랐다. 금강산에 가보고 그 기행문을 쓰는 것이 내가 맡은 일이었다. 북한에서 내놓은 상품은 외금강의 옥녀봉(1423m) 중턱에 있는 옥류동과 구룡연, 역시 외금강 오봉산(1264m) 줄기에 있는 만물상, 그리고 금강산의 대문 격인 온정리를 거치지 않는 해금강 등이었다.

나는 물론 남의 축에 빠지지 않게 갈 수 있는 곳이면 가보지 않은 곳이 없고 볼 수 있는 것이면 보지 않은 것이 없다고 할 수 있을 만큼 열심히 오르고 또 올랐다. 천년 전에 수만 리 밖에서 태어난 송나라 시인 소동파까지 고려에 태어나서 금강산이나 한 번 보고지고 하며 노래했다던 산, 더욱이 나의 조상 이곡(稼亭 李穀) 선생이 기행문 〈동유기〉를 짓고, 그에게서 나온 사천(槎川) 이병연(李秉淵) · 순암(順庵) 이병성(李秉成) 두 시인이 진경산수의 시조가 된 겸재 정선과 더불어 올라서 수많은 시를 읊은 고산(故山)인 데다 하물며 기행문의 글빚까지 지고 온 터임에랴.

그러나 금강산 초입을 다음과 같이 써보았으나 기행문에는 섞지 못하였다.

"온정리에서 바라보면 관음봉 삼형제가 왼쪽으로 나란히 버티고 있다. 금강산 일만이천 봉 가운데 가장 남성적으로 꿈틀거리며 뻗어내려 만년토록 동해바다의 거친 파도와 마주 으르렁거리는 외금강의 상관음봉(1137m) 중관음봉(875m) 하관음봉(453m)이 그들이다. 일만이천 봉이 봉마다 기암이라지만 이 관음연봉은 맏이가 더 하나 막내가 나으냐 하고 다툴 정도로 하도 사납게 생겨서 저를 찾는 손님마저 겁을 준다. 그런지라 너그럽고 인자한 관세음보살을

들먹이면 행여나 누그러질까 하여 이름을 관음봉으로 올려 지었다
고 한다."

또 만물상으로 가는 길은 이렇게 연습해보았다.

"만물상 길은 108굽이를 S자보다 몇 배나 목이 밭은 갈짓자로 온
몸을 좌로 한 번 우로 한 번 108번씩 틀어가며 수백 길 높이에 있는
만상정까지 차를 몰아가서 우선 안도의 한숨을 돌린다. 그러나 만
물상 제일경이라는 귀면암을 만나고부터 한발짝 한발짝 걸음을 옮
길 때마다 아까 본 것이 다시 쳐다보이는 틈에 그 순간을 못 참고
새것이 또 눈에 띄는 비경으로 하여 정신이 자꾸만 들었다 나갔다
한다. 이루 다 어떻다고 말할 것인가. 끌어다가 써볼 만한 말이 떠
올라도 생각하면 옛사람이 벌써 다 써먹은 터라 진부해진 지가 한
참이니 차라리 입을 다물고 마는 것이 금강산에 대한 인간의 에의
가 아니겠는가."

이 역시 연습에 그치고 기행문에는 넣지 못하였다.

나는 금강산을 보기 전에 다른 산을 먼저 보라고 말한다. 금강산
부터 먼저 보고 나면 다른 산은 산으로 보이기가 쉽지 않을 터이기
때문이다. 그렇다면 금강산을 먼저 가본 이는 어쩌란 말인가. 그런
이는 금강산을 산으로 여기지 말고 미술품으로 여겨야만 다른 산도
산으로 보일 것이라고 말한다. 금강산은 그냥 상식적인 산으로 생
긴 산이 아니었기 때문이다.

(1998. 12)

옛날의 금수강산

　금강산에 가는 첫 배로 금강산을 구경하고 온 지 꼭 두 달 만에 또 금강산 이야기를 쓴다.

　생각지도 않은 금강산 구경을 시켜준 것은 한국경제신문사였다. 나는 오면서 기행문을 써서 이 신문에 사흘 동안 실었다. 그러므로 금강산 기행문은 더 이상 쓸 수가 없다. 그 이유는 금강산의 생김새나 경치 등을 이루 필설로 형용할 능력이 없다는 것이 하나이고, 둘은 이른바 금강산 일만이천 봉 가운데 올라가본 봉우리는 천선대 하나뿐이요, 봤다는 것도 고작해서 구룡폭포와 만물상과 해금강의 한귀퉁 정도로 아주 일부분에 지나지 않기 때문이었다. 그렇지만 본 것은 본 대로, 느낀 것은 느낀 대로, 생각했던 것은 생각했던 대로, 배 안에서 쓴 그 기행문은 나 나름껏 쓰는 데까지는 쓴다고 쓴 것이었다. 따라서 이것은 한 번 쓴 것을 다시 쓴 것이 아님은 물론이며 먼젓번 것의 속편도 아니다. 금강산 기행문이야말로 한 번 쓰기에도 버거운 일이었다. 그런즉 이것은 한정된 지면 탓 등으로 먼젓번에 미처 못다 쓴 부분을 마저 쓴 것이니 갖다붙이면 기외기문(紀外記文)이 되는 셈이다.

　이 글을 쓰면서 보니 한 신문기사에 의하면 작년 11월 18일 첫 출항을 한 이래 올 1월 15일까지 두어 달 남짓한 동안에 금강산을 보고 온 관광객이 다해서 1만 5500여 명이라고 한다. 사람 나름으로 생각했던 것보다 많게 여기는 이도 있고 적게 여기는 이도 있겠지만 나는 많게 치는 쪽이다. 그렇게 치는 이유는 우선 해가 짧을 때라는 것이다. 봄여름 같으면 해도 먼 뒷나절에 불과한 오후 대여섯 시에 벌써 해가 떨어지고 일변 땅거미가 어리는 철이니 목적이 관광에 있는 이에게는 그처럼 불리한 계절도 없을 터이기 때문이다.

또 속내를 알 수 없게 하는 기상청의 '그게 아니던' 일기예보와, 기건 아니건 덮어놓고 호들갑부터 떨고 보는 언론계의 일기예보 보도 관행 역시 뭇사람으로 하여금 금강산행이 선뜻 내키지 않게 하는 바에 적지아니 작용했을 것이다. 실제로 첫 출항일이 하루 이틀로 다가왔을 무렵에 큰일도 그런 큰일이 없다는 듯이 기상청과 언론계가 그것도 일기예보라고 떠들어댄 내용인즉 '금강산 영하 20도'와 '폭설'이었으나, 막상 그날 그 시간에 대어 간 금강산 일대는 가다 남은 조각 구름 한 점 없는 깨끗한 하늘에 영상 1도의 푹한 날씨였고, 눈이 온 곳은 4박 5일의 여정이 다 되어 귀향하던 날 새벽의 동해항과 대관령 안팎 정도였다. 그러니 늘 그 비스름한 여건이었음에도 마다하지 않고 두어 달포 만에 1만 5000 이상의 인원이 금강산에 다녀왔다고 한다면 그 누군들 많다고 하지 않을 수가 있겠는가.

어차피 두어 달이나 지난 묵은 이야기, 그것도 해까지 바뀌어 천상 해묵은 이야기를 하고 있는 판이고 보면 여기서 결론이 앞지르더라도 무방하지 않을까 싶다.

배가 동해항을 출발한 뒤에 들은 바에 의하면 함께 탄 관광객이 889명인데 그 중에 전국에서 온 기자가 250여 명이라는 거였다. 이

배가 어떤 배인데, 이 여행이 어떤 여행인데, 그리고 금강산이 어떤 산인데 아니 그럴 수 있겠는가 하면 조금도 이상한 생각이 아니 드는 일이있다.

또 칠십객이 태반인 듯한 실향민 관광객, 일테면 관광객이라기보다 귀성객이랄 수 있는 실향민 가운데에 실향민의 풍상이 사실적으로 묘사된 얼굴과 허름한 입성으로, 끼니 때 서양요리가 나오면 먹는 방법을 몰라 어쩔 줄 모르는 노인네가 수두룩한 현상 또한 하나도 이상할 것이 없는 일이었다.

이상한 것은 80년대부터 민족통일론이나 분단극복론이 등록상표처럼 보이도록 바빴던 애국업 계통의 하고많은 인사들 가운데에 내가 얼굴을 알 만한 인사는 한 사람도 보이지 않는다는 사실이었다. 백두산 금강산 종류의 이름난 산천뿐 아니라 휴전선 너머의 북녘 땅이라면 평양 거리의 수챗구멍이거나 두메 산골의 가시덤불 쑥구렁까지도, 마치 여느 사람은 안 사는 성역이거나 지상의 낙원인 양 섬기고 받들었던 인사라면 으레 앞을 다투어서 첫 뱃길에 동승을 했으려니 했던 내가 엔간히도 어리석었던 셈이었다. 이 금강산 길이 통일비용을 던다거나 남북의 거리를 줄인다거나 그와 비슷한 방법의 하나라는 주먹구구가 있었다면 비록 뱃삯이 비싸다고 하더라도 뱃삯 정도는 문제가 아닐 것이라고 어림했던 쪽이 자못 덜떨어진 생각이었던 것이다. 하지만 하던 지랄도 멍석 펴놓으면 안한다고 해도 그렇지, 하는 생각은 좀처럼 떠나지가 않았다.

앞질러서 말하고 싶은 이야기 가운데는 또 이런 것도 있다. 일일이 기억할 수는 없지만 해방 이후 경제 부문에서는 북한이 우세했으나 1974년을 고비로 역전되어 그로부터 남한이 앞서게 되었다는 설이다. 나는 그런 설을 신문이며 잡지며 책에서 읽은 것만도 한두 번이 아니었다. 그러나 나는 그것도 하나의 가설에 불과한 것이 아니었던가 싶었다. 물론 이런 생각도 틀릴 수가 있다. 다녀본 곳이 손바닥만하고, 봤다는 것도 버스로 오가며 차창으로 내다봤거나 목적지에 이르러 이리저리 떼지어 다니며 둘러본 것이 전부로, 문자 그대로 주마간산을 하며 보고 느낀 가늠과 그에 미루어본 짐작이 근거이니, 믿거나 말거나 식의 뒷말에 그칠 수도 있다는 것이다.

그랬거나 저랬거나 내가 할 수 있는 이야기는 해방 이전이거나 이후이거나 38 이북이 이남보다 무엇 한 가지 나았던 듯한 흔적이라고는 눈을 씻어가면서 찾아봐도 볼 수가 없었다는 것이다. 그에 대한 증거로서 몇 가지 예를 들어본다면 다음과 같다.

관광객들이 관광을 한 곳은 앞에서도 들먹였듯이 외금강 부분의 구룡폭포와 만물상 그리고 삼일포를 넣은 해금강 부분의 일부였다. 이 명승지에서는 봉래 양사언이 읊은 대로 오르고 또 오르면 못 오를 리 없다는 식으로 부지런히 오르고 내리는 데에만 힘쓰게 될 뿐 다른 생각은 언뜻할 겨를조차 허용되지 않았다. 허용하지 않는 것은 아까도 일렀듯이 이루 필설로 형용할 수가 없는 기막힌 경치 그 자체였다. 곱고 크고 넓고 번듯하게 생긴 바위마다 그 말이 그 말인 판에 박힌 구호를 죽어라 하고 새겨놓아 경관을 더럽힌 것도 삼일포 일원에서만 극성을 떨었을 뿐이었고, 구룡폭포나 만물상의 경우에는 주차장이나 사람이 많이 모일 만한 빈터 언저리의 바위만을 버려놓았지 바야흐로 신비경이 펼쳐지는 길목에서부터는 그네들도 감히 손을 대지 못했거나 삼갔던 까닭에 올라가고 내려오는 길에서는 내남직없이 승람(勝覽) 한 가지에만 정신을 팔기에도 턱없이 부족한 편이었다.

그러므로 산천 경개말고 다른 풍경을 엿볼 수 있는 곳은 외금강

초입에 있는 '사람이 사는 동네 같지 않은' 동네, 아니 실제로 사는 사람이 없는 빈 동네인 온정리 일대와, 해금강으로 오가는 길가의 그 '사람들이 살고 있는데도 사는 것 같지 않아 보이던' 동네, 그리고 해방과 함께 귀국한 동포들의 집단거주지로 면소가 있는 장터 변두리의 산비탈에 급조되어 읍내 사람들이 흔히 해방촌이니 난민촌이니 수용소니 하고 불렀던 동네처럼, 납짝집이건 층층집이건 한결같이 나간집이 여실한, 금강호 선상에서 먼발치로 건너다 보이는 장전 읍내의 죽은 건물들이었다.

온정리에는 일제 때의 건물 그대로가 아닌가 싶게 낡을 대로 낡은 온천장 건물과 금강산려관 재일조선인려관 금강산혁명사적관 근로자휴양소 유원지상점 유원지관리소 등의 간판이 걸린 건물이 있었지만, 관리하는 사람들마저 남한의 관광객을 피하여 숨어 있는 통에 공동화(空洞化)한 동네의 본보기 같았다.

금강산려관 옆에는 금강원이라는 음식점이 있는데 고급 당원들만 드나들 수 있는 귀빈식당이었다. 그러나 반은 녹슬고 나머지는 거의 다 삭은 지붕이나마 함석조각을 덧대어 잇되 천조각 만조각으로 기워서 이은 것을 보고 있노라면 귀빈식당은 고사하고 뜨내기 식당이라고 해도 너무한 식당이었다. 만물상을 본 관광객들은 배에서 나누어준 도시락을 이 식당에 와서 먹었다. 이 식당에도 관계자는 있었다. 하지만 관계자는 현대측과 말이 되어 물을 끓여내되 맹물을 미리 끓여 사람들이 오기 전에 내다놓았을 뿐 모습은 통 보여주지 않았다.

유원지상점도 물론 굳게 닫혀 있었다. 물건이 없어서 닫은 것인지 관광객이 싫어서 닫은 것인지 알 수 없는 노릇이었다. 천지사방에다 손을 벌리며 먹을 것을 달라, 달러를 달라 하며 앵벌이 식으로 동냥질을 일삼는 터수에, 더욱이 물을 마실 때는 물마시기 전투, 담배를 피울 때는 담배피우기 전투 어쩌고 하며 짓짓마다 전투란 말을 붙이고, 이 세상에 태어나서 할 일은 오로지 전투밖에 없다는 식으로 살게 하는 자들이, 외화벌이를 하기로 들면 숫제 갈퀴로 긁을 수 있는 장사가 있는데도 '남조선 동포들'과 상종하는 것이 싫어서 외화벌이 전투를 포기한다는 것은, 아무리 생각해도 '위대한 어버이 수령을 높이 받들어 모시고 자폭정신으로 폭탄이 되자'고 떠들어온 충성동이 효자동이 들의 취할 태도는 아닌 것 같았던 것이다.

만물상에 이르면 망장천이라는 석간수 샘물이, 구룡폭포 길에 나서면 삼록수(蔘鹿水)라는 청렬한 계곡수가 있어서 반드시 목을 축이게 마련이지만 볼 것을 보고 내려와서 온정리나 주차장 앞에서 숨을 돌리고 있노라면 당장 그리운 것이 차 한잔이기는 누구나 똑같은 심정일 거였다. 그러나 파는 데가 없었다. 남한 관광객들과 상종하기가 싫으면 자판기라도 놓았어야 한다는 것이 내 생각이었다. 커피 한잔 녹차 한잔에 만 원을 부르더라도 따끈하게 한잔 마시고 싶지 않은 이가 없을 터인데도 문이 열린 곳은 공중변소뿐이었으니 북한 땅은 황금을 보기를 돌같이 여기라고 한 고려 최영 장군의 분신들만 모인 청백리의 지상낙원이거나, 굴러다니는 돈도 못 줍는 바보들의 공화국이거나 둘 중의 하나일시 분명하였다.

장소를 달리하여 관광객들이 조석으로 거쳐야 하는 세관 옆의 토산품상점은 매일같이 수백 명의 관광객이 줄을 서는데도 만날 없어서 못 파는 진풍경이 벌어지곤 하였다. 찾는 상품이 들쭉술 북어포 맥주 버섯 따위 오죽잖은 것들뿐인데도 그랬다. 판매원은 당연히 현대 사람들이었다. 천하의 장사꾼인 현대의 직원들이 장사를 할 줄 몰라 번번이 동나게 할 것인가. 북한에서 그 물량을 못 대는 것이었다. 지팡이를 두고 보더라도 그랬다. 대지팡이는 3달러에, 참나무 지팡이는 6달러에 팔고 있었다. 지팡이는 금강산 등반 기념품으로 썩 알맞은 것이어서 나부터도 하나쯤 사지 않을 수가 없는 물건이었다. 때문에 이왕이면 '금강산 기념' 따위의 글자를 새기거나 쓴 것을 사고 싶었다. 하지만 없었다. 금강산 옆에서 샀는지 지리산 기슭에서 샀는지 모르게 하찮은 막대기로 깎아 팔고 있으니 그들이 스스로 상품가치를 낮추어놓은 것이었다. 지팡이에 아무 글자도 새기지 않은 것은 새기기가 싫거나 새길 필요가 없어서 그냥 두었을 거였다. 애시당초에 내 것이 아니 될 바에야 백 개가 팔린들 무엇하고 천 개가 팔린들 무엇하리라고 품값도 안 나오는 군일을 하기가 기꺼울 터인가.

큰 배의 관광객을 거룻배로 나누어 날라다 부리는 부두 근방에는 수십 채의 낡은 집을 헐고 새로 짓는 일이 벌어져 있었다. 현대에서 시멘트 같은 주요 건축자재를 대어주고 그 동네 사람들이 목수일과 토역일을 맡아서 하는 이 쪽으로 치면 70년대의 취락구조 개선사업을 그대로 옮겨놓은 것으로, 짐짓 그 쪽의 말투를 시늉하여 집짓기 전투장인 셈이었다. 지나다니며 보면 이 전투장에는 늘 군데군데에다 모닥불을 놓고 있었다.

모닥불 이야기가 나왔으니 말이지만 그 쪽 동네는 논두렁이건 밭두렁이건 사람 두서넛이 모여서 무엇인가를 하고 있다고 하면 반드시 빠지지 않고 있는 것이 모닥불이었다. 그리고 모닥불 옆에는 꼭 뒷짐을 지고 빙 둘러서서 불을 쪼이는 상전들이 연장을 들고 일하는 노동자의 몇 배나 많이 있기 마련이었다. 쉽게 말해서 삽이나 괭이로 언 땅을 파고 있는 노동자가 둘이라면 그 둘을 감시하는 감시원이 두 명, 그 두 명의 감시원을 감시하는 감시원이 또 두 명, 감시원을 감시하는 감시원의 감시원이 다시 두 명, 감시원을 감시하는 감시원의 감시원에 대한 감시원이 또 두 명…… 하는 식으로, 일하는 사람이 둘이면 그 둘을 놓고 감시하여 감시하고 감시해서 또 감시하는 명목으로 뒷짐을 지고 서서 노닥이는 자가 열 명 이상이나 되었던 것이다.

아녀자들은 모닥불을 쬐고 서 있는 감시원들까지도 반드시 두툼한 목도리로 목과 입과 귀를 싸잡아서 친친 감고 지내는 것이 특징이었다. 날씨가 푹해서 관광객들은 몇 발짝만 움직여도 모자에 땀이 배는데도 그네들은 목도리를 풀고 있을 때가 없었다. 먹은 것과 입은 것이 없어서 그만큼 추위를 많이 탄다는 뜻이었다. 그네들은 또 어딘가를 오갈 때도 맨몸으로 다니는 예가 드물었다. 한결같이 등짐을 잔뜩 지고 다니는데 짐의 모양도 바랑처럼 자루에다 멜빵을 달아서 걸머지고 다녔다.

온정리 일대의 들녘은 이 쪽으로 말하면 경지 정리가 한창이었다. 민간 복색의 주민은 거의가 뒤퉁스러운 목도리 차림의 아녀자들이었고, 남자는 죄다 제복을 입은 군인들이었다. 병력이 동원된 논두렁만은 유독 모닥불이 보이지 않았다. 그러나 굽은 논두렁을 곧게 펴는 작업만큼은 아녀자들과 다를 바가 없었다. 불도저니 그레이더니 굴삭기니 하는 중장비는 말할 것도 없고 그네들의 말로 또락또르(경운기) 한 대를 구경할 수가 없었다. 삽과 괭이와 가래가 연장이며 소쿠리와 삼태기와 가마니때기로 만든 들것이 흙과 자갈을 나르는 운반도구의 전부였다.

해금강으로 가는 길은 이름난 관광지를 파는 길인데도 일제 시대에 닦아놓은 신작로 그대로 울퉁불퉁한 비포장도로였다. 그러나 길이 우마차길 그대로 있는 것은 오히려 나았다. 차창에 비치는 풍경은 별쭝맞은 감상주의자가 아니더라도 눈물겨운 그림이 아니랄 수가 없었다.

가는 길 좌우에는 높이 3미터 가량의 철조망이 가도가도 끝이 없이 길을 따라 이어져 있었다. 그것도 약 3미터 가량의 폭을 두고 이중으로 설치되어 있었다. 미군정 시대와 한국전쟁 당시에 조무래기들이 미군만 지나가면 손을 벌려 껌과 과자 부스러기를 얻어먹었던 생각이 떠올랐다. 주민과 아이들이 남한 관광객에게 손을 내밀지 못하도록 현대에서 장비를 얻어 부랴부랴 쳐놓은 철조망이었다.

금강산 밖에 보이는 산은 6·25를 치른 뒤 남한의 야산들이 그랬던 것처럼 나무 한 그루 성한 것이 없이 꼭 50년대 식의 민둥산으로 방치되어 있었다. 어쩌다가 한 그루씩 서 있는 나무도 산지기 삼아서 아무나 보기에 좋으라고 남겨놓은 나무가 아니었다. 생목(生木) 전봇대로 쓰느라고 베어먹지 못한 나무였다. 잎이 퍼런 소나무둥치 여기저기에 못질을 하여 전깃줄이 지나가게 만든 산 나무 전봇대였던 것이다. 이런 생목 전봇대 이외의 전봇대는 죄다 가늘어터진 시멘트 기둥의 전봇대인데, 열이면 열 개 백이면 백 개가 다 비스듬히 한 쪽으로 기울어진 채 벌건 녹물을 뒤집어쓰고들 있었다. 한마디로 뭉뚱그려 말해서 전기가 끊긴 지도 자못 오래라는 뜻이었다.

가다가 보니 폭도 꽤나 넓은 강인지 내인지가 있었다. 전쟁에 한 번 끊어진 뒤로 손을 못 대어 교각만 남은 다리터 옆으로 사람들이 신발을 벗어 들고 건너다니는 모습이 또 한 번 옛날의 어렸을 적 기억을 되살려주고 있었다.

가을걷이를 마친 논밭도 농촌의 살림살이를 능히 짐작할 수 있게 하였다. 볏그루를 보니 우리네 볏그루의 5분의 1쯤 되었고, 옥수숫대의 굵기가 우리네 옥수숫대의 3분의 1도 안 되게 가는 데다가, 고춧대의 키도 한 뼘 가웃 남짓하게 작았다. 벼가 영글지 않아 벼베기를 포기한 논에는 볏짚의 길이가 두어 뼘 가량인데 볏모개에는 겨우 스무남은쯤 되는 쭉정이 볏낟이 간신히 붙어 있었다. 옥수숫대의 퉁테로 미루어보면 옥수수의 낟알도 잘기가 녹두낟만하고 고춧대의 키로 미루어보면 고추도 잘기가 구기자만치나 자디잘지 않았을까 싶었다.

작물이 잘고 오죽잖은 것은 그렇다고 해도 자라는 아이들의 키가 고만고만하게 작은 것은 남한의 쇠여물만도 못한 초근목피조차 삼순구식(三旬九食)을 면치 못하게 장난질한 김씨 조선의 봉건적인 군주체제 탓이었다.

길가에는 보매에 초등학교와 중학교로 보이는 두 학교가 이웃간에 있었다. 교사는 두 학교가 다 낡아도 썩음썩음하게 낡은 것으로 보아 일제 때 지은 것이 분명했다. 한 학교에서는 남루한 입성의 학생들이 운동장에 나와서 놀고 있고, 한 학교에서는 수십 명의 학생들이 지붕에 올라가 진흙덩이와 기왓장을 들고 다니면서 비가 새는 곳을 찾아 다시 잇고 있는 참이었다. 그러나 어느 쪽이 초등학교이고 어느 쪽이 중학교인지는 눈대중을 할 수가 없었다. 작은 쪽으로 평준화를 시켜놨는지 키만 가지고는 구분을 할 수가 없었던 것이다.

한 전문가의 말에 의하면 밀가루값의 국제시세는 톤당 100달러 안짝이라고 한다. 현대에서 금강산 사업권으로 북한에다 주는 연간 1억 5000만 달러를 써서 밀가루만 사들여도 지금과 같은 2200만의 단식농성형 굶주림은 쉽게 해결할 수 있다는 거였다. 김씨 조선의 책임자가 자꾸 죽은 아비만 팔아먹을 것이 아니라 '나라는 백성을 근본으로 삼고 백성은 먹는 것으로 하늘을 삼는다'고 한, 역대 한자

문화권 왕조의 왕업 강령(王業綱領) 제1장만 외워가면서 살아도 무고한 주민을 생으로 무단히 굶겨 죽이는 원시적인 죄악 하나는 면할 수가 있을 일이었다.

어디를 가도 거기가 거기인 것은 사방에 보이는 것이 온통 구호 천지이기 때문이었다. 어디나 구호가 곧 밥이요 옷이요 집이었다. 큰김은 생전에 '쌀은 공산주의다' 운운했다지만, 큰김 때나 작은김 때나 '구호는 공산주의다'가 아니었을까 싶을 지경이었다. 학교 정문의 '경애하는 어버이 수령 김정일 장군님의 충성스런 아들딸이 되자' 따위는 큰김이 죽자 일성을 정일로 글자만 한 자 바꾼 것이니 그렇다고 해도 '총폭탄'이니 '자폭정신'이니 하는 구호는 모두가 자포자기를 넘어 자폭하는 심정으로 살다가 가라는 수작 같아서 보기만 해도 끔찍스럽지 않을 수가 없었다. 길가에 널려 있는 '강성대국 건설'이라는 구호도 보기가 민망한 구호의 하나였다. 강성대국 건설은 경제강국 사상강국 군사강국 등을 말하는 구호라는데, 그것도 '먹는 문제 해결'이 선결 조건일진대 그것은 한갓 그네들 나름의 희망사항에 불과한 것일 터이기 때문이었다. 조무래기들의 주먹다짐에서도 먹고 못 먹은 차이가 나는 법인데, 영양실조로 쓰러지기 직전의 형편 무인지경에 이른 처지로 강성대국이 다 웬말이냐 싶을 따름이었다.

모든 구호판은 붉은색 바탕에 흰글자 일색이었다. 붉은색이나 흰색을 유달리 좋아해서가 아니라 보아하니 원료난으로 하여 흑색 황색 청색 등의 페인트는 언젠가부터 아예 만들지도 않는 모양이었다. 그런가 하면 옷이나 신발의 색깔도 제복의 국방색 외에는 검정색 위주로 밤색과 감색 등 어둡고 칙칙한 색깔이 전부였다. 그래서 관광객들은 '북한에서 무조건 비싼 옷은 흰색 붉은색 노랑색 등 울

굿불굿한 옷'이라는 우스갯말까지 지어내게 되었다.

주민들은 쳐다만 봐도 마음이 어두워지는 옷차림으로 울력도 하고 나들이도 하였다. 나들이는 멀거나 가깝거나 남녀 노소를 막론하고 걷는 수뿐이었다. 노선 버스가 없는 탓으로 이를테면 서귀포 칠십 리도 걸어서 다니고 하동포구 팔십 리도 걸어서 다니는 판이었다.

관광지에 가보면 남녀 한 쌍으로 짠 안내원이 배치되어 있었다. 현지 주민들 가운데서 조달한 시골뜨기 인력이 아니라 적어도 평양에서 뽑은 인재들이었을 거였다. 평양시민 자체도 선택받은 사람들이지만 이 안내원들이야말로 선택받은 사람들 중에서 이리 재고 저리 재어 선발한 당원 중의 당원으로, 어떤 종류의 자본주의 냄새도 당성(黨性) 하나로 쉬 물리칠 수 있는 충성동이 효자동이의 모범생이었을 거였다. 그런데도 그들은 스스로 밝힌 자기의 나이보다 열 몇 살씩은 더 먹어 보이기 마련이었다. 나서부터 잘 먹고 잘살아서 웃자란 탓이 아니라, 나서부터 못 먹고 못살아서 겉늙은 탓으로 보였다. 여성 안내원들은 묻는 족족 이십대 초반의 처녀라고 했지만, 여기에서 간 여성들의 눈에는 삼십대 중반의 아기엄마로 비친다는 것이 중론이었다. 나이가 나이라 남성 안내원들의 얼굴처럼 주름살이 거미줄 슬듯 하지는 않았지만 볼이 통통한 처녀도 때깔이 서지 않는 것이었다. 벌써 몇 년째 세숫비누 없는 세수를 하는 탓이라고 가정해보면 그리 이해하지 못할 일도 아니긴 했지만.

나는 납짝집이건 층층집이건 간에 밤이 되면 불을 켜고 사는 집을 도무지 구경할 수가 없었다. 전깃불이 들어오는 집을 구경하지 못했다는 것이 아니라 촛불이나 등불을 켠 집조차도 보지 못한 것이었다. 답답한 일이었다. 그렇지만 그러한 답답증은 밤에 불빛을 보지 못한 데서 비롯된 것이 아니었다. 사람을 만날 수가 없는 데에서 온 답답증이었다. 그네들의 인간 격리주의는 철저하다 못해 가위 처절한 것이었다. 그것은 곧 장막이었다. 고르바초프 이전의 소련이 철의 장막이었고, 덩 샤오핑 이전의 중국이 죽의 장막이었다면, 김일성 이래의 이북 땅은 인(人)의 장막이라는 생각이 끝없이 떠오르는 것이었다.

한 죽은 자를 위하여 산 사람들이 죽어가는 순장(殉葬)의 땅, 한 죽은 자의 자식을 살게 하기 위하여 죽어가는 사람들의 자식들이 죽어나는 희생의 땅, 그곳이 바로 그 아름다운 금강산이 있는 옛날의 금수강산(錦繡江山)이요 오늘날의 금수강산(禽獸江山)이었던 것이다.

(1999. 1)

초원과 산림

아시아의 서쪽 마무리인 터키는 산림 투성이의 동쪽 마무리와 달리 초원의 나라였다. 땅만 초원인 것도 아니었다. 인종과 나라와 역사도 초원에서 일어난 나라였다. 그래서 그런지 짐작했던 것보다 짐작 밖의 것이 더 많은 나라였다.

초원은 낯익은 것 천지였다. 우리나라의 여러 별호 가운데의 하나인 근역(槿域)은 우리나라가 옛날부터 무궁화 천지여서 붙은 이름이라고 하지만 막상 가보니 우리나라는 댈 수도 없는 무궁화 천지야말로 바로 터키였던 것이다. 산에 솔밭이 있고 들에 미루나무밭이 있고 길에 질경이밭이 있는 것도 우리나라와 다를 것이 없었다. 산길은 걸어보지 않아서 몰라도 들길에는 수양버들 가죽나무 버즘나무 들충나무 자귀나무 배롱나무 측백나무가 즐비하고, 마을길도 개나리 밤나무 모과나무 석류나무 호두나무와 쇠비름 씀바귀 쑥부쟁이 민들레 도꼬마리 따위가 흔하여 과연 아시아 대륙답다는 느낌을 자아내기에 부족함이 없는 땅이었다.

농가도 초가만 아닐 뿐 나직한 지붕과 폐쇄적인 담장, 작은 문짝과 내단 헛간 등은 낯선 것이 아니었다. 듣건대 말에도 가령 만두를 '만쓰'라고 한다거나 물을 '수'라고 한다거나, 해바라기꽃을 달꽃이라고 하는 등 비슷한 말이 많다는 것이었다.

하긴 터키와의 연고로 치면 우리의 농작물만큼 깊은 것도 드물 터였다. 역사를 함께한 밀이며 호밀이며 기장 같은 곡식과 베(麻布)의 원산지가 곧 터키 땅이었다. 또 앙고라토끼같이 낯익은 가축의 고향도 터키이니, 앙고라는 터키의 서울 앙카라의 옛 이름이었다.

그러나 이러한 것들은 어디까지나 지엽적인 것이었다. 우리와 터키의 인연은 유사(有史) 이전의 일이라는 것이었다. 우리와 터키는 이미 선사시대부터 남남 사이가 아니었다는 것이다. 우선 본적지가 같은 알타이(Altai) 산맥 일대였다. 당연히 언어도 터키 즉 투르크 (Turk, 突厥)계의 터키 아제르바이잔 우즈베키스탄 투르크메니스탄 카자흐스탄 키르기스스탄 등의 독립국가들과 러시아연방에 자치구 가 있는 타타르(韃靼) 바슈키르 추바슈 투바 야쿠트 및 중국 신장웨 이우얼 자치구의 위구르족, 몽골(蒙古)계의 독립국가인 몽골과 중 국 네이멍구 자치구의 내몽골 및 러시아연방 자치구의 칼무크족, 부랴트족, 비록 문이 닫힌 지 오래지만 한때는 중원 천하를 쥐락펴 락하고 호령했을 뿐더러 툭하면 한반도를 넘보아 우리 조상을 속썩 인 요(遼)나라의 주인 거란(契丹), 금(金)나라의 주인 여진(女眞)족 들, 나아가서 한국계로 나뉘는 우리말의 뿌리도 알타이어에 있다는 것이었다.(최한우,《중앙아시아학 입문》, 도서출판 펴내기)

몸은 전형적인 황인종(Mongoloid)의 하나로서 우리 스스로가 아 는 바이다. 검고 뻣뻣한 머리털에 가끔가다가 말상도 있지만 거의 가 채반상이나 주걱상의 너브데데한 얼굴에 낮은 코와 째진 눈하 며, 앞으로 솟았거나 옆으로 난봉난 광대뼈가 대대로 내림한 우리 의 자화상이 아니었던가. 신생아 적이나 유아 때 보이는 엉덩이의 푸르둥둥한 몽고반(蒙古斑)만 해도 씨는 못 속인다는 속설을 일깨

우기에 족한 것이었다.

알타이는 몽골족의 금(金, Altan)이라는 말에서 가지가 친 것이라고 한다. 일찍이 이 알타이 초원에서 일어난 종족은 스스로 일컬어 흉(Hyung, 匈)이라 했는데 중국의 한족이 그들을 얕잡아보는 입버릇으로 노예 노자를 붙여서 흉노(匈奴)라고 일렀다. 흉노는 투르크족 몽골족 만주족 퉁구스족 그리고 우리네 한족(韓族) 등 알타이족을 중앙으로 한 여러 부족의 연합체였다. 그들은 조(趙)나라 연(燕)나라에 이어 진시황 이래 중국의 한족이 대대로 만리장성을 쌓지 않을 수가 없게 한 용맹 무쌍한 기마민족이었으며 생업은 유목이었다.

그들은 한자문화권에서 수천 년을 높이 받들어온 주(周)의 창업자 문왕과 같은 인물을 낳기도 하고, 항우를 물리친 한(漢)나라의 고조 유방(劉邦)을 무찌르기도 하였으나 무제가 선비(鮮卑)족과 연합하여 이이제이(以夷制夷)의 수단을 쓰는 바람에 흩어지고 말았다.

이윽고 훈(Hun) 제국이 일어섰다. 훈은 헝가리(Hungary)가 흉(Hyung)으로부터 가지가 나왔듯이 그 뿌리인즉 흉노였다. 훈 제국은 동로마와 서아시아 및 중부 유럽까지 경영했던 대국이었다. 훈이 망하고 발생한 나라는 헝가리와 불가리아였다.

훈 제국의 터전에 투르크 제국이 일어났다. 투르크는 그들의 말로 '강력하다'는 뜻인데, 중국의 한족은 '사나운 말 같은 쿨(Kul) 종자'란 뜻의 돌궐이란 이름을 붙였다. 역시 흉노의 일파였다. 투르크는 콘스탄티노플(이스탄불)을 서울로 한 기독교의 비잔틴 제국과 좋은 사이를 유지했으나, 비잔틴과 원수지간으로 지냈던 페르시아가 마호메트에 의해 통일된 아라비안에게 정복되자 비잔틴 제국에 대한 반감으로 급속히 이슬람화한 페르시아의 상인들에게 물들어서 차츰 이슬람으로 변해갔다. 이슬람이 오늘날 우즈베키스탄의 고도인 사마르칸트와 부하라를 치자 투르크도 힘이 기울어 동서로 양분되었다. 서투르크는 이슬람에 순응하여 영농 정착국인 셀주크 제국을 세우면서 안주하고, 동투르크 및 중부 투르크는 유목민족의 전통을 고수함으로써 마침내 몽골 제국이 일어나는 바탕이 되었다. 투르크 제국이 당나라와 위구르(Uygur, 畏吾兒)의 연합으로 막을 내릴 무렵 중국의 북방에는 같은 알타이족으로 몽골계의 거란족과 만주 및 퉁구스계의 여진족이, 동북방 및 한반도에는 발해와 신라가 문화를 꽃피우고 있었다.

몽골족은 중국이 사냥을 생업으로 하며 금나라를 세운 여진족에 의해 좌지우지될 무렵 고려 사람들이 철목진(鐵木眞)으로 썼던 테무진의 탄생과 함께 일어났다. 테무진은 그의 부친 예수게이가 타타르족의 우두머리 테무진 우게를 사로잡은 기념으로 붙여준 적장의 이름이기도 하였다. 그가 자라서 칭기즈 칸(成吉思汗)이 되어 세계를 제패한 이야기는 군소리에 지나지 않는 일이다.

투르크족의 본당이 오스만 투르크를 창건하여 오늘날의 터키 공화국으로 대를 물린 이야기도 마찬가지일 것이다. 다만 그 경위는 분명한 것이 좋을 터이라 이 글의 기본 자료인 호서대 최한우 교수의 《중앙아시아학 입문》에서 그 서두만을 인용하고자 한다.

"그 세력이 약하고 규모가 적은 오스만(Osman / Ottoman) 부족은 아나톨리아(Anatolia, 소아시아) 서쪽 비잔틴의 변경에 위치해 있었다. 기독교 제국에 대한 성전(Jihad)을 주장하는 오스만조(朝)는 1301년 여름 내부의 분열로 약화된 비잔틴 제국의 군대를 바페온

(Baphelon) 전투에서 이김으로써 기독교 세계에 대한 성전을 기도하는 아나톨리아 반도와 중동의 모든 이슬람 세계에 그 명성을 크게 떨쳤다. 이처럼 비잔틴 기독교 세계에 대한 오스만 세력의 승리로 아나톨리아 반도 전역에 있던 무슬림 전사들이 오스만조 주위로 몰려들었다.……

　(비잔틴 제국의 내부 권력투쟁에 지원군을 보낸) 오스만은 무슬림 전사들을 발칸 반도에 대거 투입함으로써 발칸 점령을 꾀하였다. 1355년에는 발칸 반도 유고슬라비아의 세르비아 왕국을 점령하였다. 세르비아는 속국이 되었다.……

　1385년에는 소피아를, 1386년에는 니시, 1387년에는 살로니카를 점령하였다.”

“오스만의 전통은 술탄(Sultan, 지배자. 터키는 황제를 뜻함)이 권좌에 오를 경우 기독교 세계에 대립하는 이슬람 세계의 통치자로서 성전(聖戰)을 시작하여 자신의 치세를 과시하는 것이었다. 메메트(Mehmet) 2세의 성전 목표는 분명했다. 그것은 다름이 아니라 그의 선조들이 수차례의 시도에도 불구하고 끝내 정복하지 못한 콘스탄티노플이었다. 그는 신하들에게 종교적인 명분과 연관하여 자신의 성전의 목표가 콘스탄티노플이라는 것과 오스만 제국의 장래는 기독교 제국인 비잔틴 정복에 달려 있다는 것을 분명히 했다. 드디어 1453년 5월 29일 콘스탄티노플 함락은 성공하였다. 이로써 로마 제국 이후 줄곧 유럽 기독교 세계의 정통성 있는 수도요, 세계의 수도였던 콘스탄티노플은 이슬람 제국의 손에 넘어가게 되었고 비잔틴 제국은 역사 속에서 사라지게 되었다. 메메트 2세는 콘스탄티노플을 이스탄불로 개명하고 비잔틴 부활을 기도하는 흑해 연안 트라

브존을 공격하여 함락시켰다.

메메트 2세는 기독교 자녀 출신들로 구성된 예니체리(Yenicheri, 점령지의 기독교도 자녀들을 차출하여 궁중에서 특별 교육을 시킨 다음 지위와 특권을 부여하고 오스만 제국의 핵심부에서 행정적인 군사 업무를 담당하면서 술탄을 보좌하는 참모 집단)를 강화시켜 술탄 통치를 확고히 하고, 전방의 지휘관들과 뿌리깊은 무슬림 가문의 세력을 약화시키는 정책을 폈다. 발칸 전역이 완전히 오스만 제국의 영토화되었고 아나톨리아의 마지막 세력인 카라만조(朝)도 1468년 완전 합병되었다. 이제 하나의 통일 제국 오스만, 유일한 종교 이슬람, 하나의 군주 메메트만 존재하게 되었다."

투르크족의 후예는 아제르바이잔 인구의 83%, 우즈베키스탄 인구의 69%, 투르크메니스탄 인구의 68%, 카자흐스탄 인구의 36%, 키르기스스탄 인구의 49% 등 중앙아시아 국가 인구의 90% 가량으로, 소아시아 반도의 6500만을 비롯하여 세상에 1억 5000여 만을 헤아리는 인구 분포를 유지하고 있다.

중국의 옛사람들이 우리나라 사람을 동이(東夷)라고 한 것은, 사방에 사는 인종을 서융(西戎)이니 남만(南蠻)이니 북적(北狄)이니 하고 멸시한 바와 같이 동쪽에 사는 오랑캐라는 뜻이었다. 물론 주나라를 창업한 문왕이 동이족이라는 사실을 짐짓 접어두고 한 너스레였다. 우리의 선조들과 함께 고구려와 발해를 일으킨 말갈(靺鞨)족은 본래 만주(Manchu) 땅의 본토박이인 퉁구스(Tungus)계로서 나중에 요와 금과 청(淸)나라를 일으킨 창업 정신이 뛰어난 종족이었다. 그들은 그 이전에 단군왕검을 받들어서 고조선의 창업에 협

찬하고 한참 뒤에는 고구려의 일원이 되어 나당연합군과 힘을 겨룬 끝에 그 정신을 발해에 물려준 종족이었다.

인간의 유산 가운데에 가장 빛나는 것이 글이라는 것은 누구도 부인하기가 어려울 것이다. 그러나 글이 있기 이전에 역사가 있고 역사의 출발은 말에서 비롯하는 것이니 '태초에 말씀이 있었다'고 함도 말은 곧 인격체임을 선언한 것이었다.

그러므로 우리의 조상들이 남긴 글에, 그 글보다 앞서는 역사에, 그 역사가 비롯된 말에, 이날토록 그 뜻을 알 수가 없는 말이 적지 않게 있다는 것은 당연한 일이라고 할 것이다. 그 말의 뿌리가 혹 알타이에 있고, 혹 투르크에 있고, 혹 퉁구스에 있고, 혹은 원나라 에도 있고 혹은 청나라에도 있을 터이니 그것을 이루 알아내기가 어찌 수월한 일이겠는가.

어떤 사람은 중국인을 본떠서 그 알 수 없는 말의 뿌리가 오랑캐 의 말에 있다고 할 수도 있을 것이다. 그러나 그 오랑캐인즉 누구인 가. 이를테면 우리 민족의 체통을 지키기에 500년간이나 애를 썼던 조선왕조에서, 민족적 체통의 한가운데인 궁중에서, 임금의 진지를 밥이나 뫼라고 하지 않고 반드시 몽골의 말로 수라(Sülen, 水刺)라 고 했던 것은, 오랑캐를 의식하기 이전에, 민족주의를 의식하기 이 전에 다 그럴 만한 어떤 이유가 있었을 것이었다.

우리의 조상들이 세운 고대 국가의 인명 지명 관명 들 가운데 무 슨 뜻인지 통 알 수가 없는 말이 많은 것도, 그 어원이 투르크족 퉁 구스족 만주족 등 옛적에 남남 사이가 아니었던 종족의 말에 있기 때문이라고 한다.

우선 고조선의 시조 단군의 어원이 그렇다고 한다. 그러나 고조 선의 마지막 왕의 이름 우거(右渠)는 '지혜자' '지혜의 왕'이란 뜻의 돌궐어이며, 고구려의 어원도 모호하되 도읍지 졸본(Cholbon, 卒本)은 '샛별(金星)'을 이르는 돌궐어 및 퉁구스어라고 한다. 기원전 1세기경의 국가 이름인 부여(夫餘, 扶餘) 역시 퉁구스와 몽골족이 '숫사슴'을 일컫는 말이며, 고구려의 영도자 고추가(古鄒加)란 관직명도 고추(kochu)와 가(ka)의 합성어로서 '숫염소(koch)'를 가리키되 왕자 내지 지배자를 의미하는 돌궐말이었다. 백제의 고이왕(古爾王)의 고이(Koy)의 어원은 돌궐제국의 말인 '양(kony)'이며, 그들의 높은 벼슬 이름 마가(馬加) 우가(牛加) 저가(猪加) 구가(狗加)도 고구려의 높은 벼슬인 고추가의 가(加, ka)와 같은 가로서 지도자를 뜻하는 말이었다. 신라의 높은 벼슬 이름 각간(角干)의 각간(Kakkan)도 돌궐제국에서 왕을 일컫은 카간(kagan)에서 온 말이며, 신라의 시조 박혁거세의 혁거세 또한 돌궐족이 천자(天子)를 뜻했던 쾩키시(kok kishi)와 그 뿌리가 같다는 것이었다.

또 갑돌이니 차돌이니 하고 아명으로 애용했던 돌이(乭伊, tori)는 신라의 벼슬 이름에 있는 도리(都利)의 응용으로 공(公)과 같은 말이며, 돌궐족과 위구르족이 '영웅'을 말하는 바바토르(Bavator)가 어원으로 '두꺼비 장군'이란 뜻이라고 한다.

검둥이 센둥이 누렁이 이전에 개 이름으로 널리 쓰였던 '워리'는 '늑대같이 생긴 개'를 뜻하는 돌궐족의 벼슬 이름이었고, 우리가 줄다리기 놀이에 쓰는 동아줄의 동아(tonga)도 '강한 줄'이라는 돌궐족의 벼슬 이름으로 전사(戰士)를 뜻하는 말이라고 한다. 옳게의 '옳이'는 돌궐어의 옳(orh), 오리(ori)에서 왔고, 조카(cokha, 足下)나 독수리 등의 맹금류에 붙은 수리(suri) 등은 어원이 분명치 않다고 한다.

어원이 뚜렷하거나 뚜렷치 않거나 우리가 쓰는 말은 우리말일 수밖에 없는 것이다. 제아무리 빼어난 언어학자라고 하더라도 때없이 쓰는 말까지 일일이 어원을 따져서 쓰고 아니 쓰고 할 수는 없는 노릇이기 때문이다. 나만 해도 들은 풍월 가운데서 어원이 백의(白衣)가 아닌 듯한 말에, 궁중에서 나인의 세수 시중을 들던 여자 하인의 명칭 무수리(水賜伊), 궁중에서 세운 사찰의 청소를 맡아 하던 하인의 명칭 조라치(詔羅赤), 군중(軍中)에서 소라를 불던 취타수의 명칭 취라치(吹螺赤), 가축을 도살하던 칼잡이의 명칭 바로치(波吾赤), 갓바치니 놋바치니 하는 쟁이(匠人)의 속칭인 바치(把指), 신부가 혼례식에 썼던 족두리(簇頭里), 덧저고리의 속칭인 마고자(馬褂子), 털요의 속칭인 아다개(阿多介), 털이 안으로 가게 지은 목이 긴 신발의 명칭 다로기(多路岐) 같은 말이 있다는 것을 기억하지만, 이런 고어를 가령 역사소설을 쓸 적에 써먹는다고 하더라도 이루 다 어원을 고증한 뒤에 써먹을 수는 없는 일인 것이다.

우리나라 고대 국가의 인명 지명 관직명 가운데 뜻 모를 말이 많은 것이 튀르크어족의 일파인 탓이라고 하듯이, 엊그제까지도 널리 쓰였던 직명(職名) 물명(物名) 중에도 뜻 모를 말이 있는 것 또한 한족(韓族)의 글과 역사와 말의 흐름이 저 알타이 지방의 초원에서 발원한 이유라고 짐작하면 무난하지 않을까 싶다는 것이다.

터키는 우리의 6 · 25에 유엔군의 일원으로 약 1만 5000여 병력이 뛰어들었고 맨앞에서 가장 저돌적인 공격을 펼치는 바람에 790명의 전사자와 280명의 실종자를 내고, 또 280명이 포로가 되는가 하면 2800명의 부상자가 나오는 등 많은 희생자를 내었다. 그러나 그와 같이 큰 희생을 면치 못했던 이유는 그들이 아득한 옛날로 돌아가서 '우리가 남이가'나 '우리가 남이여' 식의 돌궐 시대적 한겨레 의식에 의해 돌쇠적인 공격을 편 탓은 아니었다. 그들이 본래 무과(武科)에 기울어졌던 탓이었다. 타고난 것이 유목업자의 후손이요 자라며 배운 것이 초원을 말달렸던 상무정신이었으니 그 돌쇠적인 저돌성을 양보하면 무엇으로 내로라 했을 것인가. 대륙을 타작하여 부동산으로 우뚝했던 고조선 땅, 고구려 땅, 발해 땅을 달라는 대로 내어주고 물러나서 좁쭉한 터에 좁쭉하게 살다보니 하릴없이 산인(山人)이 되고, 다시 산인(散人)이 따로 없이 되어 산림처사(山林處士)적인 안빈낙도와 사대(事大)로써 나라와 백성을 지탱해온 우리로서는, 얼른 뜨거워지고도 얼른 식어버리지 않는 그네들의 기질이 오히려 이상스럽게 여겨졌는지도 모를 일이었다.

 우리와 터키인은 서로가 닮은 구석도 많지만 다른 면도 많은 것 같았다. 우리는 정경유착으로 지지부진하고 그들은 정종유착(政宗癒着)으로 지지부진한 것이 닮은 구석이었다. 그리하여 우리는 툭하면 무전유죄라고 체념하고 그들은 신의 뜻(인샬라)이라고 체념한다는 것이었다. 회사나 상점의 간판에서 우리는 보통 대한을 내세우고 그들은 흔히 투르크(Turk)를 내세우는 버릇도 피차가 닮은 구석이었다. 우리나라 여성이 개화와 함께 나들이 때 쓰개치마나 장옷을 벗어던진 것과 같이 터키의 여성들도 1923년 터키의 국민적 영웅인 무스타파 케말 아타튀르크(Mustafa Kemal Atatürk;1881~1938) 공화국 초대 대통령의 개혁정책과 함께, 쓰개치마 격인 히잠(hicam)과 장옷 격인 차도르(chador)를 벗었으니 그 또한 닮은 점이었다. 우리나라 사람들이 걸핏하면 극일을 부르짖으며 특히 월드컵 축구 예선은 반드시 일본을 꺾기 마련인 것처럼 희떠워하듯이, 그들이 파키스탄이나 아프가니스탄처럼 스탄자가 붙은 나라는 다 자기네 손에 달린 양으로 희떠워한다는 것도 닮은 점 같았다. 생일날 잘 먹자고 이레 굶는다는 우리 속담하고는 다르지만, 그들은 라마단(금식기간)이 끝나고 벌이는 축제에 약 200만 마리의 양을 잡거니와, 이 기간에 돌아다니는 북과 날라리로 구성된 두레패의 가락은 우리의 풍장 소리와 거의 닮았다는 것이었다.

우리와 다른 것은 우선 사람이었다. 앙카라의 한국대사관 관저의 응접실에는 고구려 고분 벽화의 대형 복사판이 걸려 있었다. 유병우(兪炳宇) 대사의 말에 의하면 터키인들이 걸핏하면 말을 타고 달리면서 뒤돌아보고 활을 쏜 민족은 자기네뿐이라고 하도 침이 마르도록 떠들어쌓기에, 고구려의 고분 벽화 중에서 말을 타고 뒤돌아보며 활을 쏘는 수렵도로써 대답한다는 것이었다. 대사는 또 돌궐족이 천하를 호령할 수 있었던 것은 기마병의 갑옷을 유연하고 탄력적인 갑옷으로 개발한 데에 있었다고 덧붙였다. 서양의 갑옷은 그때까지 로봇처럼 움직일 수밖에 없었던 철제 통짜 갑옷이었으므로 기능 면에서 돌궐족의 사슬형 갑옷을 당할 수가 없었다는 것이었다.

그러나 조상들이 수천 년 전 마상에서 활을 쏜 사실에 침이 마르는 사람들답지 않게 그들의 모습이나 성질은 문과 지향의 우리보다도 도리어 온순하고 소박하다는 것이었다. 고지식하고 낙천적이며 매사에 태평인 것도 산림처사적인 우리의 유산이 무색할 지경이라는 것이었다. '자기만 살겠다고 두 눈에 불을 켜고 뛰어다니는 사람은 전국민의 10%도 아니 될 것'이라는 것이 유 대사의 말이었다. 터키인은 이미 서양화한 몸집이었다. 머리도 금발이 흑발 못지않게 많았고, 피부도 옥같이 흰 살결이 황토색이나 점토색보다 적은 수가 아닌 것 같았다. 오스만 제국(1299~1922) 600여 년 동안 상류계층의 남성들이 발칸 반도를 중심으로 서양 여성하고만 짝을 짓는 바람에 어느덧 준백인종으로 변모했다는 것이었다. 따라서 동쪽으로 갈수록 그리고 내륙으로 갈수록 동양종의 본모습이 약간이나마 남아 있으며, 전통적인 생활풍속도 아시아 쪽의 두메에서만 유지되고 있다는 것이었다.

터키인의 정체성에 대한 문제가 제기된 적이 있었다. 혼혈과 혼혈에 의해 서양화하는 과정에서 나온 문제였다. 혼혈의 복잡성으로 혈통적인 정립이 불가능하다는 결론에 이르렀다. 그래서 '사는 것은 어느 나라에서 살건 일단 터키말을 쓰는 사람이면 모두가 터키인'이라는 정의를 내리게 되었다고 한다. 족보가 없는 탓에 그랬는지 몰라도 1943년 국회에서 창씨법이 통과되기 전까지 터키 사람들에게는 죄다 성씨가 없었다. 이름을 지어도 저마다 성씨를 대신하여 농사꾼 아무개, 엿장수 아무개 하고 직업의 명칭을 이름 앞에 붙여 쓰거나, 키다리 아무개 뚱뚱이 아무개 하고 몸집의 됨됨이를 이름 앞에 붙여 썼을 뿐이었다. 터키의 국민적 영웅인 무스타파 케말 아타튀르크도 무스타파는 무하마드에서 따고, 케말은 육군고등학교 시절에 그를 알아보았던 수학 교사가 '완전한 학생'이란 뜻으로 붙여준 별명이며, 아타튀르크는 투르크인의 아버지란 뜻의 시호라는 것이었다.

터키인은 선구적인 정신이 강했던 듯했다. 안탈리아 근처의 베르가마에 있는 헬레니즘 문화의 중심지 페르가몬(Pergamon) 국의 옛 터는 기원전 2세기경에 마차길로 닦았던 폭 20미터 도로를 대형 관광버스로 다니기에 조금도 부족함이 없었다. 지진으로 허물어진 이 석조(石造) 도시의 유적 중에는 뉴욕의 허드슨강 어귀 리버티섬에 있는 자유의 여신상의 원형인 프란시스 마리나상이란 조각이 남아 있었고, 또 옛 저잣거리의 한구석에는 광고의 효시로서 식칼과 갈고리를 새긴 푸줏간의 대리석 간판이, 또 그 옆에는 주사위놀이의 효시인 주사위판이 남아 있었다. 이 유허에 보존되어 있는 상하수도의 구조물은 운하의 효시라는 것이었고, 최초의 전도사 바울이 처음으로 전도하고 세례를 행하였다는 붉은색 석조(石槽) 역시 별로 훼손되지 않은 채로 남아 있는 것이었다.

　더욱 기가 막힌 것은 〈에베소서〉로 유명한 기독교 전도의 중심지 에페소스(Ephesos)에 있는 세계 7대 불가사의의 하나인 아르테미르 신전의 유허지에 그 당시의 창녀를 기리는 대리석 여인상이 남아 있는 것이었다. 남아 있는 것이 기막힌 것이 아니라 창녀의 뜻을 기리어 석상을 세워 기념코자 한 개방적인 발상에 기가 막힌 것이었다. 아무리 몸을 판 돈의 상당액을 기부하여 이 도시 건설에 이바지함이 적지 않았다고 하기로서니 점잖은 사람들이 터를 다질러온 나라라면 감히 있을 법이나 한 일이겠는가. 초원에서 말달리며 살았던 사람과 산간에서 밭뙈기나 일구면서 안빈낙도를 구가했던 소위 동방예의지국 사람의 차이가 겨우 이 정도밖에 되지 않는가 하는 생각에 은근히 마음이 놓이는 것이었다. 이름난 산림처사의 후손도 아니면서.

(1998. 1)